Luigi Pirandello

O FALECIDO MATTIA PASCAL

TRADUÇÃO DE
RÔMULO ANTONIO GIOVELLI E FRANCISCO DEGANI

NOTAS E POSFÁCIO DE
FRANCISCO DEGANI

NOVA ALEXANDRIA

Título original: *Il fu Mattia Pascal*
2012 - Em conformidade com a nova ortografia

Editora Nova Alexandria
Avenida Dom Pedro I, 840
01552-000 São Paulo SP
Fone/fax: (11) 2215-6252
E-mail: novaalexandria@novaalexandria.com.br
Site: www.novaalexandria.com.br

Revisão: Ruy Cintra Paiva
Revisão 2ª edição: Juliana Messias
Capa: Lúcio Kume sobre detalhe de fotografia de E. & R. Bassoto
Editoração Eletrônica: Eduardo Seiji Seki
Coordenação Editorial: Francisco Degani

Dados para Catalogação

Pirandello, Luigi (1867 – 1936)
O falecido Mattia Pascal; tradução de Rômulo Antonio Giovelli e Francisco Degani. Nova Alexandria, São Paulo, 2011.
216 p.
ISBN 978-85-7492-152-5

1. Literatura italiana 2. Pirandello, Luigi (1867 – 1936)
I. Autor

CDD-853

Índice para catálogo sistemático:

027 – Bibliotecas gerais

028 – Leitura. Meios de difusão da informação

Sumário

I
PREMISSA

Uma das poucas coisas, talvez a única que eu soubesse com certeza era esta: que me chamava Mattia Pascal.[1] E me aproveitava disso. Sempre que algum dos meus amigos ou conhecidos demonstrava haver perdido o juízo a ponto de vir me pedir conselhos, eu encolhia os ombros, entrecerrava os olhos e respondia:

— Eu me chamo Mattia Pascal.

— Obrigado, meu caro. Isso já sei.

— E acha pouco?

Para dizer a verdade, eu também não achava muito. Mas naquele tempo eu ignorava o que poderia significar não saber nem ao menos isso, ou seja, não poder mais responder como antes:

— Eu me chamo Mattia Pascal.

Alguém poderá se compadecer (custa tão pouco), imaginando a dor terrível de um infeliz ao qual aconteça descobrir de repente que... sim, não, enfim: nem pai, nem mãe, nem como foi ou deixou de ser; e também poderá se indignar (custa menos ainda) contra a deterioração dos costumes, os vícios e a maldade dos tempos, que podem provocar tanto desgosto a um pobre inocente.

Pois bem, fique à vontade. Mas é meu dever alertá-lo de que não se trata propriamente disso. Certamente, eu poderia mostrar aqui, numa árvore

---

[1] Como muitas das personagens pirandellianas, sua identidade reflete-se no nome. Como poderemos constatar no desenvolver da trama, o nome Mattia, além de ser bastante comum na Itália, também lembra a palavra *matto,* que em italiano significa "aquele que é privado de razão", "louco", "aquele que faz coisas absurdas", e também "aquele que é apaixonado por alguma coisa"; o sobrenome Pascal refere-se diretamente ao físico, matemático e filósofo francês Blaise Pascal (1623-1662), cuja tese filosófica contrapunha raciocínio lógico e emoção. É de Pascal a famosa afirmação "O coração tem razões que a própria razão desconhece".

genealógica, a origem e a descendência da minha família e demonstrar que não apenas conheci meu pai e minha mãe, mas também todos os meus antepassados e suas ações — por um longo decurso de tempo —, nem todas, na verdade, louváveis.

E então?

Pois bem, meu caso é muito mais estranho e peculiar, tão peculiar e estranho que resolvi contá-lo.

Fui, durante dois anos, não sei se mais um caçador de ratos ou um guardador de livros na biblioteca que um certo monsenhor Boccamazza, ao morrer em 1803, decidiu deixar para o nosso Município. É evidente que este monsenhor devia conhecer pouco o caráter e os hábitos de seus concidadãos; ou talvez cultivasse a esperança de que seu legado pudesse, com o tempo e o conforto que representava, estimular em seus espíritos o amor pelo estudo. Até o momento, e sou testemunha disso, não estimulou: e afirmo isso em louvor dos meus concidadãos. Aliás, o Município mostrou-se tão pouco agradecido a Boccamazza que nem ao menos quis erigir-lhe um busto que fosse, e deixou os livros amontoados durante muitos e muitos anos num depósito grande e úmido, de onde os tirou mais tarde — imaginem em que estado — para guardá-los na igrejinha fora de mão de Santa Maria Liberal, que não sei por qual motivo havia sido desconsagrada. Deixou-os sob guarda, sem o menor critério, a título de benefício e recompensa, de algum vadio bem recomendado, que por duas liras ao dia, olhando para eles ou mesmo sem os olhar, aguentava durante algumas horas o cheiro de mofo e coisa velha.

Tal destino coube também a mim e desde o primeiro dia desenvolvi tão pouca estima pelos livros, impressos ou manuscritos (como alguns antiquíssimos exemplares da nossa biblioteca), que nunca teria começado a escrever, como faço agora, se, como disse, não considerasse meu caso deveras estranho e capaz de servir de ensinamento a algum leitor curioso que porventura, tornando real a antiga esperança de monsenhor Boccamazza, viesse a esta biblioteca, na qual deixo meu manuscrito, mas com a obrigatoriedade de que ninguém possa abri-lo a não ser cinquenta anos depois da minha *terceira, última e definitiva* morte.

Uma vez que até agora (e Deus sabe quanto isso me desagrada), já morri, sim, duas vezes, mas a primeira por engano e a segunda... vocês vão ver.

II
Segunda premissa (filosófica) a título de desculpa

Quem me deu a ideia, ou melhor, o conselho de escrever foi meu respeitável amigo dom Eligio Pellegrinotto, que no momento tem sob sua guarda os livros de Boccamazza e a quem confiarei o manuscrito assim que o termine, se é que terminarei algum dia.

Escrevo aqui na igrejinha desconsagrada, com a luz que vem da lanterna da cúpula lá em cima; estou na abside destinada ao bibliotecário e fechada por um balaústre baixo de madeira, enquanto dom Eligio resmunga ao se dedicar à tarefa que heroicamente assumiu, de colocar um pouco de ordem nesta verdadeira babel de livros. Temo que não acabe nunca. Ninguém antes dele se preocupara em saber, nem mesmo por cima, olhando de relance as lombadas, que tipo de livros o monsenhor doara ao Município. Acreditava-se que todos, ou a maioria, tratassem de temas religiosos. Agora Pellegrinotto descobriu, para seu grande consolo, uma enorme variedade de temas na biblioteca do monsenhor e a confusão é indescritível, já que os livros foram apanhados aqui e ali no depósito e arrumados ao acaso, conforme iam sendo retirados. Pela proximidade, estreitaram-se entre esses livros as amizades mais singulares: dom Eligio Pellegrinotto disse-me, por exemplo, que não foi nada fácil separar de um tratado muito libertino, *Da arte de amar as mulheres,* em três volumes, de Anton Muzio Porro, do ano de 1571, uma *Vida e morte de Faustino Materucci, Beneditino de Polirone, que alguns chamam bem-aventurado,* biografia publicada em Mântua, em 1625. Por causa da umidade, as encadernações dos dois volumes haviam-se colado fraternalmente uma à outra. Note-se que no segundo volume daquele tratado licencioso, comenta-se longamente sobre a vida e as aventuras dos monges.

Dom Eligio Pellegrinotto, o dia todo encarapitado numa escada usada para acender lampiões, pescou nas estantes da biblioteca muitos livros curiosos e interessantíssimos. Toda vez que encontra um deles, atira-o com elegância, do alto, para a grande mesa que fica no meio da sala, fazendo a igrejinha ribombar. Ergue-se uma nuvem de poeira no meio da qual fogem assustadas duas ou três aranhas; eu corro da abside, pulando o balaústre; primeiro, com o próprio livro, caço as aranhas por cima da grande mesa empoeirada; em seguida, abro o livro e o folheio.

Assim, pouco a pouco, tomei gosto por esse tipo de leitura. Dom Eligio me diz então que meu livro deveria seguir o modelo desses que ele vai desenterrando na biblioteca, ou seja, que deve ter o sabor especial que eles têm. Eu dou de ombros e respondo que isso não é trabalho para mim. Além disso, tenho mais o que fazer.

Todo suado e empoeirado, dom Eligio desce da escada e vem respirar um pouco de ar fresco na pequena horta que conseguiu fazer nascer aqui atrás da abside, protegida em toda a volta por ripas e tocos de madeira.

— Ora, meu respeitável amigo — digo-lhe, sentado na mureta, o queixo apoiado no punho da bengala, enquanto ele cuida de suas alfaces. — Creio que hoje não é mais tempo de escrever livros, nem por distração. No tocante à literatura, como a tudo o mais, devo repetir meu costumeiro estribilho: *"Maldito seja Copérnico!"*

— Oh, oh, oh, o que tem Copérnico a ver com isso! — exclama dom Eligio, erguendo o tronco, com o rosto avermelhado sob o grande chapéu de palha.

— Tudo, dom Eligio. Porque quando a Terra não girava...

— Ora esta! Mas a Terra sempre girou!

— Não é verdade. O homem não sabia disso, então era como se não girasse. Mesmo agora, para muitos, ela não gira. Outro dia, disse a um velho camponês que ela girava e sabe o que ele me respondeu? Que era uma boa desculpa para os bêbados. Além disso, o senhor mesmo, convenhamos, não pode duvidar que Josué fez o sol parar. Mas vamos deixar isso para lá. Estou dizendo que quando a Terra não girava e o homem fazia uma bela figura, vestido de grego ou romano, tendo um conceito muito elevado de si mesmo e estava muito satisfeito com sua própria dignidade, acredito perfeitamente que pudesse ter acolhida favorável uma narração detalhada e cheia de pormenores inúteis. É verdade ou não, que se lê em Quintiliano, como o senhor me ensinou, que a história devia ser feita para contar e não para provar?

— Não nego — responde dom Eligio —, mas é também verdade que nunca se escreveram livros com tantos detalhes, ou melhor, tão repletos das mais secretas minúcias, como desde quando, como você diz, a Terra começou a girar.

— Muito bem! *O senhor conde levantou-se cedo, às oito e meia em ponto... A senhora condessa colocou um vestido lilás, ricamente enfeitado de rendas na gola... Teresinha estava morrendo de fome... Lucrécia consumia-se de amor...* Ah, meu Deus! Que me importa isso? Estamos ou não estamos num invisível piãozinho chicoteado por um raio de sol, num grãozinho de areia ensandecido que gira e gira sem saber por que, sem jamais chegar a destino algum, como se gostasse de girar assim para nos fazer sentir ora um pouco mais de calor, ora um pouco mais de frio, e para nos fazer morrer – muitas vezes com a consciência de ter cometido uma série de pequenas bobagens –, após cinquenta ou sessenta voltas? Copérnico, Copérnico, meu caro dom Eligio, arruinou irremediavelmente a humanidade. Agora, aos poucos, já estamos adaptados à nova concepção de nossa infinita pequenez e a nos considerarmos menos do que nada no Universo, com todas as nossas belas descobertas e invenções. Que valor o senhor quer, então, que tenham as notícias, não estou falando das nossas misérias particulares, mas das nossas calamidades gerais? Nossas histórias são histórias de minhocas, se tanto. O senhor leu sobre aquele pequeno desastre nas Antilhas? Nada de importante. A Terra, coitadinha, cansada de girar sem qualquer finalidade, como quer o cônego polonês, teve um pequeno movimento de impaciência e soprou um pouco de fogo por uma de suas muitas bocas. Sabe-se lá o que foi que lhe provocou esse mau humor. Talvez a estupidez dos homens, que nunca foram tão irritantes. Chega. Vários milhares de minhocas torradas. Mas, vamos em frente. Quem fala mais nisso?

No entanto, dom Eligio Pellegrinotto me faz notar que por mais esforços que façamos no cruel intento de espedaçar, de destruir as ilusões que a prevenida natureza criou para o nosso bem, não o conseguimos. Felizmente o homem esquece-se com facilidade.

Isso é verdade. Nosso Município, em certas noites marcadas no calendário, não manda acender os lampiões e com frequência, se o tempo está fechado, nos deixa no escuro.

O que no fundo quer dizer que nós, ainda hoje, acreditamos que a Lua esteja no céu exclusivamente para nos dar luz à noite, assim como o Sol durante dia, e que as estrelas servem apenas para nos oferecer um maravilhoso espetáculo. Sem dúvida. E muitas vezes esquecemos de bom grado que somos átomos infinitesimais para podermos nos respeitar e admirar uns aos outros, e somos capazes de nos atracar por um pedacinho de terra ou nos lamentar por algumas coisas que, se estivéssemos realmente compenetrados do que somos, deveriam nos parecer insignificâncias sem tamanho.

Assim sendo, graças a esse providencial esquecimento, e também à estranheza do meu caso, falarei de mim, mas da maneira mais breve possível, fornecendo apenas as informações que considerar necessárias.

Algumas delas, com certeza, não me honrarão muito, porém eu estou agora numa condição tão excepcional, que já posso me considerar fora da vida e, portanto, sem obrigações nem escrúpulos de qualquer tipo.

Comecemos.

III
A casa e a toupeira

Precipitei-me um pouco, no início, ao dizer que conheci meu pai. Não o conheci. Eu tinha quatro anos e meio quando ele morreu. Ele viajara para a Córsega em seu velho barco, devido a certos negócios que tinha por lá, e não voltou mais, vitimado em três dias pela malária, aos trinta e oito anos de idade. Deixou, contudo, a mulher e os dois filhos bem de vida: Mattia, que seria e fui eu, e Roberto, dois anos mais velho.

Alguns velhotes da nossa cidade ainda se deleitam em fazer crer que a riqueza de meu pai (que não deveria mais incomodá-los, pois há muito tempo já passou para outras mãos) tivesse origens, digamos, misteriosas.

Dizem que a conseguira jogando cartas em Marselha com o capitão de um navio mercante inglês, o qual depois de perder todo o dinheiro que trazia consigo, e não devia ser pouco, havia apostado também uma grande carga de enxofre embarcada na distante Sicília[2] por conta de um negociante de Liverpool (até isto eles sabem! e o nome?), que tinha fretado o navio e que depois de zarpar, desesperado, afogara-se em mar alto. Desse modo, o navio aportara em Liverpool aliviado também do peso do capitão. Riqueza que tinha como lastro a maldade dos meus conterrâneos.

Tínhamos terras e casas. Perspicaz e aventureiro, meu pai nunca teve sede fixa para seus negócios: sempre navegando em seu velho barco, comprava onde melhor e mais oportunamente encontrasse toda sorte de produtos e logo os revendia; e para que não o tentassem iniciativas muito grandes e arriscadas, ia aplicando os lucros, pouco a pouco, em terras e casas aqui na própria

[2] A família de Pirandello explorava minas de enxofre na Sicília. Em 1904, quando saiu o romance, a mina de Stefano Pirandello havia sido inundada levando a família à bancarrota, inclusive Luigi, que completava seus ganhos como professor com uma mesada enviada pelo pai.

cidade, onde talvez contasse, mais tarde, descansar no conforto das riquezas duramente conseguidas, satisfeito e sossegado, com a mulher e os filhos.

Foi assim que comprou, de início, a terra das *Due Riviere,*[3] rica em oliveiras e amoreiras; em seguida o sítio de *Stìa,* também com benfeitorias e uma linda nascente de água que foi captada para o moinho; mais tarde, toda a encosta do *Sperone,* que era o melhor vinhedo das redondezas; e por fim, *San Rocchino*, onde construiu um agradável casarão. Na cidade, além da casa em que morávamos, comprou outras duas e um quarteirão inteiro, hoje reformado e adaptado para servir de arsenal.

Sua morte quase repentina nos arruinou. Minha mãe, inábil para administrar a herança, teve de confiá-la a um indivíduo que — por ter recebido de meu pai tantos benefícios, que lhe proporcionara inclusive mudar de situação social — sentiu-se na obrigação de pelo menos demonstrar um pouco de gratidão, a qual, além de zelo e honestidade, não lhe custaria nenhuma espécie de sacrifícios, uma vez que era fartamente remunerado.

Uma santa mulher, minha mãe! De caráter tímido e muito pacata, tinha tão pouca experiência da vida e dos homens! Parecia uma criança quando falava. Falava e ria com um timbre nasal, visto que todas as vezes que ria apertava os lábios como se tivesse vergonha. Fisicamente muito frágil, ficou ainda mais enfraquecida depois da morte de meu pai, mas nunca se queixou de seus males e não creio que ligasse muito para eles, aceitando-os conformada, como consequência natural da sua desdita. Talvez também esperasse morrer pela dor da viuvez e, portanto, devia dar graças a Deus que a mantinha viva, mesmo que infeliz e abalada, para o bem de seus filhos.

Tinha por nós uma ternura quase mórbida, repleta de ansiedade e medo, querendo-nos sempre por perto como se receasse nos perder, e com frequência mandava as criadas revistarem a enorme casa, assim que um de nós se afastava um pouco.

Abandonara-se cegamente à orientação do marido. Sem ele, sentiu-se perdida no mundo e não saiu mais de casa, exceto aos domingos, cedinho, para ir à missa na igreja vizinha acompanhada de duas velhas criadas que tratava como parentes. Na própria casa, aliás, restringiu-se a viver tão somente em três cômodos, abandonando os muitos outros aos poucos cuidados das criadas e às nossas travessuras.

---

[3] *Due Riviere*: a costa noroeste da Itália é conhecida como as "Duas Rivieras" – a riviera de levante, a leste de Gênova e a riviera de poente, a oeste. A cidade de Miragno, como veremos mais adiante, localiza-se nesta região que também é a de procedência dos avós maternos de Pirandello.

Nesses quartos, emanava dos móveis antigos e das cortinas desbotadas o mau cheiro peculiar das coisas velhas, quase o hálito de tempos passados; recordo-me que mais de uma vez olhei ao meu redor com uma estranha tristeza que vinha da silenciosa imobilidade daqueles velhos objetos há tantos anos ali, sem uso, sem vida.

Entre os que visitavam mamãe com mais frequência havia uma irmã de meu pai, uma solteirona rabugenta, morena e orgulhosa, com dois olhos de fuinha. Chamava-se Scolastica. Suas visitas, porém, eram de curta duração, uma vez que subitamente no meio da conversa ela se enfurecia e ia embora sem se despedir de ninguém. Eu tinha medo dela desde criança. Olhava-a espantado, sobretudo quando a via levantar-se de repente, furiosa, e a ouvia gritar para minha mãe, batendo raivosamente um pé no chão.

— Está ouvindo o silêncio? A toupeira! A toupeira!

Ela se referia a Malagna, o administrador que ia cavando às escondidas a cova debaixo dos nossos pés.

Tia Scolastica (soube disso mais tarde) queria a todo custo que minha mãe voltasse a se casar. Geralmente, as cunhadas não têm essas ideias nem dão esses conselhos. Mas ela fazia um juízo severo e desdenhoso da justiça e, certamente, mais por isso do que por nos devotar carinho, não podia tolerar que aquele homem nos roubasse daquela maneira, livremente. Com efeito, considerando a absoluta incapacidade e cegueira de minha mãe, ela não via outro remédio a não ser um segundo marido. E até já havia escolhido um pobre homem chamado Gerolamo Pomino.

Ele era viúvo e tinha um filho, que ainda está vivo e se chama Gerolamo, como o pai: era grande amigo meu, aliás, mais do que amigo, como esclarecerei mais adiante. Desde pequeno, vinha com o pai à nossa casa e era um desespero para mim e para meu irmão Berto.

Quando jovem, o pai, desejara por longo tempo a mão de tia Scolastica que não quisera saber nem dele, nem de nenhum outro; e não apenas porque não se sentisse disponível para o amor, mas porque a mais longínqua suspeita de que o homem por ela amado pudesse traí-la, mesmo que só em pensamento, a levaria, como dizia, a cometer um crime. Para ela, todos os homens eram uns fingidos, safados e traidores. Inclusive Pomino? Não, claro, Pomino não. Mas percebera isso tarde demais. De todos os homens que tinham pedido sua mão, e depois se casaram com outras, ela conseguira descobrir alguma traição e isso lhe havia dado um prazer enorme. Somente de Pomino, nada. O pobre homem, ao contrário, havia sido um mártir da esposa.

E por que, então, não se casava com ele? Ah, porque era viúvo! Tinha pertencido a outra mulher, na qual, quem sabe, vez por outra poderia pensar. Além disso, por que... vá lá, percebia-se a quilômetros, apesar de sua timidez, que estava apaixonado. O senhor Pomino estava apaixonado... pode-se imaginar por quem, pobre senhor Pomino!

Claro que minha mãe jamais aceitaria. Considerava aquilo um autêntico sacrilégio. Mas a pobre também não acreditava que tia Scolastica falasse a sério e ria, com sua maneira especial, das manifestações de ira da cunhada e das exclamações do pobre senhor Pomino que se achava presente àquelas discussões e a quem a solteirona dispensava os mais desbragados elogios.

Imagino quantas vezes ele terá exclamado, remexendo-se na cadeira como numa câmara de tortura:

— Oh, em nome de Deus!

Homenzinho impecável, discreto, de olhinhos azulados e tranquilos, creio que usasse pó de arroz e tivesse até mesmo a fraqueza de passar um pouco de ruge, quase nada, apenas um realce para o rosto. Certamente orgulhava-se de ter conservado, até a sua idade, os cabelos que penteava cuidadosamente dividindo-os em duas partes e que ficava o tempo todo ajeitando com as mãos.

Não sei como teriam andado nossos negócios se minha mãe, não por ela, mas pensando no futuro dos filhos, tivesse seguido o conselho de tia Scolastica e casado com o senhor Pomino. É certo, porém, que pior do que andaram, entregues a Malagna (a toupeira!), não poderiam ter andado.

Quando Berto e eu crescemos, grande parte de nossos bens, na verdade, já tinha virado fumaça, mas poderíamos ter salvo das garras daquele ladrão o suficiente para nos permitir viver, senão folgados, ao menos sem passar necessidades. Fomos dois vagabundos, não quisemos nos preocupar com nada, mantendo, já grandes, a vida com a qual nossa mãe nos acostumara desde pequenos.

Ela não quisera nem ao menos mandar-nos à escola. Um tal Pinzone[4] foi nosso criado e preceptor. Seu verdadeiro nome era Francesco ou Giovanni Del Cinque, mas todos o tratavam por Pinzone e já se acostumara tanto ao apelido que ele próprio se chamava Pinzone.[5]

---

[4] Pinzone foi também o protagonista da novela *La scelta* (*A escolha*), escrita em 1898 e publicada postumamente, no apêndice das *Novelas para um ano*.

[5] Pinça grande.

Era de uma magreza que causava repulsa. Altíssimo, e teria sido mais alto ainda, meu Deus, se o tronco quase cansado de crescer tão fino para o alto, não tivesse se arredondado debaixo da nuca numa discreta corcundinha, de onde o pescoço parecia sair à força, como o de um frango depenado, com um grande e protuberante pomo de adão que subia e descia. Pinzone esforçava-se para segurar os lábios entre os dentes, como para morder, castigar e ocultar um risinho cortante que lhe era característico, mas o esforço era parcialmente vão, uma vez que o risinho, não podendo sair pelos lábios assim aprisionados, escapava-lhe pelos olhos, ainda mais acentuado e divertido.

Com aqueles olhinhos ele devia observar, em nossa casa, muitas coisas que nem nós nem mamãe víamos. Não falava, talvez porque não julgasse ser seu dever falar ou mesmo porque — o que acho mais provável — secretamente tirasse prazer venenoso daquelas coisas.

Fazíamos dele tudo o que queríamos. Ele não ligava. Porém, em seguida, como desejando ficar em paz com a própria consciência, quando menos esperávamos nos traía.

Um dia, por exemplo, mamãe mandou que nos levasse à igreja. Estávamos próximos da Páscoa e devíamos nos confessar. Terminada a confissão, faríamos uma rápida visita à mulher de Malagna que estava doente e logo em seguida voltaríamos para casa. Imaginem que divertimento! Assim que chegamos à rua, porém, nós dois propusemos a Pinzone uma escapada: pagaríamos um bom litro de vinho para ele, desde que em vez de nos levar à igreja e à casa de Malagna, nos deixasse ir à *Stìa* para procurar ninhos de passarinhos. Pinzone concordou felicíssimo, esfregando as mãos, com os olhos brilhando. Bebeu; fomos ao sítio; fez o diabo durante quase três horas, ajudando-nos a trepar nas árvores e trepando lá em cima também. Porém, ao final da tarde, de volta para casa, assim que mamãe lhe perguntou se tínhamos confessado e visitado a mulher do Malagna:

— Bem, preciso lhe contar... — respondeu com o maior descaramento do mundo e contou detalhadamente tudo o que havíamos feito.

De nada adiantavam as nossas vinganças contra essas traições. E, no entanto, recordo-me que não eram brincadeira. Uma noite, por exemplo, eu e Berto, sabendo que ele tirava uma soneca sentado na arca da saleta de entrada enquanto esperava pelo jantar, pulamos furtivamente da cama onde ele nos havia posto de castigo antes da hora habitual, conseguimos encontrar um tubo de estanho para lavagem intestinal de dois palmos de comprimento, colocamos nele água com sabão do tanque de lavar roupa e, assim armados, nos aproximamos cautelosamente, encostamos o tubo em suas narinas — e vapt —! Ele deu um pulo que quase alcançou o teto.

Com tal preceptor, dá para imaginar o proveito que tirávamos do estudo. Mas Pinzone não era inteiramente culpado, uma vez que ele, desde que conseguisse nos ensinar alguma coisa, não se preocupava com método ou disciplina e usava mil recursos para prender a nossa atenção. No mais das vezes, ele era bem-sucedido comigo que era de natureza impressionável. Ele possuía uma erudição toda especial, curiosa e extravagante. Era, por exemplo, um especialista em trocadilhos: conhecia a poesia fidenziana e a macarrônica, a burchiellesca e a leporeâmbica,[6] e citava aliterações, paronomásias, versos correlativos, encadeados e invertidos, de todos os poetas desocupados. Ele mesmo compunha muitos versos extravagantes.

Lembro-me que um dia em *San Rocchino* ele nos fez repetir diante da encosta da colina não sei quantas vezes este seu *Eco:*

In cuor di donna quanto dura amore?
— (Ore).
Ed ella non mi amo quant io l'ama i?
— (Mai).
Or chi sei tu che sì ti lagni meco?
— (Eco).[7]

Pedia-nos para resolver todos os *Enigmas* em oitava rima de Giulio Cesare Croce,[8] os de Moneti,[9] em sonetos, e outros, também em sonetos, de um grandessíssimo vadio que tivera a ousadia de se esconder sob o nome de Catão de Útica.[10] Ele os havia copiado com tinta atabacada, num velho caderno de páginas amareladas.

---

[6] A poesia fidenziana seguia os moldes dos poemas paródicos e cheios de latinismos de Fidenzio Glotlogrisio, pseudônimo de Camilo Scrofa, do século XVI; a macarrônica refere-se aos poemas da língua latino-dialetal do mantuano T. Folengo (1491-1544) — a burchiellesca refere-se à poesia hermética em linguagem popular do Fiorentio Burchiello (1404-1449), poeta satírico do século XV; a leporeâmbica, à do poeta Ludovico Leporeo, do século XVII, cujos poemas eram repletos de jogos de palavras e rimas inusitadas.

[7] *"Quanto dura o amor no coração da mulher?* — (Horas). / *E ela não me amou como eu a amei?* — (Jamais). / *Mas quem és tu, que assim te queixas comigo?* — (Eco)." Há aqui um trocadilho intraduzível em que o final de cada verso, sob efeito do eco, repete-se no verso seguinte como uma resposta à pergunta do verso anterior.

[8] Giulio Cesare Croce (1550-1609) foi um famoso cantador bolonhês que atuava em feiras nas quais vendia suas coletâneas de versos e enigmas em oitavas. Seus escritos mais conhecidos são os livros *Bertoldo* e *Bertoldino*, publicados em 1606.

[9] F. Moneti (1635-1712), autor de enigmas em poesia, nasceu em Cortona.

[10] Catão de Útica é o pseudônimo de F. Maurello, cujos enigmas tiveram grande repercussão na segunda metade do século XVII.

— Escutem, escutem este outro de Stigliani.[11] Não é uma beleza? O que será? Escutem:

A un tempo stesso io mi sono una e due,
E fo due ciò che era uno primamente.
Una mi adopra con le cinque sue
Contra infiniti che in capo ha la gente.
Tutta son bocca dalla cinta in sue,
E più mordo sdentata che con dente.
Ho due bellichi a contrapposti siti,
Gli occhi ho ne' piedi, e spesso a gli occhi i diti.[12]

Vejo-o ainda recitando, um prazer intenso refletido no rosto, os olhos semicerrados, o indicador e o polegar unidos.

Minha mãe estava convencida que para as nossas necessidades bastava o que Pinzone nos ensinava e talvez julgasse, ao nos ouvir recitar os enigmas de Croce e Stigliani, que já era até demais. Já tia Scolastica, como não conseguia impor à minha mãe o seu predileto Pomino, começou a perseguir Berto e eu. Mas, amparados pela proteção de mamãe, nós não lhe dávamos ouvidos e ela se irritava tanto que, caso pudesse fazê-lo sem que a vissem ou ouvissem, nos espancaria até arrancar a pele. Lembro que certa vez, indo embora furiosa como de hábito, deu comigo num dos quartos abandonados. Segurou-me pelo queixo apertando-o com força entre os dedos e dizendo: "Lindinho! Lindinho! Lindinho!" — foi chegando seu rosto cada vez mais perto do meu enquanto falava, olhando em meus olhos, até que soltou uma espécie de grunhido e me largando rugiu entredentes:

— Focinho de cachorro!

Implicava especialmente comigo, não obstante eu me aplicasse muito mais do que Berto nas extravagantes lições de Pinzone. Devia ser por causa do meu rosto tranquilo e zangado[13] e dos grandes óculos redondos que me obrigavam a usar para corrigir um dos meus olhos que, não sei por quê, tendia a olhar por conta própria para onde queria.

---

[11] Tommaso Stigliani (1573-1661), poeta lucano, foi muito conhecido no início do século XVII. O enigma aqui utilizado por Pirandello chama-se *A tesoura* e foi publicado em sua coletânea *Rime*, composta de quatro livros publicados entre 1601 e 1623.

[12] *"Sou ao mesmo tempo, uma e duas / E faço dois o que antes era um. / Alguém me emprega com seus cinco / Contra os infinitos que as pessoas têm na cabeça. / Sou toda boca da cintura para cima. / E mordo mais desdentada do que com dentes. / Tenho dois umbigos em lugares opostos, / Tenho os olhos nos pés e, muitas vezes, nos olhos os dedos.*

[13] A oposição de adjetivos que descrevem características físicas é comum na obra de Pirandello.

Esses óculos eram para mim uma autêntica tortura. Depois de um tempo, joguei-os fora e deixei o olho livre para olhar aonde quisesse. Mesmo que esse olho fosse direito, ele não me tornaria bonito. Eu gozava de ótima saúde e era o que bastava.

Aos dezoito anos, invadiu-me o rosto uma grande barba ruiva e crespa, em prejuízo do nariz, muito pequeno, que acabou por quase se perder entre a barba e a testa, grande e séria.

Talvez, se o homem tivesse a possibilidade de escolher um nariz apropriado para seu rosto ou se nós, ao vermos um pobre homem oprimido por um nariz[14] grande demais para o seu rosto pequeno, pudéssemos dizer: *"Esse nariz fica bem em mim, fico com ele"*; aí talvez eu tivesse trocado de bom grado o meu, como também os olhos e muitas outras partes da minha pessoa. Mas tendo consciência de que isso não é possível, conformado com meu aspecto, não me preocupava com ele.

Berto, ao contrário, belo de rosto e de corpo (ao menos comparado comigo), ficava o tempo todo na frente do espelho e se alisava e acariciava, gastando um dinheirão com gravatas novas, perfumes sofisticados, roupa de baixo e vestuário. Um dia, por desaforo, peguei do seu guarda-roupa uma casaca novinha, um colete elegantíssimo de veludo preto, a cartola e fui caçar.

Batta Malagna, no entanto, vinha chorar junto a minha mãe as safras ruins que o obrigavam a contrair dívidas muito pesadas para garantir as nossas despesas excessivas e as contínuas obras de reparo que necessitavam as propriedades rurais.

— Tivemos prejuízo de novo! — dizia todas as vezes que chegava.

A cerração tinha acabado com as olivas no nascedouro em *Due Riviere*, ou então, a filoxera[15] tinha destruído os vinhedos do *Sperone*. Seria necessário plantar videiras americanas, resistentes à praga. E, por conseguinte, novas dívidas. Em seguida aconselhava vender o *Sperone*, para se livrar dos agiotas que o perseguiam. E assim, primeiro foi vendido o *Sperone*, a seguir, *Due Riviere*, depois, *San Rocchino*. Sobraram as casas e o sítio de *Stìa*, com o moinho. Minha mãe aguardava o dia em que ele viesse lhe dizer que a nascente tinha secado.

---

[14] Uma das características físicas privilegiadas por Pirandello é o nariz. Seu último romance, *Um, nenhum e cem mil*, começa com a personagem principal, Vitangelo Moscarda, preocupado com o nariz que é torto para a direita.

[15] A filoxera é uma parasita que invadiu os vinhedos europeus no final do século XIX. Para combatê-la foi preciso fazer enxertos com mudas americanas.

Na verdade, nós fomos vagabundos e gastávamos sem medida, mas também é verdade que um ladrão mais ladrão do que Batta Malagna nunca mais surgirá na face da Terra. É o mínimo que posso dizer a seu respeito, em consideração ao parentesco que fui obrigado a ter com ele.

Ele teve a astúcia de não nos deixar faltar nada enquanto minha mãe viveu. Mas aquela boa vida, aquela liberdade quase extravagante que nos deixava desfrutar servia para ocultar o abismo que, após a morte de minha mãe, engoliu somente a mim, uma vez que meu irmão teve a sorte de conseguir a tempo um casamento vantajoso.

Já o meu casamento...

— Será preciso que eu fale do meu casamento, não é dom Eligio?

Trepado em cima de sua escada para acender lampiões, dom Eligio Pellegrinotto responde:

— Como não? Sem dúvida. Com decência...

— Decência, coisa nenhuma! O senhor sabe muito bem que...

Dom Eligio ri e toda a igrejinha desconsagrada ri com ele. Em seguida, aconselha-me:

— No seu lugar, senhor Pascal, eu leria antes algumas novelas de Boccaccio[16] ou Bandello.[17] Por causa do tom, por causa do tom...

Dom Eligio cismou com o tom. Ufa! Escrevo do jeito que as coisas vão saindo.

Então coragem e vamos em frente!

16 Giovanni Boccaccio (1313-1375), foi poeta, escritor e autor do célebre *Decameron*, coletânea de cem novelas que são contadas por jovens refugiados em uma casa de campo para escapar da peste que atacou Florença em 1348. Boccaccio é considerado o pai da narrativa moderna.

17 Matteo Bandello (1485-1561), nascido em Castelnuovo, foi seminarista na Igreja de Santa Maria delle Grazie, em Milão, onde conheceu Leonardo da Vinci. Tem uma vasta produção de novelas que foram publicadas em quatro volumes, entre 1554 e 1573.

IV
Foi assim[18]

Certo dia, caçando, detive-me estranhamente impressionado diante de um monte de palha baixinho e barrigudo, com uma panelinha no topo da vara.

— Conheço você — disse. — Conheço você...

E subitamente, exclamei:

— Mas é Batta Malagna!

Peguei um tridente que estava ali no chão e enfiei naquele barrigão com tanta vontade que faltou pouco para a panelinha cair da vara. Lá estava o próprio Batta Malagna, quando, suado e ofegante, usava o chapéu de lado.

Ele escorria inteiro: escorriam no rosto comprido, de ambos os lados, as sobrancelhas e os olhos; escorria o nariz sobre o bigode sem graça e o cavanhaque; escorriam os ombros na união com o pescoço; escorria a barriga, enorme e flácida, até quase o chão, porque, dada sua proeminência sobre as pernas curtas, o alfaiate era forçado, para vestir essas perninhas, cortar as calças bem folgadas de modo que de longe era como se ele vestisse, no lugar de calças, uma saia muito comprida, com a barriga chegando até o chão.

Com um rosto e um corpo desses, não sei como Malagna podia ser tão ladrão. Acredito que até os ladrões necessitem de certa postura, que ele não me parecia ter. Andava devagar, com aquela barriga pendurada, sempre com as mãos nas costas, e fazia muito esforço para emitir aquela voz mole, queixosa! Gostaria de saber como ele justificava para a própria consciência os furtos que continuamente praticava em nosso prejuízo. Não tendo, como disse, nenhuma necessidade de roubar, alguma justificativa, alguma desculpa deveria dar a si mesmo. Talvez ele roubasse para se distrair um pouco, coitado.

---

[18] Deste capítulo foi extraída a peça rural de Pirandello, *Liolà*, que estreou em 4/11/1916, numa versão em dialeto siciliano e posteriormente foi transcrita para o italiano.

Na realidade, ele devia ser tremendamente atormentado por uma dessas esposas que sabem se fazer respeitar.

Havia cometido o erro de escolher uma mulher de categoria superior à sua, que era muito baixa. Essa mulher, se estivesse casada com um homem de condição igual à dela, talvez não fosse tão impertinente como era com ele, a quem precisava mostrar, nas mínimas ocasiões, que era bem-nascida e que na sua casa se fazia assim e assado. E lá ia Malagna, obediente, fazendo assim e assado, como ela dizia — a fim de parecer, ele também, uma pessoa respeitável. Mas isso lhe custava muito! Suava, suava sempre.

Além disso, a senhora Guendalina, logo após o casamento, adoeceu de um mal do qual não pôde mais se curar, pois para isso teria de fazer um sacrifício superior às suas forças: abrir mão, nada menos, de certos docinhos com trufas de que gostava muito e de outras iguarias do gênero, além – e principalmente – do vinho. Não que bebesse muito. Podia ser bem-nascida, mas não deveria beber nem uma gota sequer.

Eu e Berto, ainda rapazinhos, éramos às vezes convidados para almoçar em casa de Malagna. Era engraçado vê-lo, com o devido respeito, passar na esposa um sermão sobre o comedimento enquanto ele comia, devorava com muita volúpia os pratos mais suculentos:

— Não acho correto — dizia — que pelo prazer momentâneo que a boca sente à passagem de um bom bocado como este, por exemplo — *(e engolia o bocado)* —, a pessoa deva se sentir mal o dia inteiro. Qual é a graça? Tenho certeza que, depois, eu ficaria profundamente deprimido. Rosina! — *(chamava a criada)* — dê-me mais um pouco. Boa esta maionese!

— *Porco!* — gritava a mulher, furiosa. — Chega! Deus deveria fazer você sentir o que é estar mal do estômago. Aí você aprenderia a ter consideração por sua mulher.

— Como, Guendalina! Então não tenho? — exclamava Malagna, servindo-se de um pouco de vinho.

Como única resposta, a mulher levantava-se da cadeira, arrancava-lhe o copo das mãos e ia despejar o vinho pela janela.

— Por que isso? — gemia ele, surpreso.

E a mulher:

— Porque para mim é veneno! Se você vir eu me servir de uma gota sequer de vinho, arranque o copo das minhas mãos e vá despejá-lo pela janela como eu fiz, entendeu?

Malagna olhava, envergonhado e sorridente, um pouco para Berto, um pouco para mim, um pouco para a janela, um pouco para o copo e depois dizia:

— Ah, Deus meu! Você não é nenhuma criança! Eu, usar de violência? Não, querida. Você é que deveria se conter sozinha...

— Mas como? — gritava a mulher. — Com a tentação diante dos olhos? Vendo você beber tanto vinho, degustá-lo e olhá-lo contra a luz, para me provocar? Sabe o que eu acho? Se você fosse outro marido, para não me deixar sofrer...

Malagna chegou até a não beber mais vinho para dar à mulher um exemplo de parcimônia e não fazê-la sofrer.

Por isso roubava... claro! Algo, afinal, precisava fazer.

Até que, pouco depois, descobriu que a senhora Guendalina bebia às escondidas. Como se para não lhe fazer mal bastasse que o marido não soubesse. E até ele, Malagna, recomeçou a beber, mas fora de casa para não ofender a esposa.

É verdade que continuou a roubar. Sei que ele desejava de todo o coração, da parte da mulher, algum tipo de compensação por todas as aflições que ela lhe causava, ou seja, desejava que algum dia ela se decidisse a lhe dar um filho. Assim, seus roubos teriam uma finalidade, uma desculpa. O que é que não se faz pelo bem dos filhos?

A mulher, porém, definhava dia após dia e Malagna não ousava nem ao menos expressar-lhe esse ardente desejo. Talvez ela fosse estéril por natureza. Era necessário ter todos os cuidados com esse seu mal. E se depois morresse de parto? Deus nos livre!... Ademais, havia o risco de que a gestação não chegasse ao fim.

Por isso ele se conformava.

Era sincero? Não demonstrou muito quando a senhora Guendalina morreu. Lamentou a perda, ah, lamentou muito e sempre se lembrou dela com tanta devoção que, em seu lugar, não quis pôr mais nenhuma outra senhora bem nascida — nada disso — e bem que poderia tê-lo feito, rico como estava. Mas pegou a filha de um capataz: sadia, cheia de vida, robusta e alegre. E o fez unicamente para que não pudesse haver dúvida de que teria dela a desejada prole. Se foi apressado demais, bem... é preciso considerar que não era mais um jovenzinho e não tinha tempo para perder.

Oliva, filha de Pietro Salvoni, nosso feitor em *Due Riviere,* eu conhecia muito bem desde menina.

Por causa dela, quantas esperanças não dei à minha mãe de que estava criando juízo e tomando gosto pela vida do campo. Minha mãe não cabia em si de felicidade, pobrezinha. Mas um dia, a terrível tia Scolastica abriu-lhe os olhos:

— Você não vê, tola, que ele vai sempre a *Due Riviere*?

— Sim, para a colheita das olivas.

— De uma oliva, de uma única oliva, tonta!

Mamãe, então, fez-me um sermão completo: que eu me poupasse de cometer o pecado mortal de induzir em tentação e pôr a perder para sempre uma pobre menina etc. etc.

Mas não tinha perigo. Oliva era honesta, de uma honestidade inatacável, porque tinha consciência do mal que faria a si mesma se cedesse. Era exatamente essa consciência que a fazia ousada e descontraída, sem a insossa timidez dos pudores fingidos.

Que sorriso! Seus lábios eram duas cerejas. E que dentes!

Mas daqueles lábios, nem um beijo; dos dentes sim, alguma mordida, como castigo, quando eu a agarrava pelos braços e não queria largá-la sem antes conseguir um beijo, nem que fosse nos cabelos.

Nada além disso.

Agora, tão linda, jovem e viçosa, casada com Batta Malagna... Pois é. Quem tem a coragem de virar as costas para certos golpes da sorte? Oliva sabia claramente como Malagna tinha enriquecido! Antes falava tão mal dele, depois, justamente por causa dessa riqueza, casou-se com ele.

Passou-se então um ano, desde o dia do casamento; passaram-se dois; e nada de filhos.

Malagna, que há muito tempo convencera-se que não tivera filhos da primeira mulher apenas em razão de sua esterilidade ou de sua doença, não admitia agora, nem remotamente, a suspeita de ser ele o responsável. E começou a irritar-se com Oliva.

— Nada?

— Nada.

Esperou mais um ano, o terceiro: inutilmente. Começou então a culpá-la abertamente. Passado mais outro ano, já tendo perdido para sempre as esperanças, no auge do desespero, começou a maltratá-la sem rodeios, lançando-lhe no rosto que ela, com a sua aparência saudável, o tinha enganado, enganado, enganado; que ele a havia elevado àquela condição apenas para que ela lhe desse um filho, pois aquele lugar era antes ocupado por uma senhora distinta, uma verdadeira dama, cuja memória, não fosse por isso, ele jamais teria ofendido.

A pobre Oliva, sem saber o que dizer, não respondia. Vinha frequentemente à nossa casa para desabafar com minha mãe que a confortava com palavras bondosas dizendo que ela ainda tivesse esperanças, pois afinal era bem jovem:

— Vinte anos?

— Vinte e dois...

— Pois então. Já se deu mais de um caso de alguém ter filhos até dez anos, mesmo quinze anos após o casamento.

Quinze? Mas... e ele? Ele já estava velho, e se...

Desde o primeiro ano, surgira em Oliva a suspeita de que afinal, entre ele e ela — como dizer? —, a falta pudesse ser mais dele que sua, embora ele teimasse em dizer que não. Mas como provar isso? Oliva, ao se casar, jurara a si mesma que permaneceria honesta e não queria, nem mesmo para reconquistar a paz, desobedecer ao juramento.

Como sei de tudo isso? Essa é boa, como sei!... Já disse que ela vinha desabafar em nossa casa; disse que a conhecia desde menina; agora a via chorar por causa do comportamento indigno e da estúpida e provocante presunção daquele velho nojento, e... é mesmo preciso dizer tudo? Aliás, a resposta foi não e, portanto, basta.

Consolei-me rapidamente. Eu tinha então, ou julgava ter (o que dá no mesmo), muitas coisas na cabeça. Dispunha também de dinheiro, que — afinal de contas — possibilita certas ideias que sem ele não existiriam. Gerolamo II Pomino ajudava-me a gastá-lo miseravelmente, já que nunca tinha o suficiente por causa da sábia parcimônia do pai.

Mino era quase como a nossa sombra, alternando-se entre mim e Berto, mudava com espantosa capacidade simiesca se estivesse com um ou com outro. Quando estava com Berto, tornava-se logo um dândi e o pai, então, que tinha algumas veleidades de elegância, abria um pouco a mão. Mas ele não ficava muito tempo com Berto. Ao se ver copiado até no modo de andar, meu irmão logo perdia a paciência, talvez por temer o ridículo, e o tratava mal até conseguir se livrar dele. Mino então voltava a grudar em mim e o pai fechava de novo a mão.

Eu era mais paciente com ele, pois gostava de divertir-me às suas custas. Depois me arrependia. Reconhecia ter-me excedido por sua causa em alguma iniciativa, ou ter forçado minha natureza, ou exagerado na demonstração de meus sentimentos, só pelo gosto de confundi-lo ou metê-lo em alguma confusão, da qual, naturalmente, eu também sofria as consequências.

Mino, um dia, durante a caça, referindo-se a Malagna, cujas façanhas com a esposa eu lhe havia contado, disse-me que tinha lançado olhares para uma moça, justamente a filha de uma prima de Malagna, pela qual se disporia a fazer, de boa vontade, alguma asneira. Era bem capaz disso, já que a moça não parecia relutante, mas ele não tivera ainda ocasião de falar com ela.

— Confesse que você não teve coragem! — disse eu, rindo.

Mino negou, mas corou bastante ao fazê-lo.

— Mas conversei com a criada — logo acrescentou. — E descobri umas boas, sabe? Ela me falou que o seu *Malanno*[19] está sempre na casa dela e pelo jeito parece que está preparando algum golpe, de acordo com a prima, que é uma velha megera.

— Que golpe?

— Pois a criada disse que ele vai lá chorar suas mágoas por não ter filhos. A velha, dura, arrogante, responde-lhe que é o que ele merece. Parece que quando a primeira mulher de Malagna morreu, ela enfiou na cabeça que faria a filha casar-se com ele e fez de tudo para conseguir isso; e que depois, desapontada, dissera o diabo daquele brutamontes, que era inimigo dos parentes, traidor de seu próprio sangue etc. etc., e também ficara furiosa com a filha, que não soubera conquistar o tio. Enfim, agora que o velho se mostra tão arrependido por não ter feito a sobrinha feliz, quem sabe que outra ideia maldosa pode ter tido a megera.

Fechei os ouvidos com as mãos, gritando para Mino:

— Cale a boca!

Parecia que não, mas no fundo eu era realmente muito ingênuo naquele tempo. Mas ao saber das cenas que ocorreram e continuavam a ocorrer na casa de Malagna, imaginei que a suspeita da criada podia, de certo modo, ter algum fundamento; e quis verificar, para o bem de Oliva, se conseguiria tirar aquilo a limpo. Pedi a Mino o paradeiro da megera. Mino pediu que o recomendasse à moça.

— Sem dúvida — respondi. — Deixo-a para você, que diabos!

No dia seguinte, com a desculpa de uma promissória, cujo vencimento naquele dia viera casualmente a saber de mamãe, pela manhã, fui ver se encontrava Malagna na casa da viúva Pescatore.

De propósito, fui correndo e entrei na casa todo afogueado e transpirando muito:

— Malagna, a promissória!

Se já não soubesse que ele não tinha a consciência limpa, sem dúvida teria me dado conta nesse dia, vendo-o levantar-se pálido, transtornado, balbuciando:

---

[19] Novamente o autor brinca com as palavras: *Mallano* (em vez de Malagna) significa tanto "moléstia" como "desgraça".

— Qual... qual prom... qual promissória?

— A promissória tal, que vence hoje... Mamãe mandou-me porque está muito preocupada!

Batta Malagna caiu sentado, soltando num *ah* interminável todo o pavor que por um instante o envolvera...

— Mas está em ordem!... Tudo em ordem!... Nossa, que susto!... Renovei-a, não é? Por três meses, pagando os juros, claro. Você fez esta correria só por isso?

E riu, riu, fazendo a pança balançar. Convidou-me para sentar e me apresentou às mulheres.

— Mattia Pascal. Marianna Dondi, viúva Pescatore, minha prima. Romilda, minha sobrinha.

Para que eu me refizesse da correria, insistiu que eu bebesse alguma coisa.

— Romilda, se você não se incomoda...

Como se fosse sua casa.

Romilda levantou-se olhando para a mãe, como para se aconselhar e pouco depois, apesar dos meus protestos, voltou com uma pequena bandeja onde se achavam um copo e uma garrafa de vermute. Imediatamente, vendo aquilo, a mãe ergueu-se irritada, dizendo à filha:

— Não! Não! Deixe comigo!

Tirou-lhe a bandeja das mãos e saiu para retornar logo em seguida com outra bandeja esmaltada, novinha em folha, amparando uma bela licoreira: um elefante prateado com uma barrica de vidro nas costas e vários cálices, que tilintavam, pendurados ao redor.

Eu teria preferido o vermute. Bebi o licor. Malagna e a mãe também beberam. Romilda, não.

Nessa primeira vez, não fiquei muito para ter uma desculpa para retornar. Disse que estava com pressa de ir tranquilizar mamãe sobre a promissória e que voltaria em outra ocasião para aproveitar com mais vagar a companhia das senhoras.

Pelo jeito como se despediu, não me pareceu que Marianna Dondi, viúva Pescatore, tivesse muito prazer com o anúncio de uma segunda visita minha: apenas estendeu-me a mão gelada, seca, nodosa, amarelada, baixou os olhos e contraiu os lábios. A filha compensou-me com um simpático sorriso que prometia uma acolhida cordial e com um olhar, ao mesmo tempo doce e triste, daqueles olhos que desde o primeiro momento fizeram que eu tivesse dela uma forte impressão: olhos de estranha cor verde, sombrios, intensos, sombreados por longos cílios; olhos noturnos, entre o repartido dos cabelos negros como ébano, ondulados, que lhe desciam sobre a testa e o rosto, como para realçar a viva brancura da pele.

A casa era simples, mas já se percebia entre os velhos móveis vários outros recém-chegados, pretensiosos e ridículos, na vistosa ostentação de coisa nova: dois grandes lustres de louça, por exemplo, ainda não usados, com globos de vidro trabalhado de curioso formato, em cima de um modestíssimo console com base de mármore amarelado que apoiava um espelho sombrio de moldura redonda, descorada aqui e ali, e parecia abrir-se na sala como a boca de um esfomeado. Em frente ao pequeno divã desconjuntado havia uma mesinha com os quatro pés dourados e com o tampo de porcelana pintada de cores fortes, um pequeno armário de laca japonesa etc. etc. Os olhos de Malagna detinham-se nesses objetos novos com evidente prazer, como antes, na licoreira trazida triunfalmente pela prima, viúva Pescatore.

As paredes da sala eram quase totalmente cobertas por gravuras antigas e não de todo más, algumas das quais Malagna quis que eu admirasse dizendo que eram obras de Francesco Antonio Pescatore, seu primo, hábil gravador (que morrera louco, em Turim — acrescentou devagar), cujo retrato também me mostrou.

— Feito com suas próprias mãos, sozinho, diante do espelho.

Pouco antes, olhando Romilda e depois a mãe, eu havia pensado: "Vai ver que se parece com o pai!" Agora, diante do retrato, não sabia mais o que pensar.

Não quero arriscar suposições injuriosas. Embora considere Marianna Dondi, viúva Pescatore, capaz de tudo, como imaginar que um homem, ainda por cima bonito, pudesse se apaixonar por ela? A não ser que se tratasse de um louco mais louco do que o marido.

Contei a Mino as impressões dessa primeira visita. Falei de Romilda com tanta admiração que ele logo se entusiasmou, contentíssimo por ela ter me agradado tanto e por ter minha aprovação.

Perguntei quais eram suas intenções: a mãe, sim, tinha todo jeito de ser megera, mas a filha eu juraria que era honesta. Não havia nenhuma dúvida quanto aos objetivos odiosos de Malagna, de maneira que era preciso salvar a moça a qualquer custo.

— Mas como? — perguntou Pomino, que escutava fascinado as minhas palavras.

— Como? Vamos ver. Antes de mais nada, será preciso ter certeza de muitas coisas, pesquisar a fundo, estudar bem. Você entende, não se pode tomar uma decisão assim aos trancos e barrancos. Deixe comigo: vou ajudá-lo.

Gosto desta aventura.

— Bem... mas... — objetou Pomino timidamente, começando a se inquietar vendo-me tão excitado. — Você diria talvez... eu me casar com ela?

— Por hora, não digo nada. Será que você está com medo?

— Não. Por quê?

— Porque você está muito precipitado. Vá com calma e reflita. Se confirmarmos que ela é realmente como deveria ser: boa, ajuizada, virtuosa (bonita ela é, não há dúvida, e você gosta dela, não é?) – bem, suponhamos que ela esteja, pela maldade da mãe e daquele outro safado, realmente exposta a um perigo iminente, a um massacre, a um mercado infame. Você hesitaria diante de uma ação meritória, de uma obra santa de salvação?

— Eu não... não! — disse Pomino. — Mas... e meu pai?

— Ele seria contra? Por que razão? Pelo dote, certo? Só por isso! Porque ela, você sabe, é filha de um artista, de um hábil gravador morto... sim, bem morto em Turim... Seu pai é rico e só tem você: pode satisfazer o seu desejo sem ligar para o dote! Mas se você não conseguir convencê-lo amigavelmente não precisa ter medo: um lindo voo para fora do ninho e tudo entra nos eixos. Seu coração é de papel, Pomino?

Pomino riu, e eu então lhe demonstrei rapidamente que ele nascera para casar, tal como se nasce poeta. Descrevi, em cores muito vivas e sedutoras, a felicidade da vida a dois com a sua Romilda: o carinho, os cuidados, a gratidão que ela teria por ele, seu salvador. E, para concluir:

— Agora você deve descobrir uma maneira de ser notado por ela e lhe falar ou escrever. Veja bem, talvez neste momento uma carta sua poderia representar para ela uma tábua de salvação, perseguida como está por aquela aranha. Enquanto isso, eu frequentarei a casa, observarei, procurarei a ocasião de apresentar você. Combinado?

— Combinado...

Por que eu quereria tanto ver Romilda casar? Por nada. Repito: só pelo gosto de perturbar Pomino. Eu falava sem parar e todas as dificuldades desapareceriam. Era ousado e não levava nada muito a sério. Quem sabe por isso as mulheres me amavam, apesar do meu olho meio desorientado e do meu corpo atarracado. Preciso dizer que dessa vez, porém, meu entusiasmo nascia também do desejo de desmontar a teia de aranha armada por aquele velho nojento e deixá-lo a ver navios. Nascia também da preocupação com a pobre Oliva e — por que não? — da esperança de fazer um bem à moça, que de fato me provocara a melhor das impressões.

Que culpa tenho se Pomino cumpriu minhas instruções com excessivo acanhamento? Que culpa tenho se Romilda em vez de se apaixonar por Pomino apaixonou-se por mim, embora eu falasse dele o tempo todo? Que culpa tenho, enfim, se a falsidade de Marianna Dondi, viúva Pescatore, chegou a me fazer acreditar que foi graças à minha habilidade que eu conseguira, em pouco tempo, vencer a sua desconfiança e até operar um milagre: o de fazê-la rir mais de uma vez com os meus ditos extravagantes? Via-a ceder aos poucos; fui bem acolhido; pensei que com um jovem rico (eu ainda me julgava rico) por perto e que dava sinais indubitáveis de estar apaixonado pela filha, ela tivesse finalmente desistido de sua ideia pérfida, se é que algum dia lhe passara pela cabeça. Vejam só: cheguei ao ponto de colocar isso em dúvida!

Com efeito, deveria ter percebido que não me acontecera mais encontrar Malagna na casa dela e que este poderia ser o motivo pelo qual ela me recebesse apenas de manhã. Mas quem se importava? Diga-se de passagem, era natural que assim fosse, pois para ter maior liberdade eu sempre propunha um passeio ao campo, o que se faz preferencialmente pela manhã. Aos poucos me apaixonara por Romilda, mesmo continuando sempre a lhe falar do amor de Pomino; apaixonara-me doidamente por aqueles lindos olhos, aquele narizinho, aquela boca, por tudo, até por uma pequena verruga que ela tinha na nuca, até por uma cicatriz quase imperceptível numa das mãos, que eu beijava e beijava e beijava perdidamente... em nome de Pomino.

Ainda assim, talvez nada de sério tivesse acontecido se certa manhã (estávamos em *Stìa* e tínhamos deixado sua mãe admirando o moinho), Romilda, subitamente interrompendo a brincadeira por demais prolongada sobre seu tímido e distante amante, não tivesse um repentino ataque de choro e não atirasse os braços ao meu pescoço, suplicando toda trêmula que tivesse pena dela, que a levasse comigo para longe, longe da sua casa, longe daquela mãe sem coração, longe de todos, depressa, depressa, depressa...

Longe? Como eu podia sem mais nem menos levá-la para longe?

Depois sim, durante muitos dias ainda embriagado de paixão, procurei uma maneira, sinceramente decidido a tudo. E já começava a preparar minha mãe para a notícia do meu iminente e inevitável casamento, por dever de consciência, quando sei lá por que chegou-me uma carta muito seca de Romilda, pedindo que não me ocupasse mais dela de jeito nenhum e para não ir mais à sua casa, dando por encerrado o nosso relacionamento.

Ah, sim? Como assim? O que tinha acontecido?

Nesse mesmo dia, Oliva chegou chorando à nossa casa para dizer à mamãe que ela era a mulher mais infeliz do mundo e que a paz do seu lar estava destruída para sempre. Seu marido tinha conseguido a prova que não era culpa dele o fato de não terem filhos e a anunciara triunfante.

Eu estava presente àquela cena. Não sei como consegui me conter naquele momento. Deteve-me o respeito por mamãe. Sufocado pela ira, pelo nojo, fugi, fui me trancar no quarto e, sozinho, com as mãos nos cabelos, comecei a me questionar como era possível que Romilda, depois de tudo o que se passara entre nós, tivesse se prestado a tamanha indignidade! Ah, digna filha de sua mãe! As duas não tinham enganado, covardemente, o velho, mas a mim também, a mim também! E tal como a mãe, ela também se servira de mim de forma vergonhosa para a sua infame finalidade, para o seu obscuro desejo! E a pobre Oliva, no entanto! Arruinada, arruinada...

Antes do cair da noite, ainda tremendo de raiva, fui direto à casa de Oliva. Trazia no bolso a carta de Romilda.

Oliva, em lágrimas, juntava suas coisas: queria retornar à casa do pai, a quem até o momento, por prudência, não deixara perceber nada do que se passara.

— Mas agora, que vou fazer aqui? — disse-me. — Acabou-se! Se ao menos ele tivesse se envolvido com outra qualquer, talvez...

— Ah, então você sabe com quem ele se envolveu? – indaguei.

Balançou várias vezes a cabeça, soluçando e escondendo o rosto nas mãos.

— Uma mocinha! — exclamou erguendo os braços. — E a mãe, a mãe, a mãe! De pleno acordo, entende? A própria mãe!

— Você diz isso a mim? — eu retruquei. — Tome, leia.

E lhe dei a carta.

Oliva olhou para a carta, meio aturdida, pegou-a e me perguntou:

— O que está escrito?

Mal sabia ler. Com o olhar me perguntou se era mesmo necessário fazer esse esforço naquele momento.

— Leia — insisti.

Ela então enxugou as lágrimas, abriu o papel e começou a soletrar as palavras devagar. Após ler as primeiras palavras, baixou os olhos para a assinatura e me olhou arregalando-os:

— Você?

— Deixe comigo — disse-lhe —, eu leio tudo para você.

Mas ela apertou a carta no peito.

— Não! — gritou. — Não devolvo mais! Ela agora me serve!

— E para que poderia servir? — perguntei, sorrindo com azedume. — Você gostaria de mostrar para ele? Mas nesta carta toda não há uma só palavra que possa fazer seu marido deixar de acreditar naquilo que ele, muito pelo contrário, está contentíssimo em acreditar. Eles a enganaram direitinho, esteja certa!

— É verdade! É verdade! — gemeu Oliva. Veio para cima de mim, com as mãos no rosto, gritando que me arrependeria se colocasse em dúvida a honra da sobrinha!

— E então? — disse eu, rindo amargamente. — Está vendo? Você não pode conseguir mais nada negando. Preste atenção! Você deve dizer-lhe que sim, que é verdade, que é totalmente verdade que ele pode ter filhos... entende?

Por que então, cerca de um mês mais tarde, Malagna tomado pela ira espancou a esposa e correu espumando para minha casa, esbravejando que exigia imediata reparação, pois eu havia destruído a reputação de sua sobrinha, uma pobre órfã? Acrescentou que para não fazer escândalo, quis inicialmente se calar. Como não tinha filhos e por pena daquela coitada, estava até decidido a assumir como sua a criança que iria nascer. Mas que agora, que Deus finalmente lhe dera o conforto *de ter um filho legítimo da sua própria esposa*, não podia, não podia mais, em plena consciência, fazer as vezes de pai também do outro, do filho de sua sobrinha.

— Mattia que assuma! Mattia que remedie o mal! — concluiu furioso. — E imediatamente! Ele deve me obedecer imediatamente! E não me obriguem a dizer mais nada ou a fazer algum despropósito!

Já que chegamos a este ponto, vamos raciocinar um pouco. Eu já vi de tudo neste mundo. Passar por idiota, ou mesmo por... coisa pior não seria, no fundo, um grande problema. Repito que já estou fora da vida e não me importo com mais nada. Se já cheguei a este ponto e quero refletir, é apenas pela lógica.

Claro me parece que Romilda não teve necessidade de fazer nada de mal para induzir o tio ao erro. Se fosse diferente, por que Malagna teria, ao som de pancadas, acusado a mulher de traição e culpado a mim, para minha mãe, de ter desonrado a sobrinha?

Romilda, por sua vez, afirma que pouco depois daquele nosso passeio à *Stìa*, tendo confessado à sua mãe o grande amor que sentia por mim, esta tinha ficado furiosa e lhe gritara no rosto que jamais, em tempo algum, permitiria que ela se casasse com um vagabundo praticamente falido como eu. E já que ela, sozinha, causara o pior mal que pode acontecer a uma mocinha, nada mais lhe restava, como mãe previdente, que tirar partido desse mal da melhor forma possível. O que tinha em mente era fácil imaginar. Quando Malagna chegou no horário habitual, ela saiu com uma desculpa e deixou a moça sozinha com o tio. Então Romilda, chorando copiosamente, jogou-se a seus pés fazendo-o compreender a sua desgraça e o que a mãe pretendia dela. Suplicou que ele interviesse junto à mãe para que esta voltasse atrás, uma vez que ela pertencia a outro, a quem desejava manter fidelidade.

Malagna enterneceu-se, mas até certo ponto. Disse-lhe que ela ainda era menor e portanto estava submetida à autoridade materna, a qual se quisesse poderia até me acionar judicialmente; que ele, em sã consciência, não teria coragem de aprovar um casamento com um desocupado como eu, gastador e desmiolado, razão pela qual não poderia intervir na decisão da mãe; disse que ela devia se sujeitar à justa e natural indignação da mãe e que isso, saliente-se, seria uma sorte para ela; e concluiu dizendo que a única coisa que ele poderia fazer seria sustentar — com a condição de que se guardasse com todos o maior segredo — a criança que ia nascer, fazer-lhe as vezes de pai, enfim, já que não tinha filhos e desejava ter um há muito tempo.

É possível — pergunto eu — ser mais honesto do que isto?

Aí está: tudo o que ele roubara do pai, devolveria ao filho que estava para nascer.

Que culpa tem ele, se eu mais tarde, ingrato e ignorante, entornei o caldo?

Dois não! Dois não, que diabos!

Ele achava demais, e talvez porque Roberto, como já disse, contraíra um casamento vantajoso, calculou que não o havia prejudicado muito a ponto de ter que devolver a parte dele também.

Resumindo, pode-se ver que — no meio de toda aquela gente boa — eu era o único culpado. E devia pagar por isso.

Imediatamente recusei indignado. Depois, atendendo às súplicas de minha mãe que já via a ruína da nossa casa e esperava que eu pudesse de alguma maneira salvar-me casando com a sobrinha daquele seu inimigo, cedi e me casei.

Sobre minha cabeça pairava, terrível, a ira de Marianna Dondi, viúva Pescatore.

V
Amadurecimento

A megera não se conformava de maneira alguma.

— O que foi que você conseguiu? — perguntava. — Não lhe bastava entrar sorrateiramente na minha casa como um ladrão para me trair, desonrando minha filha? Não lhe bastava?

— Ah não, querida sogra! — eu respondia. — Porque se tivesse ficado nisso, eu teria feito um favor à senhora, teria prestado um serviço...

— Escutou? — gritava então à filha. — Ele se vangloria, ainda ousa se vangloriar da bela façanha que aprontou com aquela... — e aqui enfiava uma coleção de impropérios dirigidos a Oliva; e em seguida, colocando as mãos nos quadris e apontando os cotovelos para frente: — Mas o que foi que você conseguiu? Você não arruinou também seu filho, assim? Sim, o que lhe importa isso? O outro também é dele, é dele...

Jamais deixava de soltar esse veneno, sabendo o efeito que tinha sobre o espírito de Romilda, ciumenta do filho de Oliva que viria ao mundo na abundância e na alegria, ao passo que o seu nasceria na angústia e na incerteza do futuro e no meio daquela briga toda. Esse ciúme crescia ainda mais com as notícias que alguma boa mulher, fingindo não saber de nada, vinha lhe trazer a respeito da tia Oliva Malagna, que estava tão contente, tão feliz com a graça que Deus finalmente lhe havia concedido: ah, parecia uma flor, nunca estivera tão bela e vicejante!

Ela, nesse ínterim, ficava ali jogada num sofá, sofrendo de enjoos contínuos, pálida, aniquilada, feia, sem nenhum momento de sossego, sem vontade de falar ou de abrir os olhos.

Era minha culpa isso também? Parecia que sim. Ela já não suportava me ver ou me ouvir. E foi pior quando, para salvar o sítio da *Stìa* e seu moinho, foi preciso vender as casas e minha pobre mamãe viu-se obrigada a entrar no inferno do meu lar.

Na verdade, aquela venda não adiantou nada. Malagna, cujo filho por nascer permitia-lhe não ter mais meias-medidas nem escrúpulos, fez a última das suas: num acerto com agiotas comprou ele próprio as casas, sem aparecer, por uma ninharia. As dívidas que pesavam sobre *Stìa* não foram saldadas em sua maior parte e o sítio, bem como o moinho, foi colocado pelos credores sob administração judicial. Estávamos liquidados.

Que fazer então? Comecei a procurar, mas quase sem esperança, um trabalho qualquer que fosse, para atender às necessidades mais urgentes da família. Eu não tinha aptidão para nada, a fama que tinha ganhado com minhas proezas juvenis e com a minha vadiagem, certamente não convidava ninguém a me dar um emprego. As cenas que eu era obrigado a presenciar e participar diariamente na minha casa tiravam-me a tranquilidade necessária para refletir um pouco e examinar o que poderia e saberia fazer.

Sentia um autêntico pavor ao ver minha mãe ali, convivendo com a viúva Pescatore. Minha santa velhinha, não mais inocente, mas aos meus olhos não responsável por seus erros, causados por não ter sabido acreditar até onde a maldade humana era capaz de chegar, fechava-se em si, com as mãos no colo, os olhos baixos, sentada num cantinho, como se não tivesse muita certeza do direito de ficar nesse lugar, como se estivesse sempre à espera de partir, de partir em breve — se Deus assim o quisesse! Não dava trabalho nem ao ar que respirava. De tempos em tempos sorria para Romilda, com pesar. Não se atrevia mais se aproximar dela porque, uma vez, poucos dias antes da sua chegada à nossa casa, tendo corrido para prestar-lhe ajuda, fora rudemente afastada pela megera.

— Deixe comigo, deixe comigo. Eu sei o que devo fazer.

Por precaução, como Romilda de fato precisava ajuda naquele momento, eu ficara calado, mas estava atento para que ninguém lhe faltasse com o respeito.

Entretanto, notava que minha prontidão em defesa de minha mãe irritava surdamente a megera e até mesmo minha mulher. Eu temia que quando não estivesse em casa elas a maltratassem para desafogar a raiva e esvaziar o ódio do coração. Sabia com toda a certeza que mamãe nunca me diria nada. E isso me atormentava. Quantas e quantas vezes não olhei em seus olhos para ver se tinha chorado! Ela me sorria, acariciava-me com o olhar, depois perguntava:

— Por que você me olha assim?

— Está tudo bem, mamãe?

Ela então esboçava um gesto com a mão e respondia:

— Está sim, não está vendo? Vá ter com sua mulher, vá. Ela está sofrendo, coitada.

Decidi escrever para Roberto, em Oneglia, pedindo que acolhesse mamãe em sua casa, não para me livrar de um peso que teria suportado de bom grado mesmo nas dificuldades financeiras em que me encontrava, mas unicamente para o bem dela.

Berto respondeu-me que não podia, não podia porque sua situação perante a família da esposa e da própria esposa era muito difícil depois da nossa bancarrota. Ele agora vivia do dote da mulher e não poderia, desse modo, impor a ela também o peso da sogra. Além disso, mamãe — dizia ele — acabaria em situação ruim também na sua casa, porque ele morava com a mãe da esposa, boa mulher, verdade, mas que poderia ficar má por causa dos inevitáveis ciúmes e conflitos que nascem entre sogras. Por conseguinte, era melhor que mamãe permanecesse comigo, mesmo porque, permanecendo, ela não se afastaria da sua terra nos anos que lhe restavam e não seria obrigada a mudar de vida e de hábitos. No final, dizia-se desolado por não poder, pelas razões expostas acima, prestar-me o mínimo auxílio pecuniário, como era seu desejo sincero.

Ocultei esta carta de mamãe. Talvez eu não tivesse ficado tão indignado se o meu estado exacerbado naquele momento não me turvasse a razão. Teria considerado, por exemplo, de acordo com a natural inclinação do meu espírito, que se um rouxinol dá as penas da cauda, pode dizer: "Sobrou-me o dom do canto", mas se um pavão é obrigado a dá-las, o que lhe resta? Para Berto seria um sacrifício enorme, uma perda irreparável, romper, pouco que fosse, o equilíbrio que lhe dava tanto trabalho, o equilíbrio que lhe permitia viver de maneira limpa e, quem sabe, com um pouco de dignidade às custas da esposa. Além de sua bela figura, dos modos distintos, de sua elegância de cavalheiro, ele não tinha mais nada para oferecer à mulher. Nem ao menos uma migalha de coração, que talvez a compensasse do incômodo que minha pobre mãe poderia causar. Mas Deus o fizera assim, dera-lhe pouco coração, muito pouco mesmo. O que o pobre Berto podia fazer?

Contudo, as aflições cresciam e eu não sabia como contorná-las. Foram vendidas as joias de mamãe, caras recordações. A viúva Pescatore, temendo que eu e minha mãe logo acabássemos vivendo da sua pequena renda, um dote de quarenta e duas liras mensais, ficava a cada dia mais fechada e ríspida. Eu temia que a qualquer momento sua ira explodisse, represada há muito tempo, talvez pela presença e pela postura de mamãe. Ao me ver andar pela casa feito uma barata tonta, aquele furacão em forma de mulher lançava-me olhares de raiva, relâmpagos que anunciavam trovoadas. Eu saía para cortar a corrente e impedir a descarga. Mas, temendo por mamãe, voltava para casa.

Certo dia, porém, não retornei a tempo. A tempestade havia finalmente estourado por um pretexto banal: a visita das duas velhas criadas de mamãe.

Uma delas, que não havia economizado nada porque tivera de sustentar uma filha que enviuvara com três filhos, logo arrumou outro emprego, mas a outra, Margherita, sozinha no mundo e mais afortunada, podia agora repousar na velhice com o pé-de-meia feito nos muitos anos de trabalho em nossa casa. Parece que com essas duas boas mulheres, fiéis companheiras de tantos anos, mamãe tivesse, aos poucos, se queixado daquela sua mísera e tristíssima situação. Imediatamente, Margherita, a bondosa velhinha que já havia suspeitado de tudo e não tivera coragem de se manifestar, propôs-lhe que fosse embora com ela, para a sua casa: tinha dois quartinhos limpos, com uma pequena varanda que dava para o mar, cheia de flores. Morariam juntas, tranquilas, e esta ficaria feliz de ainda poder servi-la, de ainda poder demonstrar o afeto e a devoção que sentia por ela.

Mas era possível, para minha mãe, aceitar a oferta da pobre velha? Daí a cólera da viúva Pescatore.

Ao retornar para casa, encontrei-a com os punhos estendidos contra Margherita que no entanto a encarava corajosamente, ao passo que mamãe, assustada, com lágrimas nos olhos, tremendo toda, agarrava-se com ambas as mãos na outra velhinha, como que para se proteger.

Ver minha mãe naquela situação e perder a cabeça foi imediato. Segurei a viúva Pescatore por um dos braços e a joguei no chão, bem longe. Ela se levantou com a rapidez de um raio e veio na minha direção para me atacar, mas estancou na minha frente.

— Fora! — gritou. — Você e sua mãe, rua! Fora da minha casa!

— Escute — disse-lhe, então, com a voz tremendo pelo violento esforço que fazia para me conter. — Escute: fora você, agora mesmo, com suas próprias pernas, e não me provoque mais. Suma para o seu bem! Suma!

Romilda, chorando e gritando, levantou-se da poltrona e foi se atirar nos braços da mãe:

— Não! Fique comigo, mamãe! Não me deixe, não me deixe aqui sozinha!

Mas aquela digna mãe a repeliu, furiosa:

— Você o quis? Pois agora fique com ele, esse delinquente! Eu vou embora sozinha!

Claro que não foi.

Passados dois dias, a pedido de Margherita — creio —, tia Scolastica, enfurecida como de costume, veio para levar mamãe com ela.

A cena merece ser contada.

Naquela manhã, a viúva Pescatore estava fazendo pão, as mangas arregaçadas, a saia levantada e enrolada na cintura, para não se sujar. Ao ver entrar minha tia, virou-se ligeiramente e continuou peneirando farinha, como se nada tivesse acontecido. Minha tia não ligou. Aliás, entrara sem cumprimentar ninguém dirigindo-se diretamente para mamãe, como se naquela casa não existisse mais ninguém além dela.

— Depressa, vamos, vista-se! Você vem comigo. Fiquei sabendo de umas coisas. Aqui estou. Vamos embora! Arrume a sua trouxa!

Falava sem parar. O nariz adunco, altivo, no rosto moreno meio amarelado, tremia remexendo-se de vez em quando, os olhos faiscavam.

A viúva Pescatore, silenciosa.

Depois de terminar de peneirar, misturar água e amassar a farinha, ela batia a massa com força, de propósito, sobre a amassadeira.[20] Era seu jeito de responder ao que minha tia dizia. Esta, então, aumentou a dose. E a outra, batendo cada vez com mais força: "*Sim! — Claro! — Como não? — Sem dúvida!*" e então, como se não bastasse, foi buscar o rolo e o colocou ao lado da amassadeira, como para dizer: tenho isto também.

Teria sido melhor que nunca o tivesse feito! Tia Scolastica deu um pulo, tirou furiosamente o pequeno xale que trazia nos ombros e o jogou para mamãe:

— Tome! Deixe tudo aí! Vamos embora já!

E se plantou na frente da viúva Pescatore. Esta, para não tê-la assim tão perto, recuou um passo, ameaçadora, como se quisesse usar o rolo, então tia Scolastica pegou uma grande bola de massa da amassadeira e espalhou na cabeça da outra, esticou-a sobre o rosto e, com os punhos fechados, foi socando — no nariz, nos olhos, na boca, onde desse. Em seguida, pegou minha mãe por um braço e a levou para fora.

Depois, sobrou para mim. A viúva Pescatore, rugindo de raiva, arrancou a massa do rosto e do cabelo todo empastado e veio atirá-la na minha cara no momento em que eu ria sem parar, numa espécie de convulsão. Agarrou

[20] Móvel de cozinha em forma de caixa que se usava antigamente para fazer o pão.

minha barba, arranhou-me todo e depois, como enlouquecida, jogou-se no chão e começou a tirar furiosamente as roupas e a rolar, rolar, freneticamente. Enquanto isso, minha mulher (*sit venia verbo*)[21] vomitava do outro lado, entre gritos agudos, enquanto eu berrava para a viúva Pescatore:

— As pernas! As pernas! Não me mostre as pernas, pelo amor de Deus!

Posso dizer que depois daquilo, tomei gosto de rir de todas as minhas desgraças e de todos os meus tormentos. Vi-me, naquele momento, ator de uma tragédia que não se poderia imaginar mais ridícula: minha mãe, fugida daquele modo com aquela louca; minha mulher, por sua vez... bem, deixemos de lado!; Marianna Pescatore ali no chão; e eu, eu, que não tinha mais pão, aquilo que se chama pão, para o dia seguinte, eu, com a barba toda cheia de massa, o rosto arranhado e pingando algo que não sabia ainda se era sangue ou lágrimas, de tanto rir. Fui olhar no espelho. Eram lágrimas, mas eu estava bastante machucado. Ah, como gostei daquele meu olho nesse momento! Desesperado, ele começara a olhar mais do que nunca para outro lado, por sua própria conta. Fugi, decidido a não voltar para casa se não achasse antes um meio qualquer de sustentar, ainda que de maneira miserável, minha mulher e eu.

Naquele momento, sentia-me magoado e irritado por tantos anos de falta de juízo, e podia concluir facilmente que minha desgraça não podia inspirar em ninguém nem pena, quanto mais consideração. Eu bem que merecera. Apenas uma pessoa poderia se compadecer de minha desgraça: aquele que roubara todos os nossos bens, mas imaginem só se Malagna podia ainda se sentir na obrigação de vir em meu socorro, depois do que se passara entre mim e ele.

A ajuda, ao contrário, veio de quem eu menos podia esperar.

Após permanecer fora de casa aquele dia todo, ao anoitecer encontrei-me por acaso com Pomino, o qual, fingindo não me ver, tentou escapar.

— Pomino!

Voltou-se de cara fechada e parou, baixando os olhos:

— O que você quer?

— Pomino! — repeti mais alto, sacudindo-o pelo ombro e rindo da sua cara fechada. — Está falando sério?

Oh, ingratidão humana! Pomino tinha guardado rancor da traição que, segundo ele, eu lhe fizera. Não consegui convencê-lo de que a traição, ao

---

[21] Locução latina que significa "com o perdão da palavra".

contrário, fora dele e que ele deveria não somente me agradecer, mas ainda por cima ajoelhar-se e beijar o chão por onde eu passava.

Eu ainda estava embriagado pela alegria doentia que tomara conta de mim desde que me olhara no espelho.

— Você vê estes arranhões? — disse-lhe em seguida. — Foi ela quem fez!

— Ro... quero dizer, sua mulher?

— A mãe dela!

E lhe contei como e por quê. Sorriu, mas pouco. Talvez tenha pensado que a viúva Pescatore não faria aqueles arranhões nele, uma vez que estava em condições bem melhores que as minhas e tinha outro caráter e outro coração.

Fui então tentado a lhe perguntar por que, se estava realmente tão magoado, não se casara com Romilda antes, até mesmo fugindo com ela, como eu lhe aconselhara, antes que, por causa de sua ridícula timidez ou de sua indecisão, acontecesse a desgraça de eu me apaixonar por ela. Na enorme agitação em que me encontrava, tive vontade de lhe dizer muito mais, mas me contive. Em vez disso, perguntei, estendendo-lhe a mão, em companhia de quem andava nos últimos tempos.

— De ninguém! — suspirou. — De ninguém! Aborreço-me, aborreço-me terrivelmente!

Pelo jeito áspero com que disse essas palavras acho que compreendi imediatamente o real motivo da mágoa de Pomino. Explico: talvez ele não lamentasse tanto a perda de Romilda quanto a dos companheiros que não tinha mais. Berto não estava mais lá e comigo ele não podia mais contar, porque havia Romilda no meio. O que restava então ao pobre Pomino?

— Case-se, meu caro! — disse-lhe. — Você vai ver que alegria!

Ele, porém, balançou a cabeça seriamente, com os olhos fechados, e levantou uma das mãos:

— Nunca! Jamais!

— Muito bem, Pomino: não desista! Se o que deseja é companhia, estou às suas ordens, a noite toda se você quiser.

E falei do propósito que fizera ao sair de casa, expondo também as condições desesperadas em que me achava. Como verdadeiro amigo, Pomino comoveu-se e ofereceu o pouco de dinheiro que trazia consigo. Agradeci-lhe de todo o coração e disse que o auxílio não me seria de nenhuma utilidade: no dia seguinte eu estaria na mesma. Eu precisava era de um emprego fixo.

— Espere! — exclamou Pomino. — Sabe que meu pai agora está na Prefeitura?

— Não. Mas imagino.

— Assessor municipal para a Instrução Pública.

— Isso eu não imaginava.

— Ontem à noite, durante o jantar... Espere! Você conhece Romitelli?

— Não.

— Como não? Aquele que trabalha lá embaixo na biblioteca Boccamazza. É surdo, quase cego, gagá e não se aguenta mais em pé. Ontem à noite, durante o jantar, meu pai dizia que a biblioteca encontra-se em estado deplorável e que é preciso tomar providências o mais rapidamente possível. É esse o lugar para você!

— Bibliotecário? — exclamei. — Mas eu...

— E por que não? — disse Pomino. — Se Romitelli pode ser...

O argumento convenceu-me.

Pomino aconselhou-me que mandasse tia Scolastica falar com seu pai. Seria melhor.

No dia seguinte fui visitar mamãe e falei do assunto com ela porque tia Scolastica não quis me ver. E foi assim, quatro dias mais tarde, que virei bibliotecário. Sessenta liras por mês. Mais rico do que a viúva Pescatore! Eu podia cantar vitória.

Nos primeiros meses foi quase um divertimento, pois Romitelli não conseguia compreender que fora exonerado pela Prefeitura e que, portanto, não deveria mais vir à biblioteca. Todas as manhãs, à mesma hora, nem um minuto antes nem um minuto depois, eu o via surgir em quatro pés (contando as duas bengalas, uma em cada mão, que lhe serviam melhor do que os pés). Tão logo chegava, puxava do bolsinho do colete um velho patacão de cobre e o pendurava na parede com sua enorme corrente, sentava-se com as duas bengalas entre as pernas, tirava do bolso o solidéu, a tabaqueira e um grande lenço xadrez vermelho e preto, metia nas narinas uma grande pitada de rapé, limpava-se, e em seguida abria a gaveta da mesinha e dela tirava um enorme livro que pertencia à biblioteca: *Dicionário histórico dos músicos, artistas e amadores, mortos e vivos,* impresso em Veneza, em 1758.

— Senhor Romitelli! — gritava-lhe eu, vendo-o realizar todas essas operações tranquilamente, sem dar o menor sinal de perceber minha presença.

Mas era perda de tempo. Ele não seria capaz de escutar nem tiros de canhão. Eu o sacudia pelo braço, e então ele se virava para mim, piscava os olhos, contraía o rosto para olhar e em seguida exibia os dentes amarelos, possivelmente na intenção de sorrir. Finalmente, inclinava a cabeça em cima do livro como se desejasse usá-lo como travesseiro. A verdade é que ele lia daquele jeito, a dois centímetros de distância, com um só olho e em voz alta:

— *Birnbaum, Giovanni Abramo... Birnbaum, Giovanni Abramo, mandou imprimir... Birnbaum, Giovanni Abramo, mandou imprimir em Leipzig, em 1738... em Leipzig, em 1738... um opúsculo em oitavo... em oitavo: Observações imparciais sobre uma passagem delicada do músico crítico. Mitzler... Mitzler inseriu... Mitzler inseriu este escrito no primeiro volume da sua Biblioteca Musical. Em 1739...*

E prosseguia assim, repetindo duas ou três vezes nomes e datas, como que para enfiá-los na cabeça. Não sei por que lia assim em voz alta. Repito: não seria capaz de escutar nem tiros de canhão.

Eu ficava observando admirado. Que podia importar a esse homem, reduzido àquele estado, já com um pé na cova (ele de fato morreu quatro meses depois de minha nomeação para bibliotecário), o que lhe podia importar que Birnbaum, Giovanni Abramo tivesse mandado imprimir em Leipzig, em 1738, um opúsculo em oitavo? Se pelo menos a leitura não lhe custasse todo aquele esforço! Era preciso reconhecer que ele não podia dispensar aquelas datas, tampouco as notícias sobre músicos (ele, tão surdo!), artistas e amadores, mortos e vivos até 1758. Ou talvez achasse que um bibliotecário, sendo a biblioteca feita para leitores, tivesse a obrigação de ler, e já que nunca havia visto aparecer por lá alma viva, apanhara aquele livro como poderia ter pego qualquer outro? Estava tão gagá que até essa hipótese é possível e até mesmo mais provável do que a primeira.

Sobre a enorme mesa no meio da sala havia uma camada de pó de pelo menos um dedo de altura. Tanto que eu, para consertar de alguma maneira a negra ingratidão de meus concidadãos, pude traçar nela em letras graúdas esta inscrição:

AO
MONSENHOR BOCCAMAZZA
MAGNÂNIMO DOADOR
EM PERPÉTUO TESTEMUNHO DE GRATIDÃO
OS CONCIDADÃOS
COLOCARAM ESTA LÁPIDE.

De tempos em tempos, desabavam das estantes dois ou três livros, seguidos de ratazanas grandes como coelhos.

Representaram, para mim, a maçã de Newton.

— Encontrei! — gritei todo contente. — Essa é uma ocupação para mim enquanto Romitelli fica lendo o seu *Birnbaum*.

Para começar, escrevi um bem elaborado ofício ao eminente *cavaliere*[22] Gerolamo Pomino, assessor municipal para a Instrução Pública, para que a Biblioteca Boccamazza ou de Santa Maria Liberal fosse, com a maior urgência, abastecida de ao menos um par de gatos, cujo sustento não incorreria em quase nenhum gasto à Municipalidade posto que os citados animais encontrariam abundante alimentação no produto de sua caça. Dizia também que seria recomendável à biblioteca dispor de uma meia dúzia de ratoeiras e da indispensável isca, para não dizer *queijo*, palavra vulgar que como funcionário subalterno não julguei conveniente submeter aos olhos de um assessor municipal para a Instrução Pública.

Inicialmente, encaminharam-me dois gatinhos tão pequeninos que se assustaram logo com aquelas enormes ratazanas e — para não morrer de fome — enfiavam-se nas ratoeiras e comiam o queijo. Todas as manhãs, encontrava-os presos lá dentro, magros, feios e tão aflitos que pareciam não ter força nem vontade para miar.

Protestei e me enviaram então dois gatões bonitos, ágeis e sérios que, sem perda de tempo, começaram a cumprir seu dever. As ratoeiras também eram úteis, pois forneciam ratos vivos. Certa noite, chateado com Romitelli por não tomar o menor conhecimento daquelas minhas lutas e vitórias, como se ele tivesse apenas a obrigação de ler e os ratos de comerem os livros da biblioteca, eu decidi, antes de sair, colocar dois ratos vivos na gaveta da sua mesinha. Esperava, ao menos, perturbar na manhã seguinte sua habitual e tediosa leitura. Que nada! Tão logo abriu a gaveta e sentiu passarem correndo, debaixo do nariz, os dois bichos, voltou-se para mim, que já não conseguia segurar uma gargalhada, e perguntou:

— O que aconteceu?

— Duas ratazanas, senhor Romitelli!

— Ah, ratazanas... — disse, na maior calma.

Estava acostumado com elas, eram de casa. E retomou a leitura do seu livrão como se nada houvesse acontecido.

Pode-se ler num *Tratado das árvores*, de Giovanni Vittorio Soderini,[23] que os frutos amadurecem, "parte pelo calor e parte pelo frio, por isso o calor, como é evidente para todos, tem a força de cozimento e é a simples causa do amadurecimento". Giovanni Vittorio Soderini desconhecia, portanto, que

[22] *Cavaliere* (cavaleiro) da Coroa da Itália, título com o qual a monarquia italiana homenageava, por algum mérito, membros da sociedade.

[23] Giovanni Vittorio Soderini (1526-1596), escreveu vários tratados sobre agricultura, principalmente sobre viticultura. O citado *Tratado das árvores* foi publicado postumamente, em 1817.

além do calor os vendedores de frutas experimentaram outra *causa do amadurecimento*. Para chegar primeiro ao mercado e vendê-las mais caro, eles colhem as frutas, maçãs, pêssegos e peras antes que cheguem à condição de ficarem sadias e saborosas e fazem com que amadureçam à força, machucando-as.

Minha alma, ainda verde, chegou à maturação justamente assim.

Em pouco tempo tornei-me outro. Depois que Romitelli morreu fiquei aqui nesta igrejinha fora de mão, sozinho, roído pela monotonia, no meio de todos esses livros; terrivelmente só e, contudo, sem desejar companhia. Poderia permanecer apenas poucas horas por dia, mas tinha vergonha de que me vissem pelas ruas da cidade, assim, reduzido à miséria. Evitava minha casa como uma prisão e, por consequência, era melhor ficar aqui mesmo, repetia com os meus botões. Mas, o que fazer? Sim, havia a caça aos ratos, mas era suficiente?

Quando me aconteceu pela primeira vez encontrar-me com um livro nas mãos, apanhado ao acaso numa das estantes, senti um calafrio de horror. Eu acabaria como Romitelli, sentindo-me obrigado a ler, como bibliotecário, por todos os que não vinham à biblioteca? Joguei o livro no chão. Voltei a pegá-lo e — sim senhores — comecei a lê-lo, apenas com um olho, porque o outro não queria saber.

Li um pouco de tudo, sem método, mas em especial livros de filosofia. São muito difíceis, mas quem deles se nutre os incorpora e vive nas nuvens. Atrapalharam ainda mais meu cérebro que por si só já era estranho. Quando esquentava a cabeça, fechava a biblioteca e ia por um caminho íngreme até uma prainha solitária.

A visão do mar me atordoava e, aos poucos, tornava-se uma opressão insuportável. Sentava-me na areia e evitava olhar para o mar baixando a cabeça, mas ouvia o seu barulho por toda costa, enquanto devagarzinho deixava escorrer entre meus dedos a areia densa e pesada, murmurando:

— Desse jeito, sempre, até a morte, sem nenhuma mudança, nunca...

A imutável condição da minha existência sugeria-me, então, pensamentos fora de propósito, extravagantes, quase que tocando a insanidade. Erguia-me num pulo como que para sacudir essa loucura de cima de mim e começava a andar à beira da água, mas via então o mar enviar incessantemente para a praia as suas ondas fatigadas e sonolentas, via aquelas areias abandonadas e gritava com raiva, agitando os punhos:

— Mas, por quê? Por quê?

E molhava os pés.

O mar esticava um pouco mais algumas ondas só para chamar minha atenção:

"Veja, meu caro, o que se ganha em querer saber certas coisas? Molhe os pés. Volte para a sua biblioteca! Água salgada estraga os sapatos e você não tem dinheiro para desperdiçar. Volte para a sua biblioteca e abandone os livros de filosofia. Ande, vá ler de preferência o que Giovanni Abramo Birnbaum mandou imprimir em Leipzig, em 1738, um opúsculo em oitavo. Não há dúvida de que lhe será mais útil".

Mas um dia finalmente vieram trazer a notícia de que minha mulher estava sentindo as dores do parto e que eu devia correr logo para casa. Corri como um gambá, mais para escapar de mim mesmo, para não ficar nem mais um minuto comigo mesmo, pensando que estava para ter um filho: eu, naquelas condições, um filho!

Tão logo cheguei à porta de casa, minha sogra agarrou-me pelos ombros e me fez rodar sobre mim mesmo:

— Um médico! Corra! Romilda está morrendo!

É de preocupar, não é? Uma notícia dessas à queima-roupa. E no entanto, "Corra!" Não sentia mais as pernas, não sabia mais para que lado ir e enquanto corria, não sei como, ficava repetindo: "Um médico! um médico!". As pessoas paravam na rua e pediam que eu também parasse para explicar o que estava acontecendo. Sentia que me puxavam pelas mangas, via na minha frente rostos pálidos, preocupados e me desviava de todos: "Um médico, um médico!"

O médico, no entanto, já estava em minha casa. Quando voltei esbaforido, num estado miserável, depois de ter corrido todas as farmácias, a primeira menina já tinha nascido e estava difícil fazer a outra vir ao mundo.

— Duas!

É como se eu ainda as visse ali no berço, juntas: arranhavam-se uma à outra com as mãozinhas tão delicadas, e ainda assim dotadas de garras por um instinto selvagem que provocava asco e piedade. Pequenas, pequenas, pequenas, mais do que os dois gatinhos que encontrava todas as manhãs presos nas ratoeiras. Elas não tinham força para chorar, como os gatinhos de miar, e no entanto se arranhavam!

Afastei-as uma da outra e ao primeiro contato com aqueles corpinhos tenros e frios senti um arrepio diferente, um arrepio de ternura indescritível: — eram minhas!

Uma morreu alguns dias depois; a outra, ao contrário, quis dar-me tempo para que me afeiçoasse a ela, com toda a entrega de um pai que, não tendo mais nada, fizesse de sua cria a única finalidade da existência. Teve a maldade de morrer quando já tinha um ano de idade e se tornara muito, muito bonitinha, com aqueles cachos dourados que eu enrolava nos dedos e beijava, sem nunca me cansar. Chamava-me papai e eu respondia logo: — Filha — e ela, novamente: — Papai... — e assim ficávamos, sem motivo, como os passarinhos que se chamam entre si.

Morreu na mesma época que mamãe, no mesmo dia e quase na mesma hora. Eu não sabia mais como dividir minhas atenções e a minha dor. Deixava a minha pequenina repousando e corria para ver mamãe que não se preocupava consigo mesma, nem com a sua morte, e me perguntava dela, da netinha, angustiada de não poder mais revê-la, beijá-la pela última vez. Esse desespero durou nove dias! Depois de nove dias e nove noites de vigília constante, sem fechar os olhos nem por um minuto... devo dizer? — muitos, talvez, não teriam coragem de confessar; mas isso é humano, totalmente humano —, não senti pena, não: no instante em que aconteceu fiquei um certo tempo paralisado de horror, apavorado, e adormeci. Isso mesmo. Antes precisei dormir. Depois sim, quando acordei a dor apoderou-se de mim, furiosa, feroz, pela minha filhinha e por minha mamãe, que não existiam mais... Estive a ponto de enlouquecer. Vaguei uma noite inteira pela cidade e pelos campos. Não sei o que eu tinha na cabeça, só sei que afinal cheguei ao sítio da *Stìa*, perto da calha do moinho, e que um certo Filippo, velho moleiro, guarda da propriedade, tirou-me de lá e me fez sentar mais adiante debaixo das árvores, falou-me demoradamente de mamãe, de meu pai e dos bons tempos passados; disse-me que não devia chorar e me desesperar daquele jeito porque, para cuidar de minha filhinha no outro mundo, acorrera a avó, a boa vovozinha, que a colocaria nos joelhos, falaria sempre de mim e nunca a deixaria só.

Três dias depois, Roberto, como se quisesse compensar-me pelas lágrimas, mandou-me quinhentas liras. Dizia que queria que eu providenciasse uma sepultura digna para mamãe. Mas tia Scolastica já havia cuidado disso.

As tais quinhentas liras ficaram um tempo entre as páginas de um velho livro da biblioteca.

Depois foram úteis para mim e se constituíram — como vou contar — a razão da minha *primeira* morte.

VI
Tac, tac, tac...

Apenas a bolinha de marfim, correndo graciosa na roleta em direção contrária ao das casas numeradas, parecia se divertir:

— Tac, tac, tac...

Só ela, e não certamente os que a olhavam suspensos na expectativa torturante que seu capricho lhes causava. Nos quadrados amarelos da mesa de jogo, inúmeras mãos haviam colocado como oferenda votiva, ouro, ouro e mais ouro; inúmeras mãos que agora tremiam na espera angustiante, apalpando inconscientemente mais ouro para a aposta seguinte enquanto os olhos suplicantes pareciam dizer: "Caia onde quiser, onde quiser, graciosa bolinha de marfim, nossa deusa cruel!"

Eu tinha ido parar em Monte Carlo por acaso.

Depois de uma das habituais cenas com minha sogra e minha mulher, que agora, oprimido e fragilizado como eu estava pela dupla e recente infelicidade, provocavam em mim um desgosto insuportável, e não conseguindo mais resistir à monotonia, ou melhor, à repugnância de viver daquela maneira miserável sem qualquer chance nem esperança de melhora, sem mais o consolo que minha doce menina me proporcionava, sem nenhuma compensação, ainda que pequena, pela mágoa, pelo abandono, pela horrível desolação em que me encontrava, numa decisão quase repentina fugira da cidade a pé, com as quinhentas liras de Berto no bolso.

Havia pensado no caminho em ir até Marselha partindo da estação ferroviária da localidade vizinha, para onde tinha me dirigido. Chegando a Marselha, embarcaria aventureiramente para a América, nem que fosse com uma passagem de terceira classe.

Afinal, o que poderia acontecer de pior do que aquilo que sofrera e sofria em minha casa? Claro que encontraria outros grilhões, mas não me pareceriam ser mais pesados dos que eu estava a ponto de arrancar dos pés. Além disso, conheceria outras terras, outras gentes, outra vida, e ao menos seria poupado da opressão que me sufocava e aniquilava.

Mas eis que chegando a Nice, desanimei. Senti meus ímpetos juvenis esmorecerem: talvez porque o tédio já tivesse me corroído por dentro e enfraquecido a dor. O desânimo maior viera da falta de dinheiro com que deveria me aventurar a um destino incerto, numa terra longínqua, indo ao encontro de uma vida totalmente desconhecida sem qualquer preparação.

Pois bem, descendo em Nice, ainda não muito resolvido a voltar para casa, andando pela cidade, aconteceu-me de parar em frente a uma grande loja na *Avenue de la Gare*, que ostentava esta placa em grandes letras douradas:

DEPÔT DE ROULETTES DE PRÉCISION[24]

Ali estavam expostas roletas de todos os tamanhos juntamente com outros acessórios desse jogo e vários livretos que exibiam na capa o desenho da roleta.

Sabe-se que os infelizes facilmente se tornam supersticiosos, por mais que debochem da credulidade dos outros e das esperanças que a própria superstição os faz ter e que, é claro, nunca são concretizadas.

Recordo-me que eu, após ler o título de um daqueles livretos, *Méthode pour gagner à la roulette,*[25] afastei-me da loja com um sorriso de desprezo e zombaria. Contudo, poucos passos depois retornei e (apenas por curiosidade, ora essa!) com o mesmo sorriso de desprezo e zombaria nos lábios entrei na loja e comprei o livreto.

Não tinha nenhuma noção do que se tratava, em que consistia o jogo ou como funcionava. Iniciei a leitura, porém não entendi quase nada.

Pensei: "Talvez seja porque não sei francês direito".

Ninguém me ensinara essa língua. Aprendera um pouco folheando alguns livros na biblioteca. Não estava certo da pronúncia e temia que rissem de mim se falasse algo.

Foi exatamente esse medo que a princípio deixou-me indeciso entre ir ou não, mas depois pensei que partira para me aventurar até a América desprovido de tudo e sem conhecer nem de longe o inglês e o espanhol. Assim, com o pouco francês que dispunha e guiado pelo livreto, bem que poderia me aventurar até Monte Carlo, ali pertinho.

---

[24] "Depósito de roletas de precisão."

[25] "Método para ganhar na roleta."

"Nem minha sogra, nem minha mulher", pensei no trem, "sabem desse pouco dinheiro que tenho na carteira. Vou jogá-lo lá, para me livrar de toda a tentação. Espero poder salvar o suficiente para pagar a volta para casa. Senão...".

Tinha ouvido falar que havia muitas árvores – sólidas – no jardim em torno do cassino. No fim das contas, talvez eu me pendurasse economicamente numa delas usando o cinto das calças, e até fizesse uma bela figura. Diriam:

— Pobre homem, sabe-se lá quanto perdeu!

Para dizer a verdade, esperava coisa melhor. A entrada até que não é má, percebe-se que tiveram a intenção de erguer um templo à Sorte, com aquelas oito colunas de mármore, um portão e duas portas laterais. Sobre as portas estava escrito *Tirez*, e até aí o meu francês chegava; cheguei também ao *Poussez*[26] do portão, que obviamente significava o contrário. Empurrei e entrei.

Que péssimo gosto! É até desaforo. Poderiam ao menos oferecer aos que vão deixar tanto dinheiro ali a satisfação de se verem esfolados em lugar menos luxuoso, porém mais bonito. Hoje em dia, todas as grandes cidades orgulham-se de possuir um belo matadouro para os pobres animais que, por não terem educação, não podem apreciá-lo. É verdade, entretanto, que a maioria das pessoas que vai até lá tem outro motivo que o de se preocupar com o gosto da decoração daquelas cinco salas, mesmo os que ficam sentados naqueles sofás redondos raramente estão em condições de perceber a duvidosa elegância do estofado.

Geralmente sentam-se ali alguns desgraçados cuja paixão pelo jogo transtornou seus cérebros de maneira bastante peculiar: ficam ali estudando o dito equilíbrio das probabilidades, ponderam seriamente acerca dos lances que vão tentar, toda uma arquitetura de jogo, consultando dados sobre as ocorrências dos números. Desejam, em resumo, extrair lógica do acaso, que é o mesmo que dizer tirar água das pedras, e têm certeza absoluta de que mais cedo ou mais tarde irão conseguir.

Mas não devemos nos espantar com nada.

— Ah, o 12! o 12! — dizia um cavalheiro de Lugano, um homem enorme cuja figura sugeria as mais confortadoras reflexões sobre as resistentes energias da raça humana. — O 12 é o rei dos números e é o meu número! Jamais me traiu! É verdade que se diverte em me fazer pirraça até com uma certa frequência, mas depois sempre me recompensa pela minha fidelidade.

Aquele homenzarrão estava apaixonado pelo número 12 e não falava de

---

[26] "Puxe", "empurre", respectivamente.

outra coisa. Contou que no dia anterior seu número não se dignou sair nem uma vez, mas ele não se dera por vencido: todas as vezes, obstinadamente, sua aposta era no 12. Lutara até o fim, até a hora em que os crupiês anunciam:

— *Messieurs, aux trois derniers!* [27]

Pois bem, na primeira daquelas três últimas jogadas, nada; nada também na segunda; na terceira e última, puft: o 12.

— Ele falou comigo! — concluiu com os olhos cintilantes de felicidade. — Ele falou comigo!

O fato é que tendo perdido durante o dia todo, tinham-lhe sobrado para aquela última aposta uns poucos escudos, de modo que no final não tinha podido recuperar quase nada. Mas isso importava? O número 12 tinha falado com ele!

Ao ouvir essa conversa, lembrei de quatro versos do pobre Pinzone cujo caderno de trocadilhos, com as rimas esquisitas, encontrado durante a mudança de casa estava agora na biblioteca e tive vontade de recitá-los àquele cavalheiro.

Ero già stanco di stare alla bada
della Fortuna La dea capricciosa
dovea pure passar per la mia strada.

E passo, finalmente; ma tignosa.[28]

Então aquele senhor segurou a cabeça entre as mãos e apertou dolorosamente o rosto durante muito tempo. Olhei para ele inicialmente espantado e em seguida preocupado.

— O que o senhor tem?

— Nada. Estou rindo — respondeu.

Ria daquele jeito! A cabeça doía-lhe de tal maneira que ele não aguentava as sacudidelas do riso.

Vejam no que dá alguém se apaixonar pelo número 12!

Antes de tentar a sorte — ainda que sem a menor ilusão —, fiquei algum tempo observando para entender como era o jogo.

Não me pareceu tão complicado como meu livreto me fizera pensar.

No centro da mesa, no pano verde numerado, estava encaixada a roleta.

---

[27] "Senhores, as três últimas jogadas!"

[28] "*Já estava cansado de esperar / pela fortuna. A deusa malvada/ pelo meu caminho deveria passar. / E passou finalmente, com a mão fechada.*"

Ao redor dela, os jogadores, homens e mulheres, velhos e jovens, de todos os países e condições, alguns sentados outros em pé, apressavam-se nervosamente em dispor montes grandes e pequenos de luíses, escudos[29] e de cédulas de dinheiro sobre os números amarelos dos quadrados. Os que não conseguiam ou não queriam se aproximar, diziam ao crupiê os números e as cores em que desejavam jogar e ele imediatamente, com o rodo, dispunha com maravilhosa habilidade as apostas segundo o indicado. Fazia-se silêncio, um silêncio estranho, angustiante, quase vibrante de violências reprimidas, interrompido de tempos em tempos pela voz monótona e sonolenta dos crupiês:

— *Messieurs, faites vos jeux.*[30]

Ao mesmo tempo, nas outras mesas, outras vozes também monótonas, anunciavam:

— *Le jeu est faite; Rien ne va plus.*[31]

Ao final o crupiê lançava a bolinha na roleta:

— Tac, tac, tac...

E todos olhavam para ela com as expressões mais diversas: ansiedade, desafio, angústia, terror. Alguns dos que estavam em pé, atrás dos que tinham tido a sorte de conseguir uma cadeira, esgueiravam-se para espiar sua aposta antes que os rodos dos crupiês limpassem a mesa.

Ao final, a bola caía numa casa numerada e o crupiê repetia com a mesma voz a fórmula habitual e anunciava o número premiado e a cor.

Apostei a primeira vez uns poucos escudos na mesa da esquerda da primeira sala escolhendo ao acaso o vinte e cinco; também fiquei olhando para a bolinha traiçoeira, sorrindo devido a uma espécie de estranha cócega na barriga.

A bola caiu na casa e:

— *Vingtcinq!* — anuncia o crupiê. — *Rouge, impair et passe.*[32]

Ganhara! Já esticava a mão para o meu montinho multiplicado quando um cavalheiro de estatura muito alta, a cabeça pequena apoiada em ombros poderosos muito erguidos, óculos de ouro no nariz achatado, testa alta, cabelos lisos e compridos entre louros e grisalhos como o cavanhaque e o bigode, empurrou-me sem muita cerimônia e pegou meu dinheiro.

Em meu humilde e acanhadíssimo francês tentei explicar que ele se

---

29 Respectivamente moedas francesas e italianas, da época.

30 "Façam os jogos, senhores."

31 "Jogo feito; apostas encerradas."

32 "Vinte e cinco! – anuncia o crupiê. – Vermelho ímpar e alto."

enganara — oh, sem querer, claro!

Ele era alemão e falava francês pior do que eu, mas com uma coragem leonina investiu contra mim, sustentando que o engano era meu e que o dinheiro era dele.

Fiquei pasmado, olhei ao redor, mas ninguém abria a boca nem mesmo o meu vizinho que me vira apostar aquele pouco dinheiro no vinte e cinco. Olhei para os crupiês: imóveis, impassíveis como estátuas! "Ah, sim?", disse comigo, silenciosamente peguei os outros escudos que pousara na mesa à minha frente e fui embora.

"Aí está um método *pour gagner à la roulette*", pensei, "que não consta no meu livreto. E quem sabe se no fundo não é o único?"

Mas a Sorte, não sei por que secretas razões, desmentiu-me solene e memoravelmente.

Chegando perto de outra mesa onde jogavam pesado, fiquei durante um bom tempo observando as pessoas que estavam ao seu redor: eram na maioria cavalheiros de casaca; havia várias senhoras e mais de uma delas pareceu-me suspeita. A visão de certo homenzinho muito louro, de grandes olhos azuis com veias sanguíneas, contornados por longos cílios quase brancos, logo de início não me inspirou muita confiança. Ele também vestia casaca, mas via-se que não estava habituado a usá-la. Parei para vê-lo em ação: apostou pesado; perdeu; não se perturbou; tornou a apostar pesado na jogada seguinte; ora, não seria homem de vir atrás dos meus vinténs. Apesar da desilusão causada pela minha primeira experiência, envergonhei-me da minha suspeita. Havia tanta gente lá jogando fora ouro e prata como se fosse areia sem qualquer receio, por que eu deveria temer pela miséria que tinha?

Notei, entre outros, um jovem pálido como cera, com um grande monóculo no olho esquerdo, que fingia um ar de sonolenta indiferença; estava sentado deselegantemente; puxava seus luíses do bolso da calça; colocava-os num número qualquer e sem olhar, alisando o bigode ralo, esperava a bolinha cair; então perguntava ao vizinho se tinha perdido.

Ele perdeu sempre.

O vizinho era um cavalheiro magro, elegantíssimo, aparentando uns quarenta anos de idade. Tinha o pescoço muito comprido e fino e quase não tinha queixo, os pequenos olhos negros eram vivos e os belos cabelos também negros eram densos e penteados para trás. Mostrava prazer, claro, em responder sim ao jovem. Às vezes, ele ganhava.

Aproximei-me de um cavalheiro grandalhão, de pele tão morena que as olheiras e as pálpebras pareciam enfumaçadas; tinha os cabelos grisalhos e avermelhados, mas a barba era ainda quase inteiramente preta e crespa. Emanava força e saúde. Entretanto, como se a corrida da bolinha de marfim lhe provocasse asma, punha-se todas as vezes a ofegar forte, sem parar. As pessoas olhavam para ele, mas raramente ele percebia. Parava de ofegar por um instante, olhava em volta com um sorriso nervoso e voltava a ofegar, não podendo evitá-lo enquanto a bolinha não caísse na casa numerada.

Observando tudo aquilo, pouco a pouco a febre do jogo também foi tomando conta de mim. Fui mal nas primeiras jogadas. Depois, comecei a sentir como se estivesse num curioso estado de embriaguez intermitente: agia quase automaticamente, impulsionado por inspirações repentinas e inconscientes. Apostava sempre depois dos outros, no último instante, e logo adquiria a consciência, a certeza de que venceria; e vencia. No início, apostava pouco, depois mais e mais, sem contar. Enquanto isso, aquela espécie de consciente embriaguez crescia dentro de mim e não se perturbava por algum lance malsucedido, uma vez que o sentia quase como previsto. Algumas vezes, ao contrário, dizia para mim mesmo: "Bem, agora vou perder, *devo perder*". Estava como que eletrizado. A certa altura, tive o palpite de arriscar tudo, ali naquele número e adeus, e ganhei. Meus ouvidos zumbiam, estava todo suado e gelado. Tive a impressão que um dos crupiês, surpreso pela minha sorte constante, estivesse me observando. Na enorme excitação em que me encontrava, senti no olhar daquele homem uma espécie de desafio e apostei tudo de novo, o que tinha antes mais o que havia ganho, sem pensar duas vezes minha mão foi parar em cima do mesmo número de antes, o trinta e cinco; estive quase para retirá-la; mas não, tinha que ser ali, ali outra vez, como se alguém tivesse me ordenado.

Fechei os olhos, devia estar palidíssimo. Fez-se um enorme silêncio e era como se fosse por minha causa, como se todos estivessem suspensos na minha terrível ansiedade. A bolinha rolou, rolou durante uma eternidade, com uma lentidão desesperadora acentuando a tortura insustentável. Finalmente caiu.

Eu esperava que o crupiê, com sua voz habitual (que me pareceu muito distante), anunciasse:

"*Trentecinq, noir, impair et passe.*"[33]

Ébrio, apanhei o dinheiro e tive que afastar-me de lá. Caí sentado no divã, exausto; apoiei a cabeça no encosto, premido por uma necessidade súbita e irresistível de dormir, de restaurar energias com um pouco de sono. E estava

[33] "Trinta e cinco, preto, ímpar e alto."

quase dormindo quando senti sobre mim um peso, um peso material, que logo me fez despertar. Quanto tinha ganho? Abri os olhos, mas logo em seguida tive que fechá-los: minha cabeça rodava. Dentro do cassino o calor era insuportável. Como! Já era noite? Podia ver as luzes acesas. Durante quanto tempo eu jogara? Levantei-me lentamente e saí.

Lá fora na entrada ainda era dia. O ar fresco me reanimou.

Muita gente passeava por ali: alguns pensativos, solitários; outros, aos pares ou aos trios, conversando e fumando.

Eu observava todos. Novo no lugar, ainda pouco à vontade, desejaria parecer um pouco mais ambientado e estudava os que julgava mais desembaraçados. Porém, quando menos esperava, um deles empalidecia, arregalava os olhos, emudecia, jogava fora o cigarro e, entre as risadas dos companheiros, fugia voltando para a sala de jogo. Por que os companheiros riam? Instintivamente eu também sorria olhando como um tonto.

— *"À toi, mon chéri"*[34] — disse-me uma voz feminina, um tanto rouca.

Voltei-me e vi uma daquelas mulheres que já tinham estado sentadas em volta da mesa, sorrindo, oferecer-me uma rosa. Trazia outra consigo: tinha acabado de comprá-las no balcão do florista no vestíbulo.

Será que eu tinha um ar tão desajeitado e estúpido assim?

Apoderou-se de mim violenta irritação. Recusei sem agradecer e fiz menção de afastar-me, mas ela, sorrindo, segurou-me pelo braço e — fingindo para os outros ter intimidade comigo — sussurrou algo apressadamente. Pelo que entendi, me propunha que jogasse com ela, uma vez que ela havia presenciado pouco antes os meus lances de sorte: ela, seguindo minhas indicações, apostaria por mim e por ela.

Sacudi os ombros com desdém e a deixei ali.

Pouco depois, voltando à sala de jogo, a vi conversando com um cavalheiro baixo, moreno, barbudo, meio estrábico, parecendo ser espanhol. Dera-lhe a rosa que pouco antes oferecera a mim. Pelos seus movimentos, percebi que falavam de mim e fiquei alerta.

Entrei em outra sala. Cheguei perto da primeira mesa, mas sem a intenção de jogar. Não demorou muito, aquele cavalheiro, mas sem a mulher, também se aproximou da mesa fingindo não perceber minha presença.

Comecei então a olhar para ele de maneira direta para fazê-lo compreen-

---

[34] "Para você, meu querido."

der que eu sabia de tudo e o que pretendia não daria certo comigo.

Mas o homem não parecia, nem um pouco, ser um malandro. Vi-o jogar e jogar pesado. Perdeu três vezes seguidas. Piscava sem parar, talvez pelo esforço que lhe custava a vontade de esconder sua inquietação. Na terceira jogada perdida, olhou para mim e sorriu.

Deixei-o ali e voltei para a outra sala, para a mesa onde havia vencido antes.

Os crupiês tinham sido substituídos. A mulher estava lá no mesmo lugar de antes. Guardei certa distância para que não me notasse e a vi jogar moderadamente e não em todas as rodadas. Aproximei-me, ela me avistou; estava para apostar e parou, esperando, é claro, que eu jogasse para apostar onde eu apostasse. Mas esperou em vão. Quando o crupiê disse: — *Le jeu est fait! Rien ne va plus!*[35] — olhei para ela, que levantou um dedo ameaçando-me por brincadeira. Durante várias rodadas não joguei; depois, novamente estimulado pela visão dos outros jogadores e sentindo que a inspiração de antes havia voltado, não liguei mais para ela e recomecei a jogar.

Por qual misterioso motivo eu acompanhava infalivelmente a imprevisível variabilidade dos números e das cores? Era apenas uma prodigiosa adivinhação do meu inconsciente? Como se explicam certas loucas, muito loucas teimosias cuja simples lembrança ainda me provoca calafrios, considerando que eu arriscava tudo, tudo, quem sabe até a própria vida, naquelas jogadas que eram autênticos desafios à sorte? Não, não: tive de fato a sensação de estar tomado por uma força quase diabólica, com a qual eu domava, enfeitiçava a Sorte, ligando a sua vontade à minha. E tal convicção não era apenas minha; contagiara também os outros rapidamente: e agora quase todos já acompanhavam meu arriscadíssimo jogo. Não me lembro quantas vezes saiu o vermelho, em que eu teimava em jogar; jogava no zero e dava zero. Até aquele jovem que tirava os luíses do bolso da calça saiu da indiferença e se entusiasmou; o cavalheiro grandalhão e moreno ofegava cada vez mais. Em volta da mesa, a agitação crescia de momento em momento: tremores de impaciência, breves e nervosos gestos repentinos, um arrebatamento contido a custo, tenso, terrível. Até mesmo os crupiês haviam perdido sua rígida impassibilidade.

De repente, após uma jogada incrível, tive uma espécie de vertigem. Senti pesar sobre mim uma enorme responsabilidade. Estava praticamente em jejum desde a manhã e tremia inteiro, tremia pela longa e violenta emoção. Não pude resistir mais e depois desse lance retirei-me cambaleando. Senti

[35] "Jogo feito! Apostas encerradas!"

que me seguravam pelo braço. Muito excitado, com os olhos faiscando, o espanholzinho barbudo e atarracado queria me reter de qualquer jeito: eram onze e quinze e os crupiês estavam chamando para as últimas três rodadas: iríamos quebrar a banca!

Falava um italiano estranho, divertidíssimo. E eu, já sem pensar direito, teimava em lhe responder na minha língua:

— Não, não, chega! Não aguento mais! Deixe-me ir, meu caro senhor.

Soltou-me, mas me seguiu. Embarcou comigo no trem de volta para Nice e fez questão de que eu fosse jantar com ele e me hospedasse no mesmo hotel em que estava.

De início, não me desagradou muito a admiração quase medrosa que o homem parecia felicíssimo em me dedicar como se eu fosse milagroso. Às vezes, a vaidade humana não se recusa servir de pedestal até mesmo para uma estima que ofende e para o incenso acre e pestilento de alguns turíbulos indignos e mesquinhos. Eu era como um general que tivesse ganho por acaso uma batalha duríssima e desesperada sem saber como. Ao voltar a mim, já sentia crescer o incômodo que a companhia daquele homem me provocava.

Porém, depois que descemos em Nice, por mais que fizesse não consegui me livrar do convite e tive de ir jantar com ele. Foi quando ele me confidenciou ter mandado, lá no átrio do cassino, aquela mulherzinha alegre a quem, já há três dias, ele tentava dar asas para que voasse, nem que fosse um voo rasteiro; asas de papel-moeda, ou seja, dava-lhe algumas centenas de liras para que tentasse a sorte. Naquela noite, acompanhando meu jogo, ela devia ter ganhado bastante, já que não dera mais sinal de vida.

— Que posso fazer? A coitada deve ter achado coisa melhor. Eu sou velho. E até agradeço a Deus por ter me livrado dela!

Disse que estava em Nice há uma semana e que todas as manhãs ia a Monte Carlo onde até aquela noite tivera um azar incrível. Desejava saber como é que eu fazia para ganhar. Certamente eu devia ter algum truque ou descoberto alguma fórmula infalível.

Comecei a rir e respondi que até a manhã daquele mesmo dia jamais vira, nem pintada, uma roleta e que não apenas não sabia como se jogava, mas também não suspeitava nem de longe que iria jogar e vencer daquela maneira. Por isso, sentia-me ainda mais tonto e maravilhado do que ele.

Ele não se convenceu. Tanto que mudando habilmente o rumo da conversa (pois achava que estava lidando com um refinado velhaco) e falando com surpreendente desembaraço naquela sua língua metade espanhola e metade sabe Deus o quê, acabou fazendo a mesma proposta que tentara fazer pela manhã, usando como isca aquela mulherzinha alegre.

— Por favor, não! — exclamei procurando atenuar o ressentimento com um sorriso. — O senhor pode seriamente teimar em acreditar que para esse jogo seja possível haver regras ou algum segredo? É preciso ter sorte! Eu a tive hoje, poderei não contar com ela amanhã ou, quem sabe, poderei tê-la de novo. Espero que sim!

— Então por que o senhor — perguntou-me — não aproveitou a sua sorte hoje?

— Eu aprovei...

— Sim, como poderei dizer? Tirar vantagem, é isso!

— Mas o fiz na medida do possível, caro senhor!

— *Bien!* — disse ele. — Posso fazê-lo pelo senhor. O senhor entra com a sorte, eu com o dinheiro.

— E é bem capaz que acabemos perdendo! — concluí sorrindo. — Não, não... Veja! Se o senhor me julga assim tão afortunado — talvez no jogo, mas não no resto —, vamos fazer o seguinte: sem qualquer compromisso e sem qualquer responsabilidade da minha parte, porque não quero ter nenhuma, o senhor aposte o seu muito onde eu apostar o meu pouco, tal como fez hoje, e se tudo der certo...

Não me deixou terminar. Soltou uma risada estranha que pretendia ser maliciosa e disse:

— Ah, não, meu caro senhor! Não! Hoje sim, fiz isso, amanhã não o farei, esteja certo! Se o senhor apostar pesado comigo, muito bem! De outro modo, não o farei, com toda a certeza! Muito obrigado!

Olhei para ele tentando compreender o que pretendia dizer. Naquele riso e nas palavras havia sem dúvida uma suspeita ofensiva. Perturbado, pedi explicações.

Parou de rir, mas ficaram em seu rosto os sinais do riso.

— Repito que não, que não o farei — frisou ele. — Não digo mais nada!

Bati com força a mão na mesa e, em voz alterada, insisti:

— De jeito nenhum! É necessário que diga, que explique o que quis dizer com suas palavras e seu riso imbecil! Quero entender!

Enquanto eu falava, vi que ele empalidecia e quase murchava. Sem dúvida, estava para me pedir desculpas. Levantei-me indignado dando de ombros.

— Bah! Desprezo o senhor e a sua suspeita que aliás nem consigo imaginar qual seja!

Paguei minha conta e saí.

Conheci um homem respeitável e digno que pela sua singular inteligência deveria ser muito admirado. Isso não acontecia nem pouco nem muito por causa do par de calças claras, de pano xadrez, se não me engano, muito grudadas nas pobres pernas magras, que ele teimava em usar. As roupas que vestimos, seu corte, sua cor, podem fazer com que pensem de nós as coisas mais estranhas.

Apesar de achar que não estava mal vestido, eu comecei a sentir uma grande irritação. Não vestia casaca, é verdade, mas uma roupa preta, de luto, muito decente. Se mesmo vestindo essas roupas aquele alemão havia me tomado por ingênuo a ponto de pegar o meu dinheiro com a maior naturalidade, como era possível agora que esse outro me considerasse um vigarista?

"Talvez seja por causa desta barba", pensava caminhando, "ou quem sabe destes cabelos muito curtos...".

Assim pensando, ia em busca de um hotel qualquer para me trancar e ver quanto ganhara. Acreditava estar cheio de dinheiro: tinha-o espalhado um pouco em toda parte, nos bolsos do paletó, das calças, do colete: ouro, prata, papel-moeda; devia ser muito, muito mesmo!

Escutei bater duas horas. As ruas estavam desertas. Passou um carro vazio. Apanhei-o.

Com quase nada, tinha conseguido cerca de onze mil liras! Fazia muito tempo que eu não via dinheiro e no começo pareceu-me uma importância considerável. Mas depois, pensando na minha vida de antes, senti-me humilhado. O quê? Dois anos de biblioteca e mais todos os outros infortúnios tinham deixado meu coração tão mesquinho?

Fiquei olhando o dinheiro ali sobre a cama, mastigando meu novo veneno.

"Vá, homem virtuoso, pacato bibliotecário, vá, volte para casa, a fim de apaziguar com este tesouro a viúva Pescatore. Ela achará que você o roubou e passará a lhe dedicar uma enorme consideração. Ou melhor ainda, vá para a América, como já era seu plano, se isso não lhe parecer um prêmio digno por seus grandes esforços. Agora com esse dinheiro, será possível partir. Onze mil liras! Que fortuna!"

Juntei o dinheiro, coloquei-o na gaveta do criado-mudo e deitei. Mas não pude pegar no sono. Que devia fazer, afinal? Retornar a Monte Carlo para devolver aquele ganho fora do comum? Ou dar-me por satisfeito e aproveitá-lo modestamente? Mas, de que maneira? Será que eu ainda tinha ânimo e vontade para me satisfazer com a família que havia formado? Vestiria minha mulher um pouco melhor, já que ela não se preocupava mais em me agradar e parecia fazer de tudo para me incomodar ficando despenteada o dia todo, sem espartilho, de chinelas e com roupas que lhe caíam mal? Quem sabe achasse que para um marido como eu não valia mais a pena fazer-se bonita? Além do que, após o grave perigo que correra no parto, não voltara a ter boa saúde. Seu temperamento tornou-se dia após dia mais ríspido, não só contra mim, mas contra todos. E esse rancor, somado à falta de uma afeição viva e verdadeira, contribuiu para alimentar nela uma indolência preguiçosa. Nem mesmo se apegara à menina, cujo nascimento junto com a outra, morta com poucos dias, tinha sido uma derrota diante do belo filho homem de Oliva, nascido cerca de um mês depois, sadio e sem dificuldades, após uma gravidez tranquila. Todos esses desgostos junto com os conflitos, que surgem quando a necessidade como um gato malvado e preto que se aninha nas cinzas de uma lareira, já haviam tornado nossa convivência terrível. Será que com onze mil liras eu poderia restabelecer a paz em casa e fazer renascer o amor já perversamente assassinado em seu berço pela viúva Pescatore? Loucura! E então? Partir para a América? Mas por que eu iria buscar a Sorte tão longe, quando ela parecia querer que eu ficasse aqui em Nice, sem que eu a procurasse, diante daquela loja de acessórios para jogos? Agora era necessário que me mostrasse à altura dela, de seus favores, se era verdade como parecia, que desejava concedê-los a mim. Muito bem! Era tudo ou nada. No final das contas, eu voltaria a ser o mesmo de antes. O que eram afinal onze mil liras?

Assim, no dia seguinte voltei a Monte Carlo. E tornei a voltar por doze dias seguidos. Não tive mais jeito nem tempo de me espantar com os favores, mais fabulosos que extraordinários, da Sorte. Estava fora de mim, completamente louco. Não me assombro nem mesmo agora que sei, infelizmente, a peça que ela estava preparando ao me favorecer daquela maneira e naquela proporção. Em nove dias, cheguei a ganhar uma soma enorme jogando como um louco. Após o nono dia comecei a perder e foi a ruína. A inspiração prodigiosa, como se não encontrasse alimento na minha já esgotada energia nervosa, me deixou. Eu não consegui, ou melhor, não pude me deter a tempo. Parei, acordei, não por mérito meu, mas pela violência de um espetáculo horrível, e parece que não muito raro naquele lugar.

Eu entrava na sala de jogo na manhã do décimo segundo dia quando o cavalheiro de Lugano, apaixonado pelo número doze, aproximou-se de mim atordoado e arfante para me contar, mais através do gesto do que com as palavras, que alguém pouco antes havia se matado lá fora no jardim. Pensei logo que fosse aquele meu espanhol e senti remorsos. Estava certo de que ele me ajudara a ganhar. No primeiro dia, após a nossa briga, não quisera apostar onde eu apostava e perdera todas. Nos dias seguintes, vendo-me ganhar com tanta persistência, buscara acompanhar o meu jogo; mas aí, eu é que não queria mais: como conduzido pela própria mão da Sorte, presente e invisível, fui passando de mesa em mesa. Há dois dias já não o via mais, desde que eu começara a perder e talvez por isso ele tenha parado de me seguir.

Tinha certeza, indo para o local indicado, de encontrá-lo ali, esticado no chão, morto... Mas em vez dele encontrei aquele jovenzinho pálido que dava ares de sonolenta indiferença tirando os luíses dos bolsos da calça para apostar sem ao menos olhar.

Parecia menor lá no meio da alameda: a roupa em desalinho, os pés juntos como se antes tivesse deitado para não se machucar ao cair; um braço colado ao corpo, o outro um pouco erguido com a mão endurecida e o dedo indicador ainda no ato de disparar. Junto desta mão estava o revólver, um pouco mais adiante o chapéu. De início achei que a bala tivesse saído pelo olho esquerdo de onde muito sangue, então coagulado, tinha descido pelo rosto. Mas não, o sangue apenas esguichara dali, assim como das narinas e dos ouvidos; outro tanto escorrera pelo buraquinho da têmpora direita acumulando-se na areia amarela da alameda, formando uma poça. Uma dúzia de moscas zumbia à sua volta; uma ou outra pousava voraz no olho. Nenhum dos muitos observadores pensara em enxotá-las. Tirei um lenço do bolso e o estendi sobre aquele pobre rosto terrivelmente desfigurado. Ninguém me agradeceu por isso: eu tinha acabado com o melhor do espetáculo.

Fugi de lá. Retornei a Nice de onde parti no mesmo dia.

Carregava comigo aproximadamente oitenta e duas mil liras.

Podia imaginar tudo, menos que na noite desse mesmo dia também devesse acontecer comigo algo parecido.

VII
Troco de trem

Pensava:

"Resgatarei a *Stìa* e vou me mudar para lá, no campo, serei moleiro. A vida é melhor perto da terra e debaixo dela talvez seja melhor ainda.

"Todo trabalho, no fundo, tem suas compensações. Até o de coveiro. O moleiro pode se confortar com o barulho das mós e com o pó que voa pelo ar e o veste de farinha.

"Por ora estou certo que não se mói um só saco lá no moinho. Mas assim que eu estiver lá:

"— Senhor Mattia, a trava do eixo! Senhor Mattia, quebrou-se a bronzina! Senhor Mattia, os dentes da segunda roda!

"Como na época em que mamãe ainda vivia e Malagna administrava.

"E enquanto eu estiver cuidando do moinho, o administrador me roubará os frutos dos campos; e se eu resolver cuidar das plantações, o moleiro me roubará a farinha. O moleiro de um lado e o administrador de outro continuarão nessa gangorra e eu no meio, deleitando-me.

"Talvez fosse melhor se eu tirasse da respeitável arca de minha sogra uma das antigas roupas de Francesco Antonio Pescatore, que a viúva protege com cânfora e pimenta como sagradas relíquias, e com elas vestisse Marianna Dondi e a mandasse ser moleira e ficar atenta ao administrador.

"Com certeza o ar do campo faria bem à minha mulher. É possível que ao vê-la as folhas de uma ou outra árvore caiam; os passarinhos emudeçam; esperemos que a nascente não seque. E completamente só, eu continuarei sendo bibliotecário em Santa Maria Liberale."

Assim eu ia pensando enquanto o trem corria. Não podia fechar os olhos que logo me aparecia, com terrível precisão, o cadáver daquele jovenzinho lá na alameda, pequeno e comportado sob as grandes árvores imóveis na fresca manhã. Por isso, devia me consolar com outro pesadelo não tão sangrento, pelo menos materialmente: o de minha sogra e de minha mulher. E me deliciava imaginando a cena da chegada após os treze dias de misterioso desaparecimento.

Tinha certeza (parecia-me vê-las!) de que as duas fingiriam a mais completa indiferença quando eu entrasse. Dariam uma olhadela como para dizer:

"Você novamente por aqui? Não tinha quebrado o pescoço?"

Silenciosas elas, silencioso eu.

Mas pouco depois, sem dúvida, a viúva Pescatore começaria a destilar veneno, a começar pelo emprego que eu possivelmente perdera.

O fato é que eu tinha carregado comigo a chave da biblioteca. Ao saberem de meu desaparecimento, teriam certamente que arrombar a porta por ordem da polícia e não me encontrando lá dentro morto, nem havendo, por outro lado, sinais ou notícias minhas, os da Prefeitura talvez tivessem esperado uns três, quatro, cinco dias, uma semana, pela minha volta; depois, dariam o lugar a qualquer outro espertalhão.

Então, o que fazia eu ali sentado? Eu mesmo já não tinha me colocado outra vez no olho da rua? Pois que lá ficasse! Duas pobres mulheres não podiam ter a obrigação de sustentar um vagabundo, um safado como eu que fugia daquela maneira, quem sabe por que motivo etc. etc.

E eu, silencioso.

Pouco a pouco, o ódio de Marianna Dondi aumentava por causa do meu irritante silêncio, aumentava, fervia, explodia. E eu ainda ali calado!

Num certo momento, eu tiraria do bolso do paletó a carteira e começaria a contar na mesinha minhas notas de mil: "Veja aqui... aqui... aqui... e aqui...".

Marianna Dondi e minha mulher de olhos e boca escancarados.

Em seguida:

"— Onde foi que você as roubou?"

"— ... setenta e sete, setenta e oito, setenta e nove, oitenta, oitenta e uma; quinhentas, seiscentas, setecentas; dez, vinte, vinte e cinco; oitenta e uma mil, setecentas e vinte e cinco liras e quarenta centavos no bolso."

Recolheria as cédulas tranquilamente, recolocaria na carteira e me levantaria.

"— Não me querem mais em casa? Está certo então, muito obrigado! Vou-me embora e passem bem."

E ria, pensando em tudo isso.

Meus companheiros de viagem observavam-me e também sorriam disfarçadamente.

Então, para assumir uma postura mais séria, começava a pensar nos meus credores, com os quais teria de repartir aquelas cédulas. Não podia escondê-las. Além do mais, de que me serviriam escondidas?

Aproveitá-las, claro que aqueles cães não me deixariam aproveitá-las. Para terem de volta seu dinheiro, com o moinho da *Stìa* e a produção do sítio, devendo pagar também a administração que devorava tudo como as mós do próprio moinho (o moinho tinha duas mós), quem sabe quantos anos ainda teriam de esperar. Talvez com uma oferta em dinheiro me livrasse deles em condições favoráveis. E ia fazendo as contas:

"Tanto para aquela mosca canina[36] de Recchione; tanto para Filippo Brisigo, e tomara que servissem para pagar seu enterro: não sugaria mais o sangue dos pobres!; tanto para *Cichin* Lunaro, o turinense; tanto para a viúva Lippani... Quem mais? Ai, quanta gente ainda! O Della Piana, Bossi e Margottini... Tudo o que ganhei!"

No final das contas, ganhara em Monte Carlo para eles! Que ódio por aqueles dois dias de perda! Estaria rico de novo... rico!

Suspirava tão profundamente que meus companheiros de viagem sorriam ainda mais do que antes. Eu não encontrava sossego. A noite caía: o ar parecia acinzentado e o tédio da viagem era insuportável.

Na primeira estação italiana, comprei um jornal na esperança que me ajudasse a dormir. Abri-o e comecei a ler à luz da lâmpada elétrica. Folguei em saber que o Castelo de Valençay, leiloado pela segunda vez, fora vendido para o senhor Conde de Castellane pela quantia de dois milhões e trezentos mil francos. As terras em torno do castelo cobriam uma área de dois mil e oitocentos hectares: a maior propriedade rural da França.

"Mais ou menos como a *Stìa...*"

Li que o imperador da Alemanha recebera em Potsdam, ao meio-dia, a representação marroquina e que estava presente o secretário de Estado, Barão de Richtofen. A missão foi apresentada depois à imperatriz, que fora convidada a ficar para o almoço e sabe lá como o tinha devorado!

O czar e a czarina da Rússia também tinham recebido em Peterhof uma missão especial tibetana, que entregara às Suas Majestades os presentes do Lama.

"Os presentes do Lama?", perguntei a mim mesmo fechando os olhos pensativo: "O que serão?"

Papoulas: porque adormeci. Mas papoulas de pequeno poder: logo despertei com um sacolejar do trem que parava noutra estação.

---

[36] Um tipo de mosca que molesta muito suas vítimas.

Olhei para o relógio: eram oito e um quarto. Mais uma hora e chegaria.

Estava ainda com o jornal nas mãos e virei a página para procurar algum presente melhor do que os do Lama. Deparei-me então com um

SUICÍDIO

assim, em negrito.

Pensei logo que poderia se tratar daquele de Monte Carlo e me apressei a ler. Mas parei surpreso na primeira linha, impressa em letras muito pequenas: *"Telegrafam-nos de Miragno"*.

"Miragno? Quem será que se suicidou lá no meu vilarejo?"

Li: *"Ontem, sábado 28, foi encontrado no canal de um moinho um cadáver em adiantado estado de decomposição..."*

Repentinamente meus olhos se anuviaram, parecia ter visto na linha seguinte o nome do meu sítio e, já que era difícil ler só com um olho aquela letra minúscula, pus-me de pé para ficar mais perto da luz.

"... decomposição. O moinho está localizado num sítio chamado Stìa, a cerca de dois quilômetros da nossa cidade. Após a chegada da autoridade judiciária e de outras pessoas ao local, o cadáver foi retirado da água para as verificações de lei e posto sob vigilância. Mais tarde, foi reconhecido como do nosso..."

O coração saltou para a garganta e olhei em pânico para meus companheiros de viagem que dormiam.

"Após a chegada... retirado da água... e posto sob vigilância... foi reconhecido como do nosso bibliotecário..."

— Eu?

"Após a chegada... Mais tarde... como do nosso bibliotecário Mattia Pascal, desaparecido há vários dias. Causa do suicídio: dificuldades financeiras."

— Eu?... *"Desaparecido... reconhecido... Mattia Pascal..."*

Reli não sei quantas vezes, com voracidade e o coração em sobressalto, aquelas poucas linhas. Num primeiro impulso, todas as minhas energias vitais rebelaram-se violentamente para protestar, como se a notícia, tão irritante na sua impassível brevidade, pudesse ser verdadeira também para mim. Se não para mim, ela era verdadeira para os outros. E a certeza que esses outros tinham desde o dia anterior que eu estivesse morto era uma derrota insuportável, permanente, esmagadora... Olhei novamente para meus companheiros de viagem e, como eles dormissem confiantes naquela certeza, tive a tentação de sacudi-los de suas desconfortáveis e penosas posições, sacudi-los, acordá-los, para gritar que tudo aquilo era mentira.

"Seria possível?"

E reli mais uma vez a incrível notícia.

Não podia mais ficar impassível. Queria que o trem parasse, queria que corresse a toda velocidade: sua marcha monótona, de autômato endurecido, surdo e pesado, fazia crescer progressivamente minha enorme ansiedade. Abria e fechava as mãos sem parar, enfiando as unhas nas palmas; amassava o jornal; voltava a abri-lo para reler a notícia que já sabia de cor palavra por palavra.

"*Reconhecido!* Será possível que me tenham reconhecido?... "*Em estado adiantado de decomposição...* puá!"

Por um momento, enxerguei-me lá na água esverdeada do canal, todo molhado, inchado, horrível, boiando... No horror instintivo, cruzei os braços sobre o peito e me apalpei, me apertei:

"Eu não; eu não... Quem terá sido?... certamente era parecido comigo... Quem sabe ele também tivesse a barba como a minha... o mesmo tipo físico... E me reconheceram!... *Desaparecido há vários dias...* Sim! Mas eu queria saber, queria mesmo saber quem se apressou em me reconhecer. Seria possível que aquele desgraçado fosse tão parecido comigo? vestido como eu? igualzinho? Talvez tenha sido ela, Marianna Dondi, a viúva Pescatore: oh! ela logo se deu conta, reconheceu-me imediatamente! Claro que não lhe pareceu verdade! – "*É ele, é ele! Meu genro! Ah, pobre Mattia! Ah, meu pobre filho!*" – Deve ter até chorado; deve ter se ajoelhado junto ao cadáver daquele coitado, já que não pôde lhe dar um pontapé e gritar: – Saia daqui, não sei quem você é!"

Eu tremia. Finalmente o trem chegou a outra estação. Abri a porta e saltei para fora com a ideia confusa de fazer algo imediatamente: mandar um telegrama urgente para desmentir a notícia.

O salto brusco do vagão salvou-me: foi como se me tivesse expulsado da cabeça aquela estúpida ideia fixa e de repente percebi... claro! ali estava minha libertação, a liberdade de uma nova vida!

Trazia comigo oitenta e duas mil liras e não tinha que dividi-las com ninguém! Estava morto, estava morto: não tinha mais dívidas, não tinha mais mulher, não tinha mais sogra, ninguém! Livre, livre, livre! O que poderia querer mais?

Assim pensando, devo ter ficado numa atitude muito estranha na plataforma daquela estação. Tinha deixado aberta a porta do vagão. Estava rodeado por várias pessoas que me gritavam não sei o quê; uma delas, por fim, sacudiu-me e me empurrou gritando alto:

— O trem vai partir!

— Então deixe-o, deixe-o partir, meu caro senhor! — gritei para ele. — Vou trocar de trem!

Uma dúvida me assaltou: e se aquela notícia já tivesse sido desmentida; e se já tivessem reconhecido o erro em Miragno; e se os parentes do verdadeiro morto tivessem aparecido para corrigir a falsa identificação.

Antes de me alegrar tanto, deveria me certificar, ter notícias precisas e detalhadas. Mas, como consegui-las?

Remexi os bolsos à procura do jornal. Deixara-o no trem. Voltei-me para olhar os trilhos desertos que se desdobravam brilhantes por um certo trecho na noite silenciosa e me senti perdido, no vazio, naquela pequena estação intermediária. Uma dúvida mais forte apoderou-se de mim: teria sido um sonho?

Que nada:

"Telegrafam-nos de Miragno. Ontem, sábado 28..."

Sim, eu era capaz de repetir de memória palavra por palavra do telegrama. Não havia dúvida! Mesmo assim era muito pouco, não era o suficiente.

Olhei a estação e li o nome: ALENGA.

Encontraria naquele vilarejo outros jornais? Lembrei-me que era domingo. Em Miragno, portanto, nessa manhã, saíra *Il Foglietto,* o único jornal de lá. Tinha de conseguir um exemplar a qualquer custo. Ali encontraria todas as notícias de que necessitava em detalhes. Mas como ter a esperança de encontrar em Alenga *Il Foglietto?* Pois bem: telegrafaria sob um nome falso para a redação do jornal. Conhecia o diretor, Miro Colzi, o *Lodoletta*[37] como todos o chamavam em Miragno, desde o dia em que ainda jovem publicara com esse título gracioso seu primeiro e único livro de versos.

Para Lodoletta, no entanto, não teria sido inusitado aquele pedido de exemplares do seu jornal, vindo de Alenga? Claro que a notícia mais "interessante" da semana e, por isso mesmo, o *artigo* mais forte daquele número devia ser o meu suicídio. E não me arriscaria, portanto, que o pedido fora do comum provocasse nele alguma suspeita?

"De jeito nenhum!", pensei. "Lodoletta não poderá imaginar que eu não tenha me afogado de verdade. Achará que a razão do pedido é algum outro *artigo forte* do seu número de hoje. Há muito ele briga incansavelmente contra a Municipalidade pela canalização da água e a instalação do gás. Acreditará que seja mais devido a essa 'campanha'".

Entrei na estação.

Felizmente, o cocheiro da única carruagem, a do correio, ainda estava ali conversando com os empregados da ferrovia: o povoado ficava a três quartos de hora da estação e o caminho era uma subida só.

---

[37] Diminutivo de *Lodola,* que significa cotovia.

Montei naquela decrépita carruagem desconjuntada, sem lanternas, e seguimos no escuro.

Precisava pensar em muitas coisas, mas de vez em quando a violenta sensação causada pela leitura daquela notícia que me tocava tão de perto reacendia-se em uma negra e desconhecida solidão e eu me sentia no vazio por um momento, como pouco antes diante dos trilhos desertos. Sentia-me assustadoramente desligado da vida, sobrevivente de mim mesmo, perdido, esperando viver para além da morte, sem imaginar como.

Para passar o tempo, perguntei ao cocheiro se havia em Alenga uma banca de jornais.

— O que o senhor disse? Não senhor!

— Ninguém vende jornais em Alenga?

— Ah, sim senhor! O farmacêutico, Grottanelli.

— Existe um hotel?

— Tem a pensão do Palmentino.

Ele descera da boleia para aliviar o velho pangaré que bufava com as ventas no chão. Eu via apenas seu vulto. A certa altura, ele acendeu o cachimbo e eu podia vê-lo a intervalos. Então, pensei: "Se ele soubesse quem está levando...".

Mas imediatamente fiz a pergunta a mim mesmo:

"Quem ele está levando? Nem eu mesmo sei. Quem sou eu agora? É preciso pensar. Um nome, pelo menos um nome, preciso dar-me um nome sem demora para assinar o telegrama e para não me atrapalhar se me perguntarem na pensão como me chamo. Bastará, por hora, que pense no nome. Vejamos! Como me chamo?"

Jamais poderia crer que encontraria tanta dificuldade e ficaria tão nervoso para escolher um nome e um sobrenome. Principalmente o sobrenome! Unia sílabas ao acaso, meio sem pensar, e surgiam alguns sobrenomes como *Strozzani*, *Parbetta*, *Martoni*, *Bartusi*, que me irritavam ainda mais. Achava-os impróprios, sem sentido. Como se afinal eles precisassem disso... Ora, vamos lá! Qualquer um... Martoni, por exemplo, por que não? Carlo Martoni... Pronto, acabou-se! Mas logo em seguida o descartava: "Sim! Carlo Martello...". E a irritação recomeçava.

Cheguei ao povoado sem ter me decidido por nenhum deles. Afortunadamente, com o farmacêutico, que era também funcionário postal e telegráfico, merceeiro, vendedor de artigos de papelaria, jornaleiro, idiota e sei lá o que mais, não foi preciso o nome. Comprei um exemplar dos poucos jornais que lhe chegavam de Gênova, *Il Caffaro* e *Secolo XIX* e em seguida perguntei se podia conseguir *Il Foglietto* de Miragno.

O tal Grottanelli tinha uma cara de coruja, com dois olhos muito redondos, parecendo de vidro, sobre os quais baixava, de tempos em tempos, quase com dificuldade, umas pálpebras endurecidas.

— *Il Foglietto?* Não conheço.

— É um jornalzinho do interior, semanal — expliquei. — Gostaria de tê-lo. O número de hoje, evidentemente.

— *Il Foglietto?* Não conheço — repetia.

— Está bem! Não tem importância que o senhor não conheça: eu pago a despesa para um vale postal à redação. Quero receber dez, vinte exemplares, amanhã ou o mais cedo possível. O senhor consegue?

Ele não respondia. Com os olhos fixos, olhando o vazio, continuava repetindo: — *Il Foglietto?...* Não conheço —. Por fim, resolveu fazer o vale postal sob meu ditado e indicou a sua farmácia como endereço para a remessa.

No dia seguinte, depois de uma noite insone, tumultuada por uma tempestuosa confusão de pensamentos, recebi na pensão do Palmentino quinze exemplares de *Il Foglietto.*

Não havia encontrado nenhuma referência nos dois jornais de Gênova, que, tão logo fiquei sozinho, tratara de ler. Minhas mãos tremiam ao abrir *Il Foglietto.* Na primeira página, nada. Procurei nas duas páginas internas e logo me saltou aos olhos uma tarja negra no alto da terceira página e logo abaixo, em letras grandes, o meu nome. Assim:

MATTIA PASCAL

Não se tinha notícias dele há muitos dias, dias de tremenda consternação e inenarrável angústia para a família desolada. Consternação e angústia partilhadas pela melhor parte da nossa população que o amava e admirava por sua bondade de alma, pela jovialidade de seu temperamento e por sua natural modéstia, que lhe possibilitava suportar, com honradez e resignação, juntamente com outras virtudes, os acontecimentos adversos que o levaram da despreocupada abastança à condição humilde a que estava reduzido nos últimos tempos.

Passado o primeiro dia da inexplicável ausência, a família, preocupada, foi à Biblioteca Boccamazza onde ele, extremamente zeloso de seu trabalho, permanecia quase o dia inteiro enriquecendo com sábias leituras sua viva inteligência, e viu que a porta estava fechada. De imediato, diante dessa porta fechada, surgiu negra e alarmante a suspeita, suspeita logo substituída pela esperança que durou por muitos dias e que aos poucos se desvaneceu, que ele houvesse se afastado da cidade por algum motivo desconhecido.

Mas, ai de nós! A verdade devia ser infelizmente aquela.

A recente perda da mãe adoradíssima e ao mesmo tempo da única filhinha, logo depois da perda dos bens herdados, haviam perturbado profundamente o espírito do nosso pobre amigo. Tanto que, há cerca de três meses, ele já tentara uma primeira vez, em plena noite, pôr um fim a seus miseráveis dias, lá no canal do moinho que lhe fazia lembrar o passado glorioso de sua casa e seu tempo de felicidade.

... Nessum maggior dolore
Che ricordarsi del tempo felice
Nella miseria...[38]

dizia com lágrimas nos olhos e soluçando diante do cadáver desfeito e encharcado, um velho moleiro, fiel e devotado à família dos antigos patrões. A noite caíra lúgubre, uma lanterna vermelha fora colocada ali no chão próximo ao cadáver guardado por dois Reais Carabineiros, e o velho Filippo Brina (merecedor da admiração das pessoas de bem) falava e chorava conosco. Ele conseguira, naquela triste noite, impedir que o infeliz levasse a termo o violento propósito, mas Filippo Brina não estava mais lá, pronto para impedi-lo, nesta segunda vez. E Mattia Pascal ficou estendido, talvez uma noite toda e metade do dia seguinte, no canal daquele moinho.

Não nos atrevemos a descrever a comovente cena que se seguiu no lugar quando, anteontem ao cair da noite, a viúva desconsolada encontrou-se diante dos miseráveis despojos irreconhecíveis do dileto companheiro que fora se reunir à sua filhinha.

Toda a cidade partilhou de sua dor e o demonstrou acompanhando o cadáver à sua última morada, ao qual dirigiu breves e comovidas palavras de adeus o nosso assessor municipal Cavaliere Pomino.

*Enviamos à infeliz família, imersa em tamanho luto, ao irmão Roberto, longe de Miragno, nossas mais sentidas condolências, e com o coração dilacerado dizemos pela derradeira vez ao nosso bom Mattia: "*Vale,[39] *dileto amigo,* vale*"!*

M.C.

Mesmo sem essas duas iniciais, eu teria reconhecido Lodoletta como autor do necrológio.

[38] "*...Não há tão grande dor / qual a da lembrança de um tempo feliz / quando em miséria...*". Dante Alighieri, *A divina comédia* (Inferno, Canto V, vv. 121-123). Trad. Ítalo Eugenio Mauro — Ed. 34, 1998.

[39] "Adeus" (em latim, no texto).

Mas preciso confessar antes de mais nada que a visão do meu nome impresso ali, sob aquela faixa negra, por mais que eu esperasse, não somente não me alegrou, mas acelerou de tal forma os meus batimentos cardíacos que depois de algumas linhas tive que interromper a leitura. A "tremenda consternação e inenarrável angústia" da minha família não me fizeram rir, nem o amor e a consideração dos meus conterrâneos pelas minhas grandes virtudes, nem a minha dedicação no exercício do trabalho. A lembrança daquela tristíssima noite na *Stìa*, após a morte de mamãe e da minha menininha, que tinha servido de prova, talvez a mais determinante, do meu suicídio, primeiramente me surpreendeu como uma inesperada e sinistra intervenção do acaso e depois me causou remorsos e humilhação.

De modo algum! Não havia me matado por causa da morte de mamãe e da minha filhinha, apesar de talvez ter tido essa ideia naquela noite! Fugi desesperadamente, é verdade, mas agora estava voltando de uma casa de jogo onde a deusa Fortuna, do modo mais estranho, tinha me sorrido e continuava a sorrir; e outro, ao contrário, havia se matado no meu lugar, outro, certamente um forasteiro, de quem eu roubava o pranto dos parentes distantes e dos amigos e condenava — oh, suprema ironia! — a suportar o que não lhe cabia, o falso pesar, e até o elogio fúnebre do pedante *cavaliere* Pomino!

Esta foi a primeira impressão à leitura do meu necrológio em *Il Foglietto.*

Em seguida, pensei que aquele pobre homem não morrera certamente por minha culpa e que eu, se desse sinal de vida, não poderia mesmo fazê-lo reviver. Pensei que me aproveitando da sua morte, eu não apenas não enganava seus parentes, mas faria até bem, pois para eles o morto era eu e não ele, e eles ainda podiam julgá-lo desaparecido e ter a esperança que um dia ou outro ele reaparecesse.

Restavam minha mulher e minha sogra. Devia de fato acreditar em sua dor pela minha morte, em toda aquela "inenarrável angústia", na "comovente cena" do fúnebre *artigo forte* de Lodoletta? Bastava, puxa vida, abrir com cuidado um olho daquele pobre morto para perceber que não era eu e, mesmo admitindo que os olhos tivessem ficado no fundo do canal, uma mulher, ora bolas, não pode confundir tão facilmente outro homem com seu próprio marido, se não quiser.

Apressaram-se em me reconhecer naquele morto? A viúva Pescatore esperava agora que Malagna, comovido e talvez não sem arrependimentos pelo meu bárbaro suicídio, fosse auxiliar a pobre viúva? Muito bem: contentes elas, contentíssimo eu.

"Morto? Afogado? Coloque-se uma cruz e não se fala mais nisso!"

Levantei-me, estiquei os braços e soltei um longo suspiro de alívio.

VIII
Adriano Meis

Imediatamente comecei a me transformar em outro homem, não tanto para enganar os outros, que enganaram a si próprios talvez com uma leviandade no meu caso não deplorável, mas com certeza não digna de louvor, quanto para obedecer à Fortuna e satisfazer às minhas necessidades.

Pouco ou nada podia me gabar daquele infeliz que, por força, quiseram exterminar miseravelmente no canal do moinho. Depois de tantos desatinos, talvez ele não merecesse sorte melhor.

Nesse momento eu gostaria que, não apenas exteriormente, mas também interiormente, não restasse mais nenhum traço dele.

Eu estava só, e não poderia estar mais sozinho sobre a Terra, liberto de qualquer compromisso ou obrigação, livre, novo, e completamente senhor de mim mesmo, sem ter mais o peso do meu passado, e tendo à frente o futuro que poderia moldar como quisesse.

Ah, um par de asas! Como me sentia leve!

O sentimento que as coisas passadas haviam me dado da vida já não tinha mais razão de ser. Necessitava conquistar um novo sentimento da vida, sem contar minimamente com a desgraçada experiência do falecido Mattia Pascal.

Dependia apenas de mim: podia e devia ser o artífice do meu novo destino, já que a Sorte assim o quisera.

"Acima de tudo", dizia para mim mesmo, "cuidarei desta minha liberdade: passearei com ela por caminhos planos e sempre novos e jamais a vestirei com roupas pesadas. Fecharei os olhos e irei adiante quando o espetáculo da vida, em algum momento, apresentar-se desagradável. Procurarei de preferência as coisas que habitualmente chamamos de inanimadas e irei à procura de belas paisagens, de lugares amenos e tranquilos. Pouco a pouco, darei a mim mesmo uma nova educação, modificar-me-ei com o estudo paciente e dedicado para que possa dizer ao final que não apenas vivi duas vidas, mas que fui dois homens."

Para começar, ainda em Alenga, entrara poucas horas antes de partir numa barbearia para aparar a barba. Gostaria de tirá-la toda, ali mesmo, inclusive o bigode, mas o temor de levantar suspeita no lugar me deteve.

O barbeiro era também alfaiate, velho, com as costas quase endurecidas pelo longo hábito de se manter curvado sempre na mesma postura, e usava os óculos na ponta do nariz. Devia ser mais alfaiate que barbeiro. Caiu como um flagelo de Deus sobre minha enorme barba que já não me pertencia armado de umas enormes tesouras de tosquiar que precisavam ser apoiadas na ponta com a outra mão. Não ousei nem respirar. Fechei os olhos e só voltei a abri-los quando me senti sacudido levemente.

O bravo homem, todo suado, estendia-me um espelho, querendo que eu lhe dissesse se fizera um bom serviço.

Achei demais!

— Não, obrigado — safei-me. — Guarde-o de volta. Não quero assustá-lo.

Ele arregalou os olhos, e:

— Assustar quem? — indagou.

— Esse pequeno espelho, oras. É muito gracioso! Deve ser antigo...

Era redondo, com o cabo de osso trabalhado: sabe-se lá que história carregava e como tinha ido parar ali naquela alfaiate-barbearia. Mas, por fim, para não contrariá-lo, já que continuava a me olhar espantado, peguei-o e o coloquei diante dos meus olhos.

Que belo serviço fizera!

Pude ter uma ideia, por aquela primeira devastação, que tipo de monstro sairia em breve da necessária e radical transformação das feições de Mattia Pascal. Ali estava uma nova razão de ódio por ele! O queixo minúsculo, pontudo e recuado, que ele escondera anos a fio debaixo da enorme barba, pareceu-me uma traição. Agora deveria deixá-lo à mostra, aquela coisinha ridícula! E que nariz havia deixado como herança! E aquele olho!

"Ah, este olho", pensei, "permanentemente de lado, continuará sendo sempre dele no meu novo rosto! Poderei apenas tentar ocultá-lo atrás de um par de óculos escuros que ajudarão tornar o meu aspecto mais agradável. Deixarei crescer os cabelos e, com esta linda testa imensa, com os óculos e a cara raspada, ficarei parecido com um filósofo alemão. Com chapéu de abas largas e sobretudo".

Não havia outra alternativa: com um aspecto daqueles eu tinha necessariamente que ser filósofo. Muito bem, paciência: encontraria uma filosofia discreta e alegre para abrir passagem no meio desta pobre humanidade, a qual, mesmo que me esforçasse, parecia difícil não considerar um pouco ridícula e mesquinha.

O nome foi praticamente me oferecido no trem, poucas horas depois de partir de Alenga para Turim.

Viajavam comigo dois senhores que discutiam animadamente sobre iconografia cristã, tema sobre o qual se mostravam muito conhecedores para um ignorante como eu.

O mais jovem, com o rosto pálido sufocado por uma barba preta espessa e áspera, parecia ter um particular e enorme prazer em passar a informação, que ele afirmava antiquíssima, apoiada por Justino Mártir,[40] Tertuliano[41] e não sei quem mais, segundo a qual Cristo teria sido muito feio.

Falava com um vozeirão cavernoso que contrastava curiosamente com seu ar enlevado.

— Sim, sim, muito feio, horrível! Até mesmo Cirilo de Alexandria,[42] sim, senhor, Cirilo de Alexandria chega mesmo a afirmar que Cristo foi o mais feio dos homens!

O outro, que era um velhinho muito magro, tranquilo em sua ascética mediocridade, embora com um vinco nos cantos da boca que traía uma sutil ironia, sentado quase de costas, com o comprido pescoço esticado como numa canga, defendia que não se podia confiar em antigos testemunhos.

— Porque a Igreja, nos primeiros séculos, totalmente dedicada a consubstanciar a doutrina e o espírito de seu mestre, pouco se importava, essa é a verdade, pouco se importava com a aparência física dele.

Logo depois, começaram a falar de Verônica[43] e de duas estátuas na cidade de Paneas, que se acreditava imagens do Cristo e da hemorroíssa.[44]

— Mas claro! — exclamou o jovem barbudo. — Não há mais dúvida alguma! Aquelas duas estátuas representam o imperador Adriano[45] com a cidade ajoelhada a seus pés.

---

[40] Justino Mártir (100-165): filósofo, mártir, santo e considerado um dos pais da Igreja católica.

[41] Tertuliano (160-240): importante teólogo latino que escreveu *Apologeticum*.

[42] Cirilo de Alexandria (370-444): teólogo, santo e doutor da Igreja, também conhecido como *Doctor Incarnationis*.

[43] Santa Verônica, comumente conhecida como a mulher que enxugou com um pano o rosto de Cristo durante a Via Crucis.

[44] Segundo o Evangelho, mulher que foi curada de um fluxo de sangue constante ao tocar a túnica de Cristo.

[45] Publio Elio Traiano Adriano (76-138): imperador romano que reinou de 117 até sua morte. É considerado um dos cinco grandes imperadores, viajou praticamente por todo o Império e, no fim da vida, recolheu-se a Tivoli, onde reuniu na Villa Adriana o melhor da arte dos lugares visitados.

O velhinho continuava defendendo pacificamente sua opinião que devia ser oposta, porque o outro, inabalável, olhando para mim, repetia teimosamente:

— Adriano!

— ...*Beroníke,* em grego. E de *Beroníke* vem *Verônica...*

— Adriano! *(olhando para mim).*

— Ou então *Verônica, vera icon:* corruptela muito provável...

— Adriano! *(olhando para mim).*

— Porque a *Beroníke,* dos Atos de Pilatos...

— Adriano!

Repetiu esse *Adriano!* não sei mais quantas vezes, sempre olhando para mim.

Quando desceram juntos numa estação e me deixaram sozinho no compartimento, debrucei-me na janela para acompanhá-los com o olhar, eles ainda discutiam enquanto se afastavam.

Em certo ponto, porém, o mais velho perdeu a paciência e começou a correr.

— Quem disse? — indagou o jovem em voz alta, parado com ar de desafio.

O outro, então, virou-se e gritou:

— Camillo de Meis![46]

Parecia estar gritando o nome para mim também, para mim que repetia mecanicamente:

— *Adriano...* — Joguei logo fora o *de* e fiquei com o *Meis.*

"Adriano Meis! Sim... Adriano Meis: soa bem..."

Pareceu-me também que esse nome combinasse bem com o rosto barbeado e com os óculos, com os cabelos compridos, com o chapéu de abas largas e com o sobretudo que deveria usar.

"Adriano Meis. Ótimo! Estou batizado."

Suprimidas completamente todas as lembranças da vida anterior e decidido firmemente a recomeçar a partir dali uma nova existência, apoderara-se de mim uma revigorante alegria infantil. Sentia a consciência renovada e transparente, o espírito atento e pronto para tirar proveito de tudo para a construção do meu novo eu. Minha alma exultava de prazer com aquela nova liberdade. Jamais percebera os homens e as coisas como via agora: o ar entre mim e os outros de repente era mais claro; as novas relações que deviam se

[46] Angelo Camillo De Meis (1817-1891): médico, filósofo e político italiano. Foi membro do Conselho Superior para a Instrução Pública.

estabelecer entre nós pareciam fáceis e leves, considerando o pouco que precisaria pedir para a minha íntima satisfação. Oh leveza deliciosa da alma; serena, inefável embriaguez! A Sorte me libertara de qualquer envolvimento, havia me separado da vida comum, fizera de mim um espectador livre dos encargos com os quais os outros ainda se debatiam, e intimamente me advertia:

"Você vai ver, vai ver como a vida é curiosa quando olhada de fora! Olhe lá aquele que se aborrece e irrita um pobre velhinho só para defender que Cristo foi o mais feio dos homens..."

Eu sorria. Tinha vontade de sorrir assim de tudo e para tudo. Para as árvores dos campos, por exemplo, que corriam ao meu encontro com comportamentos muito estranhos na sua fuga ilusória; para o casario espalhado aqui e ali, onde gostava de imaginar camponeses com as bochechas cheias para soprar contra a névoa inimiga das oliveiras ou com os braços erguidos e os punhos fechados contra o céu que não queria mandar água; e sorria para os passarinhos que fugiam assustados daquela coisa negra que corria barulhenta pelos campos; para a ondulação dos fios do telégrafo, que traziam notícias destinadas aos jornais, como aquela de Miragno sobre meu suicídio no moinho da *Stìa*; para as pobres mulheres dos cantoneiros[47] que exibiam as bandeirolas enroladas, grávidas e com o chapéu do marido na cabeça.

A certa altura porém, meu olhar caiu na pequena aliança que ainda trazia no dedo anular da mão esquerda. Sofri um abalo violentíssimo: cerrei os olhos e segurei a mão com a outra, tentando tirar aquela pequena argola de ouro às escondidas, para não vê-la mais. Lembrei que esta abria e trazia gravados no lado de dentro dois nomes: *Mattia-Romilda* e a data do casamento. O que eu deveria fazer com ela?

Abri os olhos e fiquei um bom tempo carrancudo, olhando-a na palma da mão.

À minha volta, tudo era novamente negro.

Ali estava um resto da corrente que me prendia ao passado! Um pequeno anel, muito leve e tão pesado! Mas a corrente já se rompera e portanto adeus àquele último elo!

Tive vontade de jogá-lo pela janela, mas me contive. Apesar de ter sido excepcionalmente favorecido pelo acaso, não podia mais confiar nele. Agora, devia acreditar que tudo era possível, até isto: que um pequeno anel jogado nos campos, encontrado casualmente por um camponês, passando de mão em mão, com os dois nomes gravados em seu interior e a data, levasse a descobrirem a verdade, ou seja, que o suicida da *Stìa* não era o bibliotecário Mattia Pascal.

---

[47] Empregado ferroviário que controla ou mantém um trecho da estrada de ferro.

"Não, não", refleti, "num lugar mais seguro... Mas onde?"

O trem, naquele momento, parou noutra estação. Olhei e imediatamente tive uma ideia cuja execução me fez vacilar. Assim o digo para que me sirva de desculpa com pessoas que apreciam os belos gestos, gente pouco reflexiva, que gosta de não lembrar que a humanidade é também atormentada por algumas necessidades, às quais infelizmente, deve obedecer mesmo que isto cause um enorme desgosto. César, Napoleão e, por mais impróprio que possa parecer, até mesmo a mais linda mulher... Basta. De um lado estava escrito *Homens* e do outro *Senhoras,* foi ali que enterrei minha aliança de casamento.

A seguir, não tanto para me distrair, quanto para procurar dar um pouco de consistência à minha nova vida sustentada no vazio, comecei a pensar em Adriano Meis, a criar-lhe um passado, a perguntar-me quem fora meu pai, onde havia nascido etc. — cuidadosamente esforçando-me por ver e memorizar tudo nos mínimos detalhes.

Eu era filho único: quanto a isso, parecia-me que não houvesse discussão.

"Ninguém era mais único do que eu... Mas não! Sabe-se lá quantos são como eu, acham-se na mesma condição, são meus irmãos. É só deixar o chapéu e o casaco com uma carta no bolso no parapeito de uma ponte, por cima de um rio e depois, em vez de jogar-se lá embaixo, pode-se ir tranquilamente para a América ou qualquer outro lugar. Alguns dias depois alguém pesca um cadáver irreconhecível: é o da carta deixada no parapeito da ponte. E não se fala mais nisso. É verdade que não foi por minha vontade: nem carta, nem casaco, nem chapéu... Mas sou como eles, com uma vantagem: posso usufruir sem nenhum remorso da minha liberdade. Eles me deram essa liberdade de presente, portanto..."

Então, digamos, filho único. Nascido... — seria prudente não indicar precisamente nenhum lugar de nascimento. Mas como? Não se pode nascer das nuvens tendo a lua como parteira, mesmo que na biblioteca eu tenha lido que os antigos, entre outras profissões, acreditassem que a lua também fosse parteira e as mulheres grávidas a chamassem em seu socorro com o nome de Lucina.

Nas nuvens não; mas num navio sim, por exemplo, pode-se nascer. Ótimo! Nascido em viagem. Meus pais estavam viajando... para que eu nascesse num navio. Não, sejamos sérios! É preciso uma razão verossímil para fazer uma mulher viajar grávida, às vésperas do parto... E se meus pais estivessem indo para a América? Por que não? Tanta gente vai... Até Mattia Pascal, coitado, queria ir. Então, estas oitenta e duas mil liras podemos dizer que meu pai as ganhou lá na América? Não! Com oitenta e duas mil liras no bolso, ele aguardaria que a mulher desse à luz a criança, com toda segurança, em terra firme. Ademais, deixemos de conversa! Oitenta e duas mil liras um imigrante não ganha assim com tanta facilidade na América. Meu pai... — a propósito, como se chamava? Paolo. Sim, Paolo Meis. Meu pai, Paolo Meis, estava iludido, como muitos outros. Lutara com dificuldade por três, quatro anos e então, envergonhado, escrevera de Buenos Aires uma carta a vovô...

Ah, um avô, eu gostaria muito de ter conhecido um avô, um querido velhinho, a exemplo daquele que descera pouco antes do trem, estudioso de iconografia cristã.

Misteriosos caprichos da fantasia! Por qual inexplicável necessidade e de onde eu imaginara naquele instante meu pai, Paolo Meis, como um irresponsável? Isso mesmo. Ele causara muitos desgostos a vovô: casara-se contra a vontade dele e fugira para a América. Quem sabe ele também sustentasse que Cristo era muito feio. E de fato muito feio e indignado o havia encontrado lá na América, já que com a esposa prestes a dar à luz, viera embora tão logo recebera a ajuda de vovô.

Mas por que eu devia nascer justamente durante a viagem? Não teria sido melhor nascer na América, na Argentina, poucos meses antes do regresso de meus pais à pátria? Sim! Meu avô havia se enternecido pelo netinho inocente e por minha causa, apenas por minha causa, perdoara o filho. Desse modo, ainda bebê atravessei o oceano, provavelmente na terceira classe, e durante a viagem peguei uma bronquite e só não morri por milagre. Ainda bem! Dizia sempre vovô. Eu, porém, não devia lastimar, como se costuma fazer, por não ter morrido com poucos meses. Não, porque no fundo, que pesares eu tivera na minha vida? Para dizer a verdade um só: a morte do pobre avô que me criara. Meu pai, Paolo Meis, rebelde e sem juízo, fugira novamente para a América após alguns meses, abandonando a esposa e a mim com vovô, e lá morrera de febre amarela. Quando eu tinha três anos fiquei órfão de mãe e por isso sem memória de meus pais. Sabia apenas umas poucas coisas sobre eles. E tinha mais! Não sabia com exatidão o lugar do meu nascimento. Na Argentina, está bem! Mas onde? Vovô também não sabia, já que meu pai nunca lhe dissera ou porque havia esquecido e eu certamente não podia me recordar.

Em suma:

a) filho único de Paolo Meis; b) nascido na América, na Argentina, sem maiores indicações; c) vindo para a Itália com poucos meses (bronquite); d) sem memória e com poucas informações dos pais; e) criado pelo avô.

Onde? Um pouco aqui e ali. Primeiro em Nice. Lembranças confusas: *Place Massena,Promenade, Avenue de la Gare...* Em seguida, Turim.

Era para onde estava indo agora e me propunha a muitas coisas: me propunha escolher uma rua e uma casa, onde vovô teria me deixado até a idade de dez anos aos cuidados de uma família, que eu imaginaria no local de modo que tivesse todas as suas características; me propunha viver, ou melhor, continuar a fantasia ali, baseado na realidade, a vida de Adriano Meis criança.

Esse rastreamento, essa construção fantasiosa de uma vida realmente não vivida, mas baseada pouco a pouco em outras pessoas e em lugares, feita e sentida como se fosse minha, deu-me um prazer novo e estranho, não isento de alguma melancolia nos primeiros tempos da minha vida errante. Transformou-se numa verdadeira ocupação. Vivia não apenas para o presente, mas também para o passado, ou seja, para os anos que Adriano Meis não vivera.

Nada ou quase nada conservei daquilo que tinha imaginado antes. Nada se cria, é verdade, que não possua uma raiz qualquer, mais ou menos profunda, na realidade; mesmo as coisas mais estranhas podem ser verdade, aliás, nenhuma imaginação consegue conceber certas loucuras, certos acontecimentos inacreditáveis desencadeiam-se e saltam do seio tumultuoso da vida; como e quanto a realidade viva e pulsante mostra-se diferente das invenções que dela podemos extrair! De quantas coisas substanciais, pequeninas e inimagináveis, nossas invenções necessitam para se tornarem a própria realidade de onde foram extraídas, de quantos fios que a prendam na complicadíssima teia da existência, fios que nós rompemos para que ela possa se tornar a coisa em si!

O que era eu agora, senão um homem inventado? Uma invenção ambulante que queria e devia necessariamente existir em si, mesmo mergulhada na realidade.

Assistindo a vida dos outros e observando em detalhes, enxergava suas infinitas ligações e ao mesmo tempo via os meus muitos fios rompidos. Será que eu poderia agora reatar esses fios à realidade? Sabe-se lá para onde me arrastariam. Talvez tivessem se transformado em rédeas de cavalos disparados que levariam para o abismo a pobre biga da minha necessária invenção. Não. Eu devia reatar esses fios apenas com a fantasia.

E eu seguia pelas ruas e jardins os garotos de cinco a dez anos, estudava seus movimentos, suas brincadeiras, captava suas expressões, para compor aos poucos a infância de Adriano Meis. E o fiz tão bem que ao final ela ganhou em minha mente uma consistência quase real.

Não quis criar uma nova mãe para mim. Teria sido como profanar a memória viva e dolorosa de minha verdadeira mãe. Mas um avô, sim, o avô da minha primeira fantasia, eu quis inventar.

Oh, de quantos vovozinhos verdadeiros, de quantos velhinhos seguidos e estudados um pouco em Turim, um pouco em Milão, um pouco em Veneza, um pouco em Florença, foi composto esse meu avozinho! Tomava deste aqui a tabaqueira de osso e o grande lenço de xadrez vermelho e preto, daquele outro lá a bengalinha, de um terceiro os óculos e a barba, de um quarto o jeito de caminhar e assoar o nariz, de um quinto a maneira de falar e de rir; e surgiu um velhote magrelo, um pouco rabugento, amante das artes, um avozinho atrevido que não quis que eu seguisse um curso regular de estudos, preferindo me instruir ele mesmo, com sua viva conversação e me levando com ele, de cidade em cidade, por museus e galerias.

Aquele avozinho inventado esteve comigo visitando Milão, Pádua, Veneza, Ravena, Florença, Perúgia, como uma sombra, mais de uma vez me falou pela boca de algum velho guia.

Mas eu desejava viver também para mim, no presente. De vez em quando, invadia-me a lembrança da minha liberdade ilimitada, única, e eu sentia uma felicidade súbita, tão intensa que quase me perdia num êxtase de bem-aventurança; sentia-a penetrar em meu peito com um respiro longo e amplo que me elevava o espírito todo. Sozinho! Sozinho! Sozinho! Dono de mim mesmo! Sem ter de prestar contas a ninguém! Podia ir para onde quisesse: para Veneza? para Veneza! para Florença? para Florença! e aquela felicidade acompanhava-me por toda a parte. Ah! Recordo-me de um pôr do sol em Turim nos primeiros meses daquela nova vida, à beira do rio Pó, perto da ponte onde uma barragem segura a violência das águas que ali passam furiosas: o ar era de uma transparência maravilhosa, todas as coisas na sombra pareciam coloridas naquela limpidez; e, olhando, senti-me tão embriagado pela minha liberdade que tive medo de enlouquecer, de não poder resistir por mais tempo.

Já finalizara minha transformação exterior da cabeça aos pés: sem barba, com um par de óculos azuis-claros e o cabelo comprido artisticamente descomposto, eu realmente parecia outro! De vez em quando começava a conversar comigo mesmo na frente de um espelho e desatava a rir.

"Adriano Meis! Homem feliz! Pena que tenha de estar estragado assim... Mas o que importa? Está tudo muito bem! Não fosse por este olho *dele,* daquele imbecil, você não seria tão feio assim afinal, na extravagância meio insolente de sua figura. É verdade que você provoca riso nas mulheres. Mas no fundo não é sua culpa. Caso o outro não tivesse usado os cabelos tão curtos, você não seria obrigado a usá-los tão compridos. Eu sei que não é por sua vontade que agora anda por aí sem barba feito um padre. Paciência! Quando as mulheres rirem... ria também: é o melhor que você pode fazer."

Além disso, vivia quase que exclusivamente comigo e de mim. Trocava apenas algumas palavras com os hoteleiros, os criados, os vizinhos de mesa, mas nunca para estabelecer uma conversação. Pela reserva que mantinha, percebi que eu não tinha, de jeito nenhum, o gosto da mentira. De resto, os outros também mostravam pouco interesse em falar comigo e, talvez por causa do meu aspecto, me tomavam por estrangeiro. Recordo que, ao visitar Veneza, não houve meio de tirar da cabeça de um velho gondoleiro que eu fosse alemão, austríaco. Sim, eu tinha nascido na Argentina, mas de pais italianos. Minha verdadeira, digamos assim, "estrangeirice" era outra e só eu a conhecia: eu não era mais eu, nenhum cartório tinha meu registro, a não ser o de Miragno, mas como falecido, com outro nome.

Eu não me importava, mas austríaco não, não queria passar por austríaco. Nunca tinha pensado muito sobre a palavra "pátria". Antes tinha mais em que pensar! Agora, na ociosidade, estava adquirindo o hábito de refletir sobre muitas coisas que jamais imaginara que pudessem despertar o menor interesse para mim. Na verdade, começava a refletir sem me dar conta, e muitas vezes dava de ombros aborrecido. Mas, afinal, necessitava me ocupar de algo quando me sentia cansado de andar, de observar. Para fugir de reflexões aborrecidas e inúteis, às vezes enchia folhas inteiras de papel com a minha nova assinatura, experimentando escrever com uma letra diferente, segurando a caneta de outro modo. Depois de um tempo, rasgava a folha e jogava fora a caneta. Eu poderia muito bem ser também analfabeto! A quem podia escrever? Não recebia e nem poderia mais receber cartas de ninguém.

Tal pensamento, e muitos outros, fazia-me retornar ao passado. Revia então a casa, a biblioteca, as ruas de Miragno, a praia e me perguntava: "Romilda ainda estará vestindo luto? Talvez sim, aos olhos do mundo. O que estará fazendo?" E a imaginava como a tinha visto tantas e tantas vezes pela casa. E imaginava também a viúva Pescatore que certamente praguejava contra a minha memória.

"Nenhuma das duas", pensava, "terá ido nem mesmo uma só vez visitar aquele pobre homem no cemitério que, afinal de contas, morreu tão barbaramente. Sabe-se lá onde me enterraram! Talvez tia Scolastica não tenha desejado ter comigo a despesa que teve com mamãe; Roberto, menos ainda; deve ter dito: — Quem mandou fazer aquilo? Podia perfeitamente, como bibliotecário, viver com duas liras por dia. Devo estar enterrado como um cão no cemitério dos indigentes... Ora, não pensemos nisso! Lamento pelo pobre homem, talvez ele tivesse parentes mais humanos que os meus que o teriam tratado melhor. Mas, afinal, o que importa agora? Melhor não pensar mais nisso!"

Continuei a viajar ainda durante algum tempo. Tive vontade de sair da Itália. Visitei as belas regiões do Reno até Colônia, seguindo o rio a bordo de um vapor. Demorei-me nas cidades principais: em Mannheim, em Worms, em Mogúncia, em Bingen, em Koblenz... Gostaria também de ter ido mais acima de Colônia, mais acima da Alemanha, pelo menos até a Noruega, mas achei que deveria impor um certo freio à minha liberdade. O dinheiro que trazia comigo deveria durar para a vida inteira, e não era muito. Eu poderia ter ainda uns trinta anos de vida, e vivendo fora de todas as leis, sem ter em mãos nenhum documento que comprovasse pelo menos a minha existência real, estava impossibilitado de conseguir qualquer emprego. Se não quisesse me ver reduzido à miséria, era preciso que me acostumasse a viver com pouco. Fazendo as contas, não deveria gastar mais de duzentas liras por mês, o que não era muito, mas já vivera com menos por mais de dois anos, e não apenas eu. O jeito era me adaptar.

No fundo, já estava um pouco cansado de andar pelo mundo sempre sozinho e calado. Instintivamente, começava a sentir necessidade de um pouco de companhia. Percebi isso num triste dia de novembro, em Milão, logo após retornar da viagem pela Alemanha.

Fazia frio e com o anoitecer a chuva era iminente. Debaixo de um lampião, vi um velho vendedor de fósforos que não conseguia se abrigar bem com a pobre capa que tinha nos ombros devido à caixinha com a mercadoria que trazia presa na frente do corpo por uma correia a tiracolo. Dos pulsos fechados sobre o queixo, descia até os pés uma cordinha. Baixei o olhar e descobri entre seus grossos e desgastados sapatos, um cachorrinho minúsculo, de poucos dias, que tremia todo de frio e não parava de ganir, aninhado ali. Pobre animalzinho! Perguntei ao velho se o vendia. Disse que sim e que o faria mesmo por pouco, embora valesse muito: ah, seria um cão muito bonito, um grande cão, aquele animalzinho:

— Vinte e cinco liras...

O pobre filhote continuou tremendo sem se importar com o elogio. Decerto sabia que o dono, ao dar o preço, não tinha considerado seus dotes futuros, mas a estupidez que acreditava ler em meu rosto.

Eu, no entanto, tivera tempo de pensar que comprando o cachorro estava conseguindo um amigo fiel e discreto, que para me estimar jamais perguntaria quem eu era realmente, de onde vinha e se os meus papéis estavam em ordem. Mas era preciso pagar uma taxa: justo eu que não pagava mais nenhuma! Pareceu-me um primeiro comprometimento da minha liberdade, uma pequena ofensa que eu estivesse lhe fazendo.

— Vinte e cinco liras? Nem pensar! — disse ao velho vendedor de fósforos.

Enterrei o chapéu até os olhos e, debaixo da chuvinha fina que já começava a cair, afastei-me considerando pela primeira vez que a minha tão ilimitada liberdade era boa, mas na verdade um pouco tirana, pois não me permitia comprar um simples cachorrinho.

IX
Um pouco de névoa

Se o primeiro inverno foi muito frio, chuvoso, nevoento, quase não me dei conta por causa das distrações das viagens e da embriaguez da nova liberdade. Agora, este segundo, já me surpreendia um pouco cansado, como disse, de andar a esmo e resolvido a impor-me um limite. E notava que... sim, havia um pouco de névoa e fazia frio. Notava que por mais que meu ser não quisesse se influenciar pelas variações do tempo, eu sofria sua ação.

"Será que", repreendia-me, "é preciso não ter mais nuvens no céu para que você possa aproveitar tranquilamente a sua liberdade?".

Havia me entretido muito correndo aqui e ali. Adriano Meis tivera nesse ano a sua juventude sem preocupações. Agora precisava se tornar homem, recolher-se, adquirir hábitos de vida calmos e moderados. Oh, seria fácil, livre como era e sem quaisquer obrigações!

Era o que parecia, tanto que comecei a pensar em que cidade deveria fixar residência, já que não podia continuar como um pássaro sem ninho, se verdadeiramente tivesse a intenção de criar uma existência regular. Mas onde? Numa cidade grande ou pequena? Não conseguia me decidir.

Fechava os olhos e com o pensamento viajava para as cidades que já visitara, permanecendo em cada uma delas até rever com precisão determinada rua, praça, lugar de que guardava mais forte lembrança e dizia:

"Estive neste lugar! Ah, quanta vida fervilha aqui e ali e, no entanto, escapa ao meu conhecimento! Ao mesmo tempo, em quantos lugares eu disse: — Aqui desejaria ter uma casa! Aqui viveria com prazer! — E invejei os habitantes que pacatamente, com seus hábitos e ocupações costumeiras, podiam morar ali sem experimentar o doloroso sentimento de instabilidade que mantém suspensa a alma de quem viaja.

Esse doloroso sentimento de instabilidade ainda me dominava e não me deixava amar a cama em que dormia e os vários objetos que tinha ao meu redor.

Dentro de nós, cada objeto costuma se transformar de acordo com as imagens que suscita e agrupa, por assim dizer, ao redor de si. Claro que podemos gostar de um objeto por ele mesmo, pelas muitas sensações agradáveis que nos proporciona numa percepção harmoniosa, mas é bem mais frequente que o prazer que um objeto nos causa não se encontre no objeto em si. A fantasia o embeleza envolvendo-o e iluminando-o de imagens caras. Nós não o percebemos mais como ele é, mas quase animado pelas imagens que cria em nós ou que os nossos hábitos lhe associam. No objeto, por fim, amamos o que colocamos de nós mesmos, o pacto, a harmonia que estabelecemos entre nós e ele, a alma que ele adquire somente para nós e que é constituída das nossas recordações.

Ora, como podia acontecer tudo isso num quarto de hotel?

Seria possível ter uma casa, uma casa minha, inteiramente minha? Meu dinheiro era pouquinho... Mas uma casinha modesta, de poucos cômodos? Devagar: antes era preciso ver, considerar bem várias coisas. É certo que, livre, muito livre, eu só poderia ser assim, de bagagem na mão: hoje aqui, amanhã acolá. Fixado num lugar, dono de uma casa, aí então: registros e impostos imediatamente! E não me inscreveriam no registro civil? Sem dúvida! E como? Com um nome falso? E então quem sabe? Talvez investigações secretas a meu respeito, pela polícia... Enfim, complicações, confusões!... Não. Previa não poder mais ter uma casa minha, objetos meus. Iria morar de pensão na casa de alguma família, num quarto mobiliado. Devia me preocupar por tão pouco?

O inverno, o inverno inspirava-me esses pensamentos melancólicos, a chegada das festas de Natal que traz o desejo pelo calor de um cantinho amado, o retiro, a intimidade de um lar.

Com certeza, não devia sentir saudade daquela minha casa. A outra, mais antiga, a casa paterna, a única que poderia recordar com saudade, já estava destruída há um bom tempo, e não por causa da minha nova condição. Desse modo, devia me dar por satisfeito pensando que não estaria mais feliz se tivesse passado em Miragno, com minha mulher e minha sogra — (me arrepiava todo) — as festas de Natal.

No entanto, para rir e me distrair, eu me imaginava com um belo panetone debaixo do braço na porta de minha casa.

"— Com licença? Ainda moram aqui as senhoras Romilda Pescatore, viúva Pascal, e Marianna Dondi, viúva Pescatore?"

"— Sim, senhor. Mas o senhor quem é?"

"— Eu sou o falecido marido da senhora Pascal, o pobre cavalheiro morto afogado no ano passado. O fato é que estou chegando às pressas do outro mundo para passar as festas em família com a autorização dos meus superiores. Mas vou embora logo!"

Revendo-me assim de supetão, a viúva Pescatore morreria de susto? Que nada! Ela? Pois sim! Faria com que eu morresse de novo, dois dias depois.

A minha sorte — devia estar convicto — a minha sorte era esta: ter me livrado da mulher, da sogra, das dívidas, das preocupações humilhantes da minha primeira vida. Agora estava inteiramente livre. Não me bastava? Eu tinha ainda toda uma vida pela frente. Por ora... quem sabe quantos outros estavam tão sozinhos quanto eu!

"Sim, mas esses outros", levava-me a pensar o mau tempo, aquela maldita névoa, "ou são estrangeiros ou têm uma casa em algum lugar para onde mais dia menos dia poderão voltar, ou se não têm casa como você, poderão tê-la amanhã e nesse meio tempo poderão se hospedar na casa de algum amigo. Você, contudo, se quer saber a verdade, será sempre e em toda parte um forasteiro: essa é a diferença. Forasteiro da vida, Adriano Meis".

Dava de ombros contrariado exclamando:

— Melhor assim! Menos complicações. Não tenho amigos? Poderei tê-los...

No restaurante que frequentava naqueles dias, um senhor, meu vizinho de mesa, manifestava inclinação para fazer amizade comigo. Devia ter uns quarenta anos: meio calvo, moreno, com óculos de ouro que não lhe ficavam muito firmes no nariz talvez por causa do peso da correntinha também de ouro. Ah, um homenzinho muito simpático! Imaginem que quando se levantava da cadeira e punha o chapéu, parecia logo outro: parecia um rapazinho. O problema estava nas pernas, tão curtas que não chegavam nem ao chão quando estava sentado: ele, na verdade, não se levantava exatamente da cadeira, mas descia dela. Procurava remediar esse defeito usando saltos altos. Que há de errado? Ora, os saltos faziam um barulho danado, mas ao mesmo tempo tornavam graciosamente decididos seus passinhos de perdiz.

Era muito inteligente, capaz — talvez um pouco caprichoso e volúvel —, mas com pontos de vista originais. E era também *cavaliere.*

Tinha me dado seu cartão de visita: *Cavaliere Tito Lenzi.*

A propósito desse cartão de visita, pouco faltou para se transformar em motivo de infelicidade por causa da má figura que me parecia ter feito, não podendo retribuir. Ainda não tinha cartões de visita: sentia um certo escrúpulo em mandá-los imprimir com meu novo nome. Besteira! Não se pode dispensar os cartões de visita? Basta dizer o próprio nome e acabou-se.

Assim fiz, mas para dizer a verdade, o meu verdadeiro nome... basta!

Que belos discursos sabia fazer o *cavaliere* Tito Lenzi! Sabia até latim e citava Cícero como ninguém.

— A consciência? Mas, a consciência não serve, meu caro senhor! A consciência não pode bastar como guia. Bastaria talvez se fosse, por assim dizer, um castelo e não uma praça, ou seja, se conseguíssemos conceber-nos isoladamente e ela não estivesse, por natureza, aberta aos outros. No meu modo de ver, existe na consciência uma relação essencial... isso mesmo, essencial entre eu que penso e os outros seres, objetos do meu pensamento. Por isso, não existe ninguém que baste a si mesmo, entende? Quando os sentimentos, as vontades, os gostos desses outros que são objetos do meu pensamento ou do seu não se refletem em mim ou no senhor, não podemos nos sentir saciados, nem tranquilos, nem contentes. Prova disso é que todos lutamos para que nossos sentimentos, nossos pensamentos, nossas vontades, nossos gostos reflitam-se na consciência dos outros. E se isso não ocorre, porque... digamos assim, o ar do momento não se presta para transportar e fazer brotar, meu caro senhor, as sementes... as sementes da sua ideia na mente dos outros, o senhor não pode dizer que a consciência baste. Baste para quê? Para viver sozinho? Para definhar na sombra? Vamos! Vamos! Ouça: odeio a retórica, velha fanfarrona mentirosa, coruja de óculos. A retórica, é certo, formulou esta frase presunçosa: "*Tenho minha consciência e me basta*". Pois sim! Cícero já dissera: "*Mea mihi conscientia pluris est quam hominum sermo*".[48] Cícero, no entanto, digamos a verdade, é muito eloquente, mas... Deus nos livre e guarde, meu caro senhor! era mais chato do que um violinista principiante!

Teria lhe dado um beijo! Só que o meu caro homenzinho não quis ficar apenas nos sutis e sentenciosos discursos que eu tentei dar aqui uma amostra. Começou a entrar na intimidade e eu então, que já considerava fácil e bem encaminhada a nossa amizade, senti logo um certo constrangimento, senti dentro de mim uma força que me obrigava a me afastar, me retirar. Enquanto só ele falava e a conversação girava em torno de assuntos gerais, tudo andou bem, mas agora o *cavaliere* Tito Lenzi queria que eu falasse.

— O senhor não é de Milão?

— Não...

— Está de passagem?

---

[48] "Para mim, mais vale minha consciência do que as opiniões dos homens".

— Sim...

— Bela cidade Milão, não é?

— Bela, sim...

Eu parecia um papagaio ensinado. Quanto mais suas perguntas me encurralavam, mais eu me afastava com minhas respostas. E não demorei em chegar à América. Mas, quando o meu caro homenzinho soube que eu havia nascido na Argentina, deu um pulo da cadeira e veio apertar calorosamente a minha mão.

— Ah, felicito-o, meu caro senhor! Invejo-o! Ah, a América... Estive lá.

Estivera? Essa não!

— Assim sendo — apressei-me em dizer —, eu é que devo me felicitar com o senhor que lá esteve, pois posso quase dizer que nunca estive, mesmo tendo nascido lá vim embora com poucos meses, de modo que os meus pés nunca tocaram realmente o solo americano!

— Que pena! — ressentiu-se o *cavaliere* Tito Lenzi. — Mas o senhor tem parentes por lá, presumo!

— Não, ninguém...

— Ah, então veio para a Itália com toda a família e aqui se estabeleceu? Onde precisamente?

Dei de ombros.

— Bem. — suspirei incomodado. — Um pouco aqui, um pouco ali... Não tenho família e... e ando por aí!

— Que prazer! O senhor é um felizardo! Anda por aí... Não tem mesmo ninguém?

— Ninguém...

— Que prazer! O senhor é um felizardo! Eu o invejo!

— O senhor então tem família? — perguntei, por meu turno, para desviar o foco de mim.

— Infelizmente não! — suspirou entristecendo. — Sou só e sempre fui só!

— Exatamente como eu!...

— Mas eu me aborreço, meu caro senhor! Me aborreço! — soltou o homenzinho. — Para mim a solidão... enfim, estou cansado. Tenho muitos amigos, mas acredite, não é nada bom em certa idade voltar para casa e não encontrar ninguém. Sim! Há quem perceba isso e há quem não perceba, meu caro senhor. Quem o percebe está muito pior, porque ao final se vê sem energias e sem iniciativa. Quem percebe diz: "Eu não devo fazer isto, não devo fazer aquilo, para não cometer esta ou aquela besteira". Muito bem! Mas num determinado momento, compreende que a vida toda é uma besteira. Diga-me o que significa não ter feito nenhuma besteira? Significa, no mínimo, não ter vivido, meu caro senhor.

— Mas o senhor — tentei consolá-lo —, o senhor ainda está em tempo, por sorte...

— Para fazer uma besteira? Mas já fiz tantas, acredite! — respondeu com um gesto e um sorriso fugaz. — Viajei, andei por aí como o senhor e... aventuras, aventuras... algumas muito curiosas e picantes... sim, não me faltaram. Veja, por exemplo, em Viena uma noite...

Caí das nuvens. Como! Aventuras amorosas, ele? Três, quatro, cinco, na Áustria, na França, na Itália... até na Rússia? E que aventuras! Uma mais picante que a outra... Eis um trecho de diálogo, para dar uma amostra, entre ele e uma mulher casada:

ELE: — Sei que é de se pensar, cara senhora... Trair o marido, meu Deus! A fidelidade, a honestidade, a dignidade... três grandes e santas palavras, todas terminadas em *dade*. E mais: a honra! outra palavra enorme... Mas na prática, creia, é diferente, cara senhora: coisa de momento! Pergunte às suas amigas que já se aventuraram a fazê-lo.

A MULHER CASADA: — Sim, e todas sentiram depois uma grande decepção!

ELE: — Claro, sem dúvida! Porque impedidas por aquelas palavras de peso, levaram um ano, seis meses, muito tempo para se decidir. E a frustração nasce justamente da desproporção entre a importância do fato e a demasiada preocupação com que o encararam. É preciso se decidir imediatamente, cara senhora! Penso, faço. É muito simples!

Bastava olhar para ele, bastava considerar um pouco aquela pessoinha ridícula, para perceber sem outras provas que estava mentindo. Depois da surpresa, senti-me profundamente envergonhado por ele que não percebia o lamentável efeito que deviam produzir aquelas lorotas, e também por mim que o via mentir com tanta desenvoltura e tanto gosto sem ter nenhuma necessidade disso, enquanto eu, que precisava mentir, o fazia com muito esforço e sofrimento, até sentindo sempre a alma revirar-se em meu interior.

Constrangimento e raiva. Tinha vontade de lhe agarrar pelo braço e gritar:

"Desculpe-me, *cavaliere,* por quê? Por quê?"

Apesar de serem naturais e justificados o meu constrangimento e a minha raiva, compreendi, pensando bem, que a pergunta seria no mínimo idiota. Se o meu caro homenzinho queria me fazer acreditar em suas aventuras, a razão estava justamente no fato de ele não ter nenhuma necessidade de mentir, ao passo que eu... eu era obrigado pela necessidade. Aquilo que para ele podia ser uma diversão e quase um exercício de direito, era para mim uma obrigação desagradável, uma condenação.

E o que tirar disso? Ai de mim! Que eu, inevitavelmente condenado a mentir pela minha condição, jamais poderia ter um amigo, um verdadeiro amigo. E, portanto, nem casa, nem amigos... Amizade significa confidência. Como eu poderia confiar a alguém o segredo de minha vida sem nome e sem passado, nascida como um cogumelo do suicídio de Mattia Pascal? Poderia ter somente relações superficiais, permitindo-me apenas uma breve troca de palavras vazias com meus semelhantes.

Muito bem, eram os inconvenientes do meu destino. Paciência! Iria desanimar por isso?

"Viverei comigo e de mim, como vivi até agora!"

Mas para ser sincero, temia não me contentar só com a minha própria companhia. Ademais, tocando meu rosto e descobrindo-o sem barba, passando a mão em meus cabelos compridos ou ajeitando os óculos no nariz, tinha uma impressão esquisita: a de não ser mais eu, a de não estar tocando a mim mesmo.

Sejamos justos: eu havia me arranjado daquele jeito para os outros, não para mim. Devia agora ficar comigo mesmo mascarado daquela forma? E se tudo o que fingira e imaginara de Adriano Meis não servia para os outros, para quem serviria? Para mim? Mas eu, se tanto, podia acreditar apenas se os outros também acreditassem.

Ora, se esse Adriano Meis não tinha a coragem de contar mentiras, de se arriscar pela vida e se isolava num quarto de hotel, cansado da solidão naqueles tristes dias de inverno pelas ruas de Milão, trancando-se na companhia do finado Mattia Pascal, eu previa que minha vida começaria a andar mal, não me prometendo nada de divertido e que a minha sorte então...

Talvez a verdade fosse esta: apesar da minha liberdade ilimitada, era difícil começar a viver. Ao ter que tomar uma decisão, sentia-me paralisado, rodeado por empecilhos, sombras e obstáculos.

E tornava a sair, enfiava-me pelas ruas, observava tudo, parava por qualquer besteira, refletia longamente sobre as mínimas coisas; cansado, entrava num café, lia um jornal, olhava as pessoas que entravam e saíam, e saía também. Mas a vida, vista desse modo, como espectador, parecia-me agora sem conteúdo e sem finalidade. Sentia-me perdido naquela confusão de pessoas e o barulho, a incessante agitação da cidade, atordoava-me.

"Mas por que os homens", perguntava-me febrilmente, "aplicam-se em tornar cada vez mais complicado o mecanismo de sua vida? Por que todo esse tormento de máquinas? O que fará o homem quando as máquinas fizerem tudo? Será que entenderá que o chamado progresso nada tem a ver com a felicidade? Que prazer tiramos de todas essas invenções que a ciência acredita honestamente enriquecer a humanidade (e a empobrece, porque custam tão caro)?".

No dia anterior, num bonde elétrico, encontrara um pobre homem, desses que não conseguem deixar de contar aos outros tudo o que lhes passa pela cabeça.

— Que belo invento! — dissera. — Com dois soldos percorro meia Milão em poucos minutos.

O pobre homem enxergava somente os dois soldos da passagem e não percebia que o seu salariozinho ia-se todo ali e não era suficiente para viver aturdido por aquela vida fervilhante, com o bonde elétrico, a luz elétrica etc. etc.

No entanto a ciência, eu pensava, tem a ilusão de tornar a vida mais fácil e confortável! E ainda admitindo que a faça realmente mais fácil, com todas as suas máquinas difíceis e complicadas, pergunto: "Existe serviço pior do que tornar a vida fácil e quase mecânica para quem esteja condenado a lutar em vão?".

Voltava para o hotel.

Lá, num corredor, pendurada no vão de uma janela, havia uma gaiola com um canário. Já que não podia conversar com os outros e não sabendo o que fazer, punha-me a falar com ele: imitava seu gorjeio com os lábios, ele parecia achar que alguém estivesse falando com ele e escutava, talvez apreendesse no meu pipilar notícias de ninhos, folhas, liberdade... Agitava-se na gaiola, voltava-se, saltava, olhava de lado sacudindo a cabecinha e me respondia, perguntava, tornava a escutar. Pobre passarinho! Ele sim me enternecia, embora eu não soubesse o que lhe havia dito...

Pensando bem, não acontece com nós homens algo semelhante? Nós também não acreditamos que a natureza fale conosco? E não achamos que podemos colher um significado em suas vozes misteriosas, uma resposta, conforme os nossos desejos, às angustiantes perguntas que lhe dirigimos? A natureza, no entanto, em sua infinita grandeza, possivelmente não tenha o mais remoto indício de nós e das nossas vãs ilusões.

Vejam só a que conclusões uma brincadeira motivada pelo ócio pode levar um homem condenado a viver só consigo mesmo! Eu chegava a ter vontade de me esbofetear. Será que eu estava a ponto de me tornar um filósofo?

Não, não, convenhamos, minha conduta não era lógica. Não era possível continuar assim por mais tempo. Era preciso superar toda cautela e tomar uma decisão a qualquer preço.

Em resumo, eu devia viver, viver, viver.

X
Pia de água benta e cinzeiro

Alguns dias depois estava em Roma para fixar residência.

Por que Roma e não outro lugar? Percebo agora a verdadeira razão, depois de tudo o que me aconteceu, mas não a direi para não estragar a narração com reflexões que agora seriam inoportunas. Escolhi Roma, antes de mais nada, porque foi a cidade que entre todas mais me agradou, e depois porque me pareceu mais adequada para abrigar com indiferença, entre tantos forasteiros, um forasteiro como eu.

Escolher uma casa, isto é, um pequeno cômodo decente, numa rua sossegada, junto a uma família discreta, não foi tarefa fácil. Finalmente encontrei-a na via Ripetta, com vista para o rio. Sendo sincero, a primeira impressão que tive da família que devia me hospedar foi pouco favorável, tanto que ao retornar ao hotel fiquei muito tempo pensando se seria o caso de continuar a procura.

Na porta, no quarto andar, havia duas placas: PALEARI, no lado de cá, PAPIANO, no de lá; debaixo desta, um cartão de visita pregado com duas tachinhas de cobre onde se lia: *Silvia Caporale*.

Um velho de uns sessenta anos abriu-me a porta (Paleari? Papiano?), vestia cuecas de pano, os pés calçados num par de chinelos imundos, o peito nu era rosado, gorducho e sem um pelo, tinha as mãos ensaboadas e um espesso turbante de espuma na cabeça.

— Oh, perdão! — exclamou. — Pensei que fosse a criada... Um minutinho só: ah, pegar-me assim... Adriana! Terenzio! Rápido, vamos! Não vê que está aqui um senhor... Tenha paciência um momentinho. Entre, por favor... O que deseja?

— É aqui que está para alugar um quarto mobiliado?

— Sim, senhor. Aqui está minha filha: fale com ela. — Vamos, Adriana, o quarto!

Atrapalhada, apareceu uma mocinha muito pequena, loira, pálida, com olhos azulados doces e tristes, como todo o rosto. Adriana como eu! "Vejam só!", pensei. "Parece de propósito!"

— Mas onde está Terenzio? — indagou o homem do turbante de espuma.

— Oh! meu Deus, papai, você sabe muito bem que ele está em Nápoles desde ontem. Vá para dentro! Veja como está... — respondeu a mocinha envergonhada, numa vozinha terna que mesmo mostrando uma leve irritação exprimia a brandura de caráter.

O homem retirou-se, repetindo: — *Ah, sim, ah, sim!* — arrastando os chinelos e continuando a ensaboar a cabeça careca e a grande barba grisalha.

Não pude deixar de sorrir, mas com benevolência para não envergonhar ainda mais a filha. Ela entrecerrou os olhos como que para não ver meu sorriso.

De início, ela me pareceu uma menina. Depois, observando melhor a expressão do rosto, dei-me conta de que já era mulher e que por isso usava aquele roupão que a deixava um pouco desajeitada por não combinar com o corpo miúdo e com suas feições. Estava vestida de meio-luto.

Falando em voz muito baixa e desviando o olhar (sabe-se lá qual foi a primeira impressão que lhe causei), conduziu-me por um corredor escuro até o quarto que eu deveria alugar. Quando a porta se abriu senti meu peito abrir-se ao ar e à luz que entravam pelas duas amplas janelas que davam para o rio.[49] Bem ao fundo podia-se ver o Monte Mario, a Ponte Margherita e todo o novo bairro dos Prati até Castel Sant'Angelo; dominavam a paisagem a velha ponte da Ripetta e a nova que estavam construindo ao lado; mais adiante, a ponte Umberto e todo o velho casario de Tordinona que contornavam a ampla curva do rio; do outro lado abriam-se os verdes cumes do Gianicolo, com o grande chafariz de São Pedro in Montorio e a estátua equestre de Garibaldi.

Por causa dessa fabulosa vista, aluguei o quarto que, além disso, era decorado com graciosa simplicidade, com tecidos claros, brancos e azul-celeste.

— Esta pequena varanda aqui ao lado — disse a moça de roupão —, também nos pertence; por enquanto, pelo menos. Dizem que irão derrubá-la porque está fora de alinhamento.

— Está... o quê?

— Fora de alinhamento*:* não se diz assim? Mas vai demorar até que as obras do Lungotevere[50] estejam terminadas.

---

[49] Trata-se do rio Tibre, na cidade de Roma.

[50] Rua que margeia o rio Tibre.

Ouvindo-a falar baixinho, tão seriamente, vestida daquela maneira, sorri e disse:

— Ah, sim?

Ofendeu-se. Baixou os olhos e mordeu levemente os lábios. Então, para lhe ser agradável, também falei com seriedade.

— E... perdão, senhorita, não há meninos em casa, não é?

Balançou a cabeça sem dizer nada. Talvez tenha sentido na minha pergunta um fundo de ironia que eu porém não havia colocado. Dissera "meninos" e não "meninas". Apressei-me novamente em consertar:

— E... diga-me, senhorita, aqui não alugam outros quartos, não é?

— Este é o melhor — respondeu sem olhar para mim. — Se não for de seu agrado...

— Não, não... Perguntei só para saber se...

— ...alugamos outro — disse ela, erguendo os olhos fingindo indiferença. — Do lado de lá, na frente... dando para a rua. Está ocupado por uma moça que já está conosco há dois anos. Dá aulas de piano... mas não em casa.

Ao dizer isso, tentou um sorriso muito leve e triste. E completou:

— Somos eu, papai e meu cunhado...

— Paleari?

— Não. Paleari é papai. Meu cunhado chama-se Terenzio Papiano... Mas, deverá ir embora com o irmão, que por enquanto ainda está aqui conosco. Minha irmã morreu... há seis meses.

Para mudar de assunto, perguntei quanto seria o aluguel. Chegamos logo a um acordo. Perguntei também se era preciso deixar um sinal.

— O senhor é quem sabe — respondeu —, mas se quiser deixar o nome...

Apalpei o bolso, sorri nervosamente e disse:

— Não tenho... nem ao menos tenho um cartão de visita... Meu nome é Adriano, sim, justamente: ouvi que a senhorita também se chama Adriana. Talvez lhe desagrade...

— Oh não! Por quê? — disse ela, percebendo claramente o meu estranho embaraço e agora rindo como uma verdadeira menina.

Também ri e falei:

— Muito bem, se não lhe desagrada, chamo-me Adriano Meis: pronto! Poderia mudar-me esta noite mesmo? Ou é melhor voltar amanhã de manhã...

Respondeu: — Como o senhor quiser — mas fui embora com a impressão de que lhe daria um grande prazer se não voltasse mais. Tinha tido o atrevimento de não levar na devida consideração o seu roupão.

Poucos dias depois, pude comprovar que a pobre menina era realmente obrigada a usar aquele roupão, do qual ela talvez abrisse mão de boa vontade. Ela carregava nas costas todo o peso daquela casa e ai de nós se ela não estivesse lá!

O pai, Anselmo Paleari, aquele velho que me recebera com o turbante de espuma na cabeça, parecia que também tinha o cérebro de espuma. No mesmo dia que entrei na sua casa, ele veio — não tanto para se desculpar de novo pelo modo pouco decente que me aparecera da primeira vez, mas pelo prazer de me conhecer, já que eu tinha o aspecto de um estudioso ou de um artista:

— Estou enganado?

— Está enganado. Artista... de modo nenhum! Estudioso, mais ou menos... Gosto de ler um livro ou outro.

— Oh, o senhor tem uns muito bons! — disse olhando as lombadas dos poucos livros que eu já tinha ajeitado na pequena estante da escrivaninha. — Depois, outro dia, vou lhe mostrar os meus, está bem? Também tenho alguns muito bons. Mah!

Encolheu os ombros e ficou ali, distraído, com os olhos perdidos, evidentemente sem se lembrar de mais nada, nem onde estava ou com quem estava. Repetiu, mais duas vezes: — *Mah!... Mah!...* — com os cantos da boca virados para baixo, e me deu as costas para ir embora sem se despedir.

No momento, aquilo me causou certo espanto, mas depois, quando ele me mostrou os livros em seu quarto como prometera, compreendi não apenas aquela pequena distração, como muitas outras coisas. Os livros tinham títulos deste tipo: *La mort et l'au-delà*, *L'homme et ses corps*, *Les sept principes de l'homme*, *Karma*, *La clef de la théosophie*, *ABC de la théosophie*, *La doctrine secrete*, *Le plan astra* etc. etc.[51]

O senhor Anselmo Paleari era adepto da escola teosófica.

Ele tinha se aposentado, antes do tempo, como chefe de seção de não sei qual Ministério. Isso o tinha arruinado, não apenas financeiramente, mas também porque, livre e dono do seu tempo, aprofundara-se naqueles estudos fantásticos e em nebulosas meditações, desinteressando-se cada vez mais da vida material. Pelo menos a metade da sua pensão era para a compra desses livros. Montara uma pequena biblioteca. A doutrina teosófica, porém, não devia satisfazê-lo completamente. Decerto, o bicho da crítica o mordera

[51] Trata-se de títulos de uma coleção esotérica francesa (*Publicações teosóficas*) publicada entre 1896 e 1904: "*A morte do além, O homem e seus corpos, Os sete princípios do homem, Karma, A chave da teosofia, ABC da teosofia, A doutrina secreta, O plano astral*".

porque, junto dos livros de teosofia, mantinha também uma rica coleção de ensaios e estudos filosóficos antigos e modernos e livros de pesquisa científica. Ultimamente, entregara-se também às experiências espíritas.

Tinha descoberto na senhorita Silvia Caporale, professora de piano, sua inquilina, extraordinários poderes mediúnicos, para dizer a verdade, ainda não bem desenvolvidos, mas que com o tempo e com a prática sem dúvida seriam desenvolvidos até se revelarem superiores aos de todos os médiuns mais famosos.

De minha parte, posso atestar que nunca vira num rosto corriqueiramente feio, como máscara de carnaval, um par de olhos mais sofridos que os da senhorita Silvia Caporale. Eram muito pretos, intensos, ovalados, e davam a impressão de carregar um contrapeso de chumbo como os daquelas bonecas automáticas. A senhorita Silvia Caporale tinha mais de quarenta anos de idade e um belo par de bigodes sob o nariz de batata sempre vermelho.

Soube mais tarde que essa pobre mulher sofria de amor e bebia; tinha consciência de ser feia, já velha, e por desespero bebia. Certas noites, voltava para casa num estado deveras lastimável: com o chapeuzinho de lado, a batata do nariz vermelha como uma cenoura e os olhos semicerrados, mais sofridos do que nunca.

Jogava-se na cama e logo todo o vinho bebido vinha para fora transformado numa enorme torrente de lágrimas. Tocava então à pobre mamãezinha de roupão tomar conta dela, confortando-a até tarde da noite. Sentia pena dela, pena que vencia a náusea, pois sabia que ela era sozinha no mundo e muito infeliz, com aquele sofrimento no corpo que a fazia odiar a vida, contra a qual já atentara duas vezes; convencia-a pouco a pouco a prometer que se comportaria, que não faria mais aquilo; no dia seguinte, ela aparecia toda enfeitada, com tremeliques de macaco, transformada subitamente numa criança ingênua e mimada.

O pouco dinheiro que ganhava de vez em quando, ensaiando canções populares com alguma atriz estreante de café-concerto, era usado ou para beber ou para se enfeitar. Ela não pagava nem o aluguel do quarto nem a pouca comida que lhe era dada pela família. Mas não podiam mandá-la embora. Como o senhor Anselmo Paleari faria as suas experiências espíritas?

Havia no fundo, porém, outra razão. A senhorita Caporale, dois anos antes, depois da morte da mãe, desmanchara a sua casa e, vindo morar com os Paleari, confiara cerca de seis mil liras, resultado da venda dos móveis, a Terenzio Papiano para um negócio que este lhe propusera, cujo lucro seria líquido e certo. As seis mil liras desapareceram.

Quando a própria senhorita Caporale, chorando, confessou-me isso, consegui desculpar o senhor Anselmo Paleari que a princípio me parecera insano por conservar uma mulher desse tipo em contato com a própria filha.

É verdade que para a pequena Adriana, que se demonstrava tão naturalmente boa e até muito ajuizada, talvez não houvesse o que temer: ela, mais que de qualquer outra coisa, sentia-se profundamente ofendida pelas práticas misteriosas do pai, por aquela evocação de espíritos através da senhorita Caporale.

A pequena Adriana era religiosa. Constatei-o logo no início por causa de uma pia de água benta de vidro azul pendurada na parede por cima do criado-mudo ao lado da minha cama. Deitara com o cigarro ainda aceso na boca e começara a ler um dos livros de Paleari; entretido, coloquei a ponta apagada do cigarro naquela pia de água benta. No dia seguinte, a pia não estava mais lá. Em seu lugar, em cima do criado-mudo, havia um cinzeiro. Perguntei-lhe se tinha sido ela quem a tirara da parede e ela, corando, disse:

— Peço-lhe mil desculpas, mas me pareceu que o senhor precisava mais de um cinzeiro.

— Mas, tinha água benta na pia?

— Sim. Aqui na frente fica a Igreja de São Roque...

E foi-se embora. Será que aquela minúscula mamãezinha queria fazer-me santo, indo buscar água benta de São Roque para a minha pia? Para a minha e para a dela. Certamente, o pai não devia ter uma. E na pia da senhorita Caporale, se é que tinha uma, era melhor vinho santo.

Sentindo-me desde há muito num estranho vácuo, a menor coisa fazia-me mergulhar em longas reflexões. A história da água benta levou-me a pensar que desde menino eu não havia mais cumprido práticas religiosas, nem entrara em nenhuma igreja para rezar desde que Pinzone, que nos levava por ordem de mamãe, fora embora. Nunca mais sentira a menor necessidade de me perguntar se de fato tinha fé. E Mattia Pascal tinha falecido de maneira horrível, sem o conforto da religião.

De repente, vi-me numa condição muito peculiar. Para todos os que me conheciam, eu me livrara — bem ou mal — do pensamento mais incômodo e sufocante que se possa ter em vida: o da morte. Quem sabe quantos, em Miragno, diziam:

— Um felizardo, no final das contas! Como quer que seja, ele resolveu o problema.

Eu, no entanto, não resolvera nada. Tinha agora nas mãos os livros de Anselmo Paleari, os quais me ensinavam que os mortos, os verdadeiros mortos, encontraram-se na minha mesma condição, nos "invólucros" do *Kâmaloka,* particularmente os suicidas, que o senhor Leadbeater,[52] autor de *Le plan astral* (*premier degré du monde invisible, d'aprés la théosophie*)[53] representa como assediados por todo tipo de apetites humanos que não podem satisfazer, desprovidos como se acham do corpo carnal, que eles porém não sabem ter perdido.

"Veja bem", pensava, "até poderia ser que eu tivesse me afogado de verdade no moinho da *Stìa* e estivesse achando que ainda estava vivo".

Sabe-se que algumas formas de insanidade são contagiosas. A de Paleari, embora eu tenha resistido no início, acabou por me atacar. Não que eu julgasse sinceramente estar morto: não teria sido um grande mal, porque o máximo é morrer e só os mortos não acreditam que se possa ter o perverso desejo de retornar à vida. Subitamente entendi que ainda tinha que morrer: esse era o mal! Quem se lembrava ainda disso? Depois do meu suicídio na *Stìa,* é claro que eu não enxergara mais nada diante de mim do que a vida. Pois não é que agora o senhor Paleari me colocava continuamente diante da sombra da morte?

Aquela criatura não sabia falar de outra coisa! Falava com tanto entusiasmo e durante o calor do discurso escapavam-lhe certas imagens e expressões tão singulares que, ao escutá-lo, eu logo perdia a vontade de me ver livre dele e ir morar em outro lugar. No mais, a doutrina e a fé do senhor Paleari, embora às vezes me parecessem banais, eram no fundo confortantes; e já que infelizmente me lembrara que um dia ou outro eu teria mesmo de morrer de verdade, não me desagradava ouvi-lo falar.

— Tem lógica? — perguntou um dia, após ler para mim um trecho de um livro de Finot,[54] repleto de uma filosofia tão sentimentalmente macabra, que parecia o sonho de um coveiro morfinômano. A vida não é mais do que os vermes nascidos da decomposição do corpo humano. — Tem lógica? Matéria, sim, matéria: concordemos que tudo seja matéria. Porém, existe forma e forma, modo e modo, qualidade e qualidade: existe a pedra e o éter imponderável, ora bolas! No meu próprio corpo tem a unha, o dente, o pelo e o delicadíssimo tecido ocular. Sim senhor, quem pode negar? Aquilo que chamamos alma também é matéria, mas há de se admitir que não é matéria como a unha, o dente, o pelo. É matéria como o éter ou sei lá o quê! O éter sim, o senhor admite como hipótese, e a alma não? Tem lógica? Matéria, sim senhor. Acompanhe o meu raciocínio e veja onde quero chegar admitindo

[52] Charles Webster Leadbeater (1847-1934): teósofo e clarividente inglês, escreveu vários livros baseados nas suas experiências extrassensoriais. Sua obra mais conhecida é o citado *O plano astral.*

[53] *O plano astral* (primeiro grau do mundo invisível, segundo a teosofia).

[54] Jean Finot (1856-1922): filósofo francês escreveu *A filosofia da longevidade*, publicado em 1903.

que tudo é matéria. Vamos à Natureza. Hoje em dia, consideramos o homem como o herdeiro de uma sucessão infinita de gerações, não é verdade? Como o resultado de uma elaboração muito lenta da Natureza. O senhor, caro senhor Meis, julga que o homem também é um animal, um animal muito cruel e em geral pouco digno de respeito? Admito isso também e afirmo: sim, o homem representa, na escala dos seres, um degrau não muito elevado. Do verme ao homem consideremos oito, ou sete, ou cinco degraus. Mas, ora bolas! a Natureza trabalhou milhares, milhares e milhares de séculos para subir esses cinco degraus que vão do verme ao homem. A matéria, para alcançar como forma e substância esse quinto degrau, para se tornar esse animal que rouba, esse animal que mata, esse animal mentiroso, mas que no entanto é capaz de escrever *A divina comédia,* senhor Meis, e se sacrificar como fizeram a sua mãe e a minha, teve de evoluir, não é? E de repente, pluft, volta tudo à estaca zero? Tem lógica? O meu nariz ou o meu pé poderão se transformar em vermes, mas a minha alma não, ora bolas! Ela também é matéria, sim senhor, quem diz que não? Mas não como o meu nariz ou o meu pé. Tem lógica?

— Desculpe, senhor Paleari — objetei —, um grande homem passeia, cai, bate a cabeça e fica bobo. Onde está a alma?

O senhor Anselmo permaneceu um tempo me olhando, como se de repente uma enorme pedra tivesse caído diante de seus pés.

— Onde está a alma?!

— Sim, o senhor ou eu, eu, que não sou nenhum grande homem, mas que mesmo assim... digamos, raciocino: passeio, caio, bato a cabeça, e fico bobo. Onde está a alma?

Paleari juntou as mãos e, com expressão de pena, respondeu:

— Mas, santo Deus, por que o senhor quer cair e bater a cabeça, caro senhor Meis?

— Por uma hipótese...

— Mas não senhor: pode passear tranquilamente. Vamos tomar como exemplo os velhos que, sem necessidade de cair e bater a cabeça, podem ficar bobos naturalmente. Pois muito bem, que isso quer dizer? O senhor tinha a intenção de provar que debilitando o corpo, a alma também se fragiliza e demonstrar, por conseguinte, que a extinção de um implica na extinção da outra? Desculpe-me! Imagine um pouco o caso contrário: corpos extremamente enfraquecidos em que mesmo assim brilha poderosíssima a luz da alma: Giacomo Leopardi! e muitos velhos, como é o caso de Sua Santidade Leão XIII! E então! Mas pense num piano e num pianista: num certo momento, enquanto ele está tocando, o piano desafina; uma tecla não bate mais;

duas ou três cordas quebram; e aí! com o instrumento nesse estado o pianista obrigatoriamente, mesmo sendo ótimo, vai tocar mal. E se o piano depois emudecer, isso significará que também o pianista não existe mais?

— O cérebro seria o piano e o pianista a alma?

— É uma antiga comparação, senhor Meis! Ora, se o cérebro se deteriora, a alma necessariamente fica boba, ou louca, ou sei lá o quê. Isso quer dizer que se o pianista quebrar o instrumento, não por desgraça, mas por descuido ou por sua vontade, deverá pagar: quem quebra paga; tudo se paga. Mas esta é outra questão. Perdão, mas não significa nada para o senhor o fato de que a humanidade toda, inteirinha, desde que se tem notícia, sempre aspirou a outra vida, no além? Isso é um fato, um fato, uma prova real.

— Dizem que é o instinto de conservação...

— Não senhor, porque eu pouco me importo com essa casca ordinária que me cobre, sabe? Ela me pesa, suporto-a porque sei que devo suportá-la. Mas se não me provarem que depois de aguentá-la por mais cinco ou seis ou dez anos, eu não terei pago de alguma forma toda essa chateação e que tudo acaba ali, eu a jogo fora hoje mesmo, neste exato momento. Como fica o instinto de conservação? Conservo-me apenas porque sinto que não pode acabar assim! Porém uma coisa é o indivíduo, outra a humanidade, como dizem. O indivíduo termina, a espécie continua sua evolução. Bela maneira de raciocinar, esta! Veja só! Como se a humanidade não fosse eu, não fosse o senhor e cada um de nós um todo. Todos nós temos o mesmo sentimento, ou seja, que seria a coisa mais absurda e mais terrível se tudo devesse se resumir a isso aqui, neste miserável sopro que é a nossa vida terrena: cinquenta, sessenta anos de tédio, de miséria, de fadigas para quê? Para nada! Para a humanidade? Mas se até a humanidade um dia vai terminar? Pense um pouco: para que toda essa vida, todo esse progresso, toda essa evolução? Para nada? Mas o nada, o puro nada, dizem que não existe... Restabelecimento do astro, não é verdade? Como o senhor disse no outro dia. Está bem: restabelecimento, mas é preciso ver em que sentido. O mal da ciência, veja bem senhor Meis, está em se ocupar apenas da vida.

— Sim — suspirei sorrindo —, já que temos de viver...

— Mas temos também de morrer! — rebateu Paleari.

— Entendo, mas por que pensar tanto nisso?

— Por quê? Porque não poderemos entender a vida se de algum modo não explicarmos a morte! O critério que deve guiar as nossas ações, o fio condutor para sairmos deste labirinto, a luz, senhor Meis, a luz deve vir de lá, da morte.

— Com a escuridão que há por lá?

— Escuridão? Escuridão para o senhor! Experimente acender uma luz de fé com o puro azeite da alma. Quando falta essa luz, nós andamos sem rumo aqui na vida, como uma multidão de cegos, com toda a luz elétrica que inventamos! Está certo, certíssimo, a luz elétrica é ótima para a vida, mas nós, caro senhor Meis, precisamos também que a outra nos faça um pouco de luz para a morte. Veja, em algumas noites, eu experimento até acender certa lamparina de vidro vermelho. É preciso esforçar-se de todas as maneiras, tentar de tudo para ver. Por ora, meu genro Terenzio está em Nápoles. Retornará em poucos meses e então, se o senhor quiser, o convidarei para acompanhar alguma das nossas modestas sessõezinhas. E quem sabe se a tal lamparina... Basta. Não vou dizer mais nada.

Como se vê, não era muito agradável a companhia de Anselmo Paleari. Mas pensando bem, será que eu poderia me arriscar, ou melhor, sem ser obrigado a mentir, aspirar alguma outra companhia menos distante da vida? Eu ainda me lembrava do *cavaliere* Tito Lenzi. O senhor Paleari, ao contrário, não tinha interesse em saber nada a meu respeito, satisfazendo-se com a atenção que eu prestava aos seus discursos. Praticamente em todas as manhãs, depois da costumeira higiene do corpo todo, acompanhava-me em meus passeios. Íamos até o Gianicolo ou ao Aventino ou ao Monte Mario, às vezes até a Ponte Nomentano, conversando sempre sobre a morte.

"Isso é o que ganhei", pensava eu, "por não morrer de verdade!".

Por vezes, tentava fazê-lo falar de outra coisa, mas era como se o senhor Paleari não tivesse olhos para o espetáculo da vida à sua volta: andava frequentemente com o chapéu nas mãos e de repente levantava-o como para cumprimentar alguma sombra:

— Besteiras! – exclamava.

Apenas uma vez me fez uma pergunta de caráter particular:

— Por que o senhor está em Roma, senhor Meis?

Encolhi os ombros e respondi:

— Porque gosto daqui...

— Mas é uma cidade triste — observou sacudindo a cabeça. — Muita gente admira-se que nada dê certo aqui, que nenhuma ideia vingue. Mas se espantam porque não querem reconhecer que Roma está morta.

— Roma também morreu? — exclamei consternado.

— Faz tempo, senhor Meis! E é inútil, acredite, qualquer esforço para fazê-la reviver. Presa ao sonho de seu glorioso passado, não quer mais saber desta vida pequena que teima em brotar ao seu redor. Quando uma cidade teve uma vida como a de Roma, tão marcante e especial, não pode se tornar uma cidade moderna, ou seja, uma cidade como qualquer outra. Roma jaz lá, com seu grande coração aos pedaços, atrás do Capitólio. Por acaso são de Roma estas casas novas? Veja, senhor Meis, minha filha Adriana falou-me da pia de água benta que estava no seu quarto, lembra-se? Adriana tirou essa pia do quarto, mas no outro dia ela a deixou cair e a pia partiu-se. Sobrou apenas a pequena concha, que agora está no meu quarto em cima da escrivaninha destinada ao uso que o senhor anteriormente, por distração, lhe dera. Muito bem, senhor Meis, o destino de Roma é idêntico. Os papas a tinham feito — ao modo deles, é claro — uma pia de água benta. Nós italianos fizemos dela, ao nosso modo, um cinzeiro. Viemos de todos os cantos para sacudir aqui as cinzas do nosso charuto, símbolo da futilidade de nossa vida miserável e do prazer amargo e venenoso que ela nos oferece.

XI
À NOITE, OLHANDO O RIO

Conforme nossa familiaridade crescia, pela consideração e generosidade que demonstrava o dono da casa para comigo, aumentava também minha dificuldade no tratar, o secreto embaraço que já sentira e que agora, frequentemente, tornava-se agudo como um remorso de estar ali, intruso naquela família, com um nome falso, as feições modificadas, com uma existência fictícia e quase inconsistente. Eu estava proposto a me afastar o máximo possível, lembrando sempre que não devia me aproximar demais da vida alheia, que devia evitar qualquer intimidade e me contentar em viver à parte.

— Livre! — ainda dizia, mas já começava a entender o sentido e medir os limites dessa minha liberdade.

Sim. Liberdade significava, por exemplo, eu ficar ali à noite, debruçado à janela, olhando o rio que corria negro e silencioso entre os novos diques e sob as pontes que refletiam as luzes de seus lampiões, tremulantes como cobrinhas de fogo; seguindo com a fantasia o curso daquelas águas, desde a distante nascente nos Apeninos, passando pelos campos, entrando em cidades e depois novamente pelos campos, até chegar à foz; imaginando o mar tenebroso e vibrante, no qual aquelas águas, depois da longa jornada, iam se perder, e abrir de vez em quando a boca em um bocejo.

— Liberdade... Liberdade... — murmurava. Mas não seria também a mesma coisa em outro lugar?

Em algumas noites, via na varanda ali ao lado, a mamãezinha da casa em seu roupão regando os vasos de flores. "Eis a vida!", pensava. E seguia com os olhos a doce mocinha com seus modos gentis, esperando a cada momento que ela erguesse o olhar na direção da minha janela. Mas em vão. Ela sabia que eu estava ali, mas quando se achava sozinha fingia não me perceber. Por quê? Apenas pela timidez, pela discrição, ou quem sabe a minha querida mamãezinha ainda me amasse em segredo, já que eu me obstinava a demonstrar pouca consideração por ela?

Depois de pousar o regador, ela se debruçava no parapeito da varanda e também olhava o rio, talvez para mostrar que não se importava nem um pouco comigo, que tinha também coisas muito sérias para pensar e precisava de solidão.

Eu sorria comigo mesmo pensando na atitude dela, mas em seguida, ao vê-la sair da varanda, pensava que o meu julgamento poderia estar errado, que era apenas o resultado do despeito natural que todos têm quando não se recebe atenção: "Por que afinal", eu me perguntava, "ela deveria se importar comigo, dirigindo-me a palavra sem necessidade? Eu aqui represento a desgraça da sua vida, a insanidade do seu pai, quem sabe até humilhação. Talvez ela sinta saudade do tempo em que o pai trabalhava e não necessitava alugar quartos e ter estranhos em casa. Além do mais, um estranho como eu! Talvez eu lhe provoque medo, pobre garota, com este olho e estes óculos...".

O barulho de alguma carruagem na ponte de madeira vizinha arrancava-me daquelas reflexões. Irritado, saía da janela, olhava para a cama, para os livros, ficava em dúvida entre este ou aquele, depois balançava os ombros pegava o chapéu e saía, esperando libertar-me, lá fora, daquele tédio inquieto.

De acordo com a inspiração do momento, seguia para as ruas mais movimentadas ou para os lugares solitários. Lembro-me de uma noite na praça de São Pedro, do efeito de sonho, de um sonho quase longínquo que tive daquele mundo secular abraçado pelo majestoso pórtico no silêncio que parecia aumentado pelo ruído contínuo das duas fontes. Cheguei perto de uma delas e então aquela água pareceu-me a única coisa viva naquele lugar, tudo o mais era quase espectral e profundamente melancólico na sua silenciosa e imóvel solenidade.

Quando retornava pela via Borgo Nuovo, encontrei num certo trecho um bêbado que passando por mim e me vendo pensativo cumprimentou-me levantando o chapéu e, olhando meu rosto de baixo para cima, disse balançando levemente o braço:

— Alegria!

Parei surpreso e o medi da cabeça aos pés.

— Alegria! — repetiu com um gesto da mão que significava: "O que está fazendo? Em que está pensando? Não se preocupe com nada!".

E foi embora cambaleando, apoiando-se com a mão na parede.

A aparição do bêbado e seu estranho conselho amigável e filosoficamente piedoso naquela hora, naquela rua deserta perto do grande templo e ainda com aquela sensação em mente, deixou-me atordoado. Fiquei não sei por quanto tempo acompanhando o homem com o olhar e depois senti meu atordoamento explodir numa gargalhada insana.

— Alegria! Sim, meu caro. Mas eu não posso ir, como você, a uma taverna procurar a alegria no fundo de um copo como você me aconselha. Mesmo porque infelizmente não saberia achá-la! Nem mesmo em outro lugar! Vou ao café, meu caro, entre gente de bem que fuma e discute política. Alegres, e até felizes, poderíamos ser só com a condição de que, conforme um advogadinho imperialista que também frequenta o meu café, sejamos governados por um bom rei absolutista. Você não conhece essas coisas, pobre bêbado filósofo, elas nem passam pela sua cabeça. Mas o verdadeiro motivo de todos os nossos males, dessa nossa tristeza, você sabe qual é? A democracia, meu caro, a democracia, ou seja, o governo da maioria. Porque quando o poder está nas mãos de um só, ele sabe que é único e que deve satisfazer a muitos, mas quando muitos governam, pensam somente satisfazer a si mesmos, então temos a tirania mais difícil e odiosa: a tirania fantasiada de liberdade. Com certeza! Oh, porque você acha que eu sofro? Sofro exatamente por causa dessa tirania fantasiada de liberdade... Vamos voltar para casa!

Mas aquela era uma noite de encontros.

Pouco depois, ao passar por Tordinona quase no escuro, escutei um grito muito forte, entre vários outros abafados, num dos becos que dão para essa rua. De repente, vi surgir à minha frente um emaranhado de gente brigando. Eram quatro miseráveis armados de pedaços de pau, batendo numa mulher da rua.

Estou contando esta aventura, não para me vangloriar de um ato de coragem, mas para dizer, pelo contrário, do medo que tive das suas consequências. Aqueles safados eram quatro, porém eu tinha também uma boa bengala com ponta de ferro. É verdade que dois deles vieram para cima de mim com facas. Defendi-me o melhor que pude, girando a bengala e saltando de um lado para outro para que não me acertassem em cheio. Consegui afinal acertar na cabeça do mais feroz uma pancada bem dada com a ponta de ferro. Ele vacilou e depois saiu correndo. Então os outros três, talvez temendo que alguém viesse para acudir os gritos da mulher, também fugiram. Não sei como, mas eu estava ferido na testa. Gritei para a mulher, que ainda não cessara de pedir por socorro, que ficasse quieta, mas ela, vendo-me com o rosto banhado de sangue, não conseguia se conter e chorando, toda desgrenhada, queria me socorrer fazendo um curativo com o lenço de seda que trazia no pescoço e que se rasgara na briga.

— Não, não, obrigado — disse, evitando-a com asco. — Basta... Não é nada! Vá embora logo... Não deixe que a vejam.

Fui até o chafariz situado em baixo da rampa da ponte próxima dali para lavar a testa. Enquanto estava lá, vi chegarem dois guardas ofegantes querendo saber o que tinha acontecido. A mulher que era de Nápoles, prontamente começou a contar a "enrascada que havia passado" comigo, dirigindo as frases mais afetuosas e cheias de admiração de seu repertório dialetal a mim. Não foi fácil livrar-me dos dois atenciosos policiais que queriam a qualquer custo levar-me com eles para que eu denunciasse o ocorrido. Belo serviço! Era só o que me faltava! Ter agora de lidar com a polícia! Aparecer no dia seguinte nos jornais como um quase herói, logo eu que deveria ficar calado, na sombra, ignorado por todos...

Herói, certo, era tudo que eu não poderia ser. A não ser que quisesse morrer... Mas, se eu já estava morto!

— Perdão, mas o senhor é viúvo, senhor Meis?

Essa pergunta me foi feita à queima-roupa pela senhorita Caporale, uma noite na varanda onde ela estava com Adriana e onde tinham me convidado para passar algum tempo em sua companhia.

Fiquei desconcertado por um instante, mas respondi:

— Eu não. Por quê?

— Por que o senhor sempre esfrega o anular com o polegar, como quem quer girar o anel no dedo. Assim... Não é, Adriana?

Vejam só aonde vão parar os olhos das mulheres, ou melhor, de certas mulheres, pois Adriana disse que nunca tinha percebido.

— É que você nunca prestou atenção! — exclamou a Caporale.

Fui obrigado a admitir que, embora jamais tivesse reparado, talvez eu tivesse esse costume.

— Na verdade — tive que acrescentar —, por muito tempo usei aqui um anelzinho que depois precisei mandar cortar por um ourives, porque apertava muito o dedo e me incomodava.

— Coitado do anelzinho! — gemeu então a quarentona retorcendo-se, tomada nessa noite a dengos infantis. — Apertava tanto assim? Não queria mais sair do dedo? Seria talvez a lembrança de um...

— Silvia! — interrompeu a pequena Adriana em tom de censura.

— Qual é o problema? — prosseguiu a outra. — Queria dizer de um primeiro amor... Vamos, diga alguma coisa, senhor Meis. Será possível que o senhor nunca fale nada?

— É que eu estava pensando nas conclusões que a senhora tirou do meu costume de esfregar o dedo. Conclusão apressada, cara senhorita. Porque os viúvos, que eu saiba, não costumam tirar a aliança. Quando a mulher já se foi, faz mais falta a mulher do que a aliança. Assim como os veteranos gostam de ostentar suas medalhas, os viúvos, penso, gostam de usar a aliança.

— Pois é! — exclamou a Caporale. — O senhor está habilmente contornando o assunto.

— De modo algum! Estou até querendo aprofundá-lo!

— Que aprofundar! Nunca aprofundo coisa alguma. Tive apenas essa impressão, só isso.

— Que eu fosse viúvo?

— Sim, senhor. Você também não acha, Adriana, que ele parece viúvo?

Adriana tentou levantar os olhos para mim, mas logo tornou a baixá-los, não conseguindo – tímida como era – olhar para os outros. Sorriu de leve, com seu habitual sorriso doce e melancólico, e disse:

— Como você quer que eu saiba se ele parece viúvo! Você é engraçada!

Naquele instante, algum pensamento, alguma imagem deve ter passado em sua mente. Ficou perturbada e se voltou para olhar o rio lá embaixo. Com certeza a outra compreendeu, porque suspirou e também olhou o rio.

Uma quarta pessoa, invisível, viera evidentemente intrometer-se entre nós. Ao final também compreendi, olhando o roupão de meio-luto de Adriana, que Terenzio Papiano, o cunhado que ainda estava em Nápoles, não deveria parecer um viúvo inconsolável e por isso, segundo a senhorita Caporale, quem parecia o viúvo era eu.

Confesso que até gostei que aquela conversa acabasse tão mal. A dor causada em Adriana pela lembrança da irmã falecida e de Papiano viúvo era para Caporale o castigo da sua indiscrição.

Para sermos justos, isso que me parecia indiscrição não seria apenas curiosidade natural perfeitamente desculpável, uma vez que era fruto do estranho silêncio que envolvia a minha pessoa? Já que a solidão era insuportável e eu não sabia resistir à tentação de me aproximar dos outros, era necessário, sem dúvida, que eu respondesse resignado às perguntas deles da melhor forma possível, ou seja, mentindo, inventando, não havia meio-termo, pois eles tinham todo o direito de saber com quem estavam tratando! A culpa não era dos outros, era minha. Só que eu a estava piorando com a mentira, mas se isso não me agradava, se me fazia sofrer, a solução era ir embora, voltar à minha vida errante e solitária.

Eu percebia que a própria Adriana, que nunca me perguntava nada indiscreto, era toda ouvidos para o que eu respondia para a Caporale, cujas perguntas, para dizer a verdade, ultrapassavam frequentemente os limites da curiosidade natural e aceitável.

Uma noite, por exemplo, ali na varanda, onde agora nos reuníamos costumeiramente quando eu voltava do jantar, perguntou rindo e se esquivando de Adriana que lhe gritava muito nervosa: — Não, Silvia, eu lhe proíbo! Não faça isso!

— Desculpe, senhor Meis, mas Adriana gostaria de saber por que o senhor não deixa crescer pelo menos o bigode...

— Não é verdade! — gritou Adriana. — Não acredite, senhor Meis! É ela quem quer saber, não eu...

Irrompeu em choro a querida mamãezinha. Imediatamente a Caporale tentou confortá-la, dizendo:

— Mas, vamos! O que é que tem! Qual é o problema?

Adriana repeliu-a com o cotovelo:

— O problema é que você mentiu e eu estou com raiva! Falávamos dos atores de teatro, que são todos assim... e então você me disse: *"Como o senhor Meis! Por que será que ele não deixa crescer pelo menos o bigode?..."*, e eu repeti: *"Pois é, quem sabe..."*.

— E então — prosseguiu a Caporale —, quem fala: *"Pois é, quem sabe..."*, quer dizer que deseja saber!

— Mas você falou primeiro! — protestou Adriana muito irritada.

— Posso responder? — perguntei para restabelecer a calma.

— Não, desculpe senhor Meis: boa noite! — disse Adriana e levantou-se para ir embora.

A Caporale, porém, segurou-a por um braço:

— Ah, que bobinha você é! Foi brincadeira... O senhor Adriano é tão bom, que não leva a mal. Não é verdade, senhor Adriano? Diga-lhe o senhor mesmo... por que não deixa crescer pelo menos o bigode.

Desta vez Adriana riu, ainda com lágrimas nos olhos.

— Porque atrás disso há um mistério — respondi alterando comicamente a voz. — Sou um conspirador!

— Não acreditamos! — exclamou a Caporale no mesmo tom, mas depois completou: — Escute só. Que o senhor seja furtivo não se pode negar. O que foi fazer, por exemplo, hoje à tarde no Correio?

— Eu no Correio?

— Sim senhor. Vai negar? Eu própria vi com meus próprios olhos. Por volta de quatro horas... Eu estava passando pela praça San Silvestro...

— Deve ter-se enganado, senhorita, não era eu.

— Ah, era sim — fez a Caporale incrédula. — Correspondência secreta... Por que, não é mesmo, Adriana, este senhor nunca recebe cartas em casa? Foi a criada quem me disse.

Incomodada, Adriana remexeu-se na cadeira.

— Não ligue para ela — disse, dirigindo-me um rápido olhar magoado e quase carinhoso.

— Nem em casa, nem na posta-restante! — respondi. — Infelizmente é verdade! Ninguém me escreve, senhorita, pelo simples fato de que não tenho mais ninguém que possa me escrever.

— Nem um amigo? Será possível? Ninguém?

— Ninguém. Somos eu e a minha sombra, na Terra. Levei essa sombra para passear comigo, aqui e ali sem parar, e nunca me demorei tanto em qualquer lugar até agora, para poder estreitar uma amizade duradoura.

— O senhor é um homem feliz — exclamou a Caporale suspirando —, já que pôde viajar a vida toda! Fale-nos ao menos das suas viagens, vamos, se não quer nos falar de outra coisa.

Pouco a pouco, superando os inconvenientes das primeiras perguntas embaraçosas, contornando outras com os remos da mentira que me serviam de alavanca e escora, agarrando-me, quase que com as duas mãos, aos que me ameaçavam mais de perto, para me desviar com prudência e vagar, o barquinho da minha ficção pôde finalmente alcançar o leito do rio e levantar a vela da fantasia.

Agora eu, depois de mais de um ano de silêncio forçado, sentia um grande prazer em falar, e falar, todas as noites ali na varanda, de tudo o que vira, das observações que fizera, dos incidentes que tinham acontecido aqui e ali. Eu mesmo me surpreendia por ter recolhido nessas viagens tantas impressões que o silêncio quase sepultara em mim e que agora falando, ressuscitavam, saltavam vivas dos meus lábios. Essa surpresa íntima coloria extraordinariamente a minha narração e do prazer que as duas mulheres demonstravam ao me ouvir, pouco a pouco nascia em mim a nostalgia de um bem que eu não havia realmente desfrutado. Essa mesma nostalgia dava sabor à minha narrativa.

Após algumas noites, a postura e os modos da senhorita Caporale para comigo tinham mudado radicalmente. Seus olhos melancólicos ganharam um langor tão intenso, que lembravam ainda mais o contrapeso de chumbo.

Mais do que nunca se revelou o cômico contraste entre eles e o rosto de máscara de carnaval. Sem dúvida, a senhorita Caporale apaixonara-se por mim!

A surpresa ridícula que isso me causou, possibilitou-me perceber que em todas aquelas noites não falara para ela, mas para a outra que ficara sempre calada ouvindo. Era evidente, no entanto, que a outra percebera que eu falava somente para ela, já que se estabeleceu rapidamente entre nós um acordo tácito para nos divertirmos juntos com o ridículo e imprevisível efeito de minhas palavras nas muito sensíveis cordas sentimentais da quarentona professora de piano.

Apesar desta descoberta, não tive nenhum pensamento menos puro por Adriana, pois sua inocente bondade mesclada de tristeza não permitia. Eu sentia, contudo, uma grande alegria por essa intimidade inicial, tanta quanto sua delicada timidez me consentia. Era um olhar fugaz, como o clarão de uma graça muito terna; era um sorriso esboçado no olhar e um leve gesto da cabeça, se eu me excedia um pouco, para o nosso secreto divertimento, ao soltar o fio da esperança da pipa empinada pela solteirona, que ora pairava nos céus da bem-aventurança, ora se desequilibrava por algum puxão mais violento e imprevisto.

— O senhor deve ter um coração de pedra — disse-me certa vez a Caporale —, se é verdade o que diz, e que não acredito, de ter passado incólume pela vida até agora.

— Incólume? Como?

— Sim, quero dizer, sem nunca ter se apaixonado...

— Ah, jamais, senhorita, jamais!

— Mesmo assim, não quis nos dizer como surgiu o anelzinho que mandou o ourives cortar porque lhe apertava muito o dedo...

— E como doía! Então não lhes disse? Sim! Era uma lembrança de vovô, senhorita.

— Mentira!

— Como queira, mas posso até dizer que vovô me dera o anelzinho em Florença, ao sairmos da Galleria degli Uffizi, e sabe por quê? Porque eu, então com doze anos, tomara um Perugino por um Rafael. Isso mesmo. Como prêmio por este erro, ganhei o anelzinho, comprado numa das lojas da Ponte Vecchio. Não sei por que, vovô tinha certeza que aquele quadro de Perugino devesse ser, de fato, atribuído a Rafael. Eis a explicação do mistério! A senhorita há de compreender que entre a mão de um menino de doze anos e esta minha mão de agora há uma grande diferença. Está vendo? Agora sou assim, como esta mão que não comporta aneizinhos delicados. Talvez eu até tenha coração, mas também sou justo, senhorita. Olho-me no espelho, com estes lindos óculos que em parte não deixam de ser caridosos, e fico boquiaberto: "Como você pode querer, meu caro Adriano", digo a mim mesmo, "que alguma mulher se apaixone por você?".

— Mas que ideia! — exclamou a Caporale. — O senhor pensa que está sendo justo dizendo isso? Pelo contrário, está sendo injusto contra nós mulheres. Pois fique sabendo, caro senhor Meis, que as mulheres são mais generosas do que os homens e não dão importância apenas à beleza exterior como eles.

— Digamos então que as mulheres também são mais corajosas que os homens, senhorita. Porque reconheço que, além da generosidade, seria necessária uma boa dose de coragem para amar de verdade um homem como eu.

— Não diga isso! O senhor parece que gosta de se dizer e se fazer mais feio do que é.

— Isso é verdade. E sabe por quê? Para que ninguém tenha pena de mim. Pense bem, caso eu tentasse me enfeitar de alguma maneira, diriam: "Vejam só aquele coitado: quer parecer menos feio com esse bigode!". Assim não. Sou feio, sim, e daí? E sem misericórdia no coração. O que me diz?

A senhorita Caporale soltou um profundo suspiro.

— Digo que não tem razão — respondeu. — Se o senhor tentasse deixar crescer um pouco a barba, por exemplo, perceberia logo que não é o monstro que está dizendo.

— E este olho, aqui? — perguntei.

— Meu Deus, já que o senhor fala com tanta desenvoltura — interveio a Caporale —, desculpe-me, mas eu desejava lhe dizer isto há vários dias: por que não faz uma operação, coisa muito fácil atualmente? Se o senhor quisesse, poderia ficar livre desse leve problema em pouco tempo.

— Está vendo, senhorita? — concluí. — A mulher pode ser mais generosa do que o homem, mas observe que aos poucos a senhorita aconselhou-me a arranjar outro rosto.

Por que eu havia insistido tanto nesse assunto? Será que eu queria que a professora Caporale declarasse, ali na presença de Adriana, que me amaria, ou melhor, me amava mesmo sem barba e com aquele olho desorientado? Não. Eu falara tanto e fizera todas aquelas perguntas pormenorizadas à Caporale porque notara o prazer, talvez inconsciente, que Adriana tinha com as respostas vitoriosas que a mulher me dava.

Compreendi então que, apesar de meu aspecto estranho, ela *poderia* me amar. Não confessei nem a mim mesmo, mas dessa noite em diante pareceu-me mais macio o leito que eu ocupava na casa, mais belos os objetos que me circundavam, mais leve o ar que respirava, mais azul o céu, mais cintilante o sol. Desejei acreditar que essa transformação também fosse porque Mattia Pascal desaparecera lá no moinho da *Stìa*, e que eu, Adriano Meis, após vaguear um tempo, perdido na nova liberdade ilimitada, tinha finalmente conquistado o equilíbrio, alcançado o ideal que me havia proposto: fazer de mim outro homem, viver outra vida que agora sentia, sim, sentia plena dentro de mim.

E o meu espírito voltou a ser risonho como nos tempos da juventude. Perdeu o veneno da experiência. Até o senhor Anselmo Paleari não me pareceu mais tão aborrecido: a sombra, a neblina, a fumaça da sua filosofia haviam evaporado ao sol da minha nova alegria. Pobre senhor Anselmo! Das duas coisas que na sua opinião devia se pensar na Terra, ele não percebia que pensava numa só, mas quem sabe ele também pensara em viver nos seus bons tempos! Mais digna de compaixão era a professora Caporale, a quem nem mesmo o vinho conseguia dar a *alegria* daquele inesquecível bêbado da via Borgo Nuovo. A coitadinha queria viver e julgava sem generosidade os homens que se importam apenas com a beleza exterior. Será que intimamente, na alma, sentia-se bonita? Oras, quem sabe de quais e de quantos sacrifícios ela seria realmente capaz se encontrasse um homem "generoso"! Talvez não bebesse mais nenhum gole de vinho.

"Se reconhecermos", eu pensava, "que errar é humano, a justiça não seria uma crueldade sobre-humana?".

Propus-me não ser mais cruel com a pobre senhorita Caporale. Sim, havia me proposto, mas, pobre de mim, fui cruel sem querer e diga-se de passagem, quando menos queria ser. Minha amabilidade foi a nova faísca para o seu fácil fogo. Acontecia o seguinte: quando eu falava, a pobre mulher empalidecia, ao passo que Adriana enrubescia. Eu não sabia bem o que dizia, mas sentia que cada palavra, seu som, seu significado nunca perturbava aquela a quem era de fato destinada, rompendo a secreta harmonia que, não sei dizer como, já havia se estabelecido entre nós.

As almas têm um jeito especial de se compreender, de entrar em sintonia, de se tornarem íntimas, ao passo que nossas personalidades encontram empecilhos na simples troca de palavras comuns, na escravidão das normas sociais. As almas têm suas próprias necessidades e aspirações que o corpo não entende quando é impossível satisfazê-las ou transformá-las em ação. Toda vez que duas pessoas se comunicam apenas com as almas, acabam por ficar sozinhas onde quer que estejam, sentem uma perturbação angustiada, quase uma repugnância violenta ao menor contato material, um sofrimento que as afasta e que acaba tão logo outra pessoa intervenha. Então, superada a angústia, as duas almas reconfortadas procuram-se e tornam a se sorrir de longe.

Quantas vezes não tive essa experiência com Adriana! Mas o constrangimento que ela sentia parecia-me fruto de seu recato natural e da timidez da sua personalidade, já o meu, julgava ser resultado do remorso causado pelo fingimento a que era obrigado, o fingimento contínuo do meu ser, diante da inocência e da ingenuidade daquela doce e suave criatura.

Já a via com outros olhos. Ela não se transformara realmente de um mês para cá? Os seus olhares furtivos não brilhavam com uma luz interior mais viva? Seus sorrisos não demonstravam ser menos penoso o esforço que lhe custava fazer a sábia mamãezinha, que antes parecera afetação para mim?

Sim, talvez ela também obedecesse instintivamente à minha mesma necessidade de criar a ilusão de uma vida nova, sem saber exatamente qual e nem como. Um desejo indefinido, como a aura de uma alma, tinha aberto aos poucos, para ela e para mim, uma janela no futuro de onde um raio de calor inebriante nos alcançava, mas nós não sabíamos como nos aproximar dessa janela, nem para fechá-la e nem para ver o que havia do lado de lá.

Quem sentia os efeitos dessa nossa pura e muito suave embriaguez era a pobre senhorita Caporale.

— Sabe, senhorita — disse-lhe uma noite —, que por pouco não segui o seu conselho?

— Qual deles? — perguntou.

— De me deixar operar por um oculista.

A Caporale bateu palmas, toda contente.

— Ah! Ótimo! O doutor Ambrosini! Chame o Ambrosini, é o melhor, ele operou a catarata da minha falecida mãe. Viu? Viu, Adriana, o espelho se manifestou! O que foi que eu disse?

Adriana sorriu e eu também sorri.

— Não foi o espelho, senhorita — disse. — Foi a necessidade. De uns tempos para cá, o olho me dói. Ele nunca foi grande coisa, mas não gostaria de perdê-lo.

Não era verdade. A senhorita Caporale estava certa: o espelho havia falado e me dissera que se uma operação relativamente simples podia fazer desaparecer do meu rosto aquele grosseiro traço fisionômico tão característico de Mattia Pascal, Adriano Meis poderia dispensar os óculos azuis, dar-se um bigode e fisicamente acomodar-se melhor às suas novas condições de espírito.

Dias mais tarde, uma cena noturna que assisti escondido por detrás da veneziana de uma de minhas janelas veio me transtornar repentinamente.

A cena aconteceu na varanda ali ao lado, onde eu estivera até perto das dez na companhia das duas mulheres. Indo para o meu quarto, comecei a ler distraído um dos livros prediletos do senhor Anselmo sobre a reencarnação. Pareceu-me a certa altura ouvir alguém falar na varanda. Prestei atenção para tentar descobrir se era Adriana. Não. Duas pessoas falavam baixo, em grande excitação: ouvia uma voz masculina que não era de Paleari. Mas homens em casa éramos só ele e eu. Curioso, aproximei-me da janela para observar pelas frestas da veneziana. No escuro, pareceu-me identificar a senhorita Caporale. Mas quem era o homem com quem ela falava? Terenzio Papiano que talvez tivesse chegado de Nápoles repentinamente?

Por causa de uma palavra dita um pouco mais alto pela Caporale compreendi que falavam de mim. Cheguei mais perto da janela e apurei ainda mais o "ouvido". O homem estava irritado com as notícias que certamente a professora de piano lhe dera sobre mim, e naquele momento ela procurava atenuar o impacto que essas notícias haviam produzido nele.

— Rico? — perguntou ele a certa altura. E a Caporale respondeu:

— Não sei. Parece que sim! O certo é que vive sem fazer nada...

— Está sempre em casa?

— Que nada! Aliás, amanhã você irá vê-lo...

Disse assim mesmo: *você irá vê-lo*. Então eram íntimos, então Papiano (não havia mais dúvidas) era amante da senhorita Caporale... Mas, por que será que ela, em todos aqueles dias, se mostrara tão condescendente comigo?

Fiquei ainda mais curioso, mas os dois começaram a falar muito baixo como de propósito. Não conseguindo ouvir mais nada, procurei enxergar alguma coisa. Vi que a Caporale colocava uma mão no ombro de Papiano que pouco depois a repeliu bruscamente.

— Mas como eu podia impedi-lo? — disse ela, elevando a voz meio desesperada. — Quem sou eu? O que eu represento nesta casa?

— Vá chamar Adriana! — ordenou o homem.

Ao ouvir pronunciar o nome de Adriana naquele tom, apertei os punhos e senti o sangue ferver em minhas veias.

— Está dormindo — disse a Caporale.

E o outro, sombrio, ameaçador:

— Pois acorde-a! Já!

Não sei como me contive para não escancarar furiosamente a veneziana.

O esforço que fiz para me dominar fez com que eu voltasse a mim por um instante. As mesmas palavras que acabara de pronunciar aquela pobre mulher com tanto desespero vieram-me aos lábios: "Quem sou eu? O que eu represento nesta casa?".

Afastei-me da janela. Mas no mesmo instante surgiu-me a desculpa de que eu também estava metido naquilo: aqueles dois falavam de mim e o homem ainda queria falar de mim com Adriana. Eu precisava saber, descobrir quais os sentimentos dele a meu respeito.

A facilidade com que usei essa desculpa pela indelicadeza de ficar espiando e escutando escondido fez-me sentir, perceber que eu fazia valer meu próprio interesse para impedir de me conscientizar daquele, bem mais real, que nesse momento outra pessoa fazia despertar em mim.

Tornei a espiar através das frestas da veneziana.

A Caporale não estava mais na varanda. O homem, agora só, estava olhando o rio apoiado no parapeito com os dois cotovelos e a cabeça entre as mãos.

Muito agitado e nervoso fiquei esperando, o corpo curvado, apertando fortemente os joelhos com as mãos, que Adriana aparecesse na varanda. A longa espera não me cansou, até pelo contrário, aos poucos fui me acalmando e passei a sentir uma intensa e crescente satisfação: imaginei que Adriana não quisesse se entregar à prepotência daquele grosseirão. Talvez a Caporale estivesse implorando de mãos postas. Enquanto isso, ele se roía de despeito lá na varanda. Em certo momento, tive a esperança que a professora viesse dizer que Adriana não viria. Nada disso: lá estava ela!

Papiano foi imediatamente ao seu encontro.

— A senhora pode ir se deitar! — ordenou à senhorita Caporale. — Deixe-me falar com minha cunhada.

A outra obedeceu e Papiano fez menção de fechar a porta entre a sala de jantar e a varanda.

— De jeito nenhum! — disse Adriana, esticando o braço contra a porta.

— Mas eu preciso falar com você! — disse estupidamente o cunhado, esforçando-se por falar baixo.

— Fale assim mesmo! O que é que você quer dizer? — continuou Adriana. — Não podia esperar até amanhã?

— Não! Agora! — reagiu o homem agarrando-a por um braço e puxando-a a si.

— O que é isso! — gritou Adriana, desvencilhando-se corajosamente.

Não pude mais suportar e abri a veneziana.

— Oh! Senhor Meis! — chamou ela de pronto. — Quer vir um instante aqui, por favor?

— Vou já, senhorita! — apressei-me em responder.

O coração pulou-me no peito de alegria, de gratidão. De um salto, fui até o corredor, mas ali, perto da porta do meu quarto, encontrei enrodilhado em cima de um baú um jovem franzino, muito louro, de rosto comprido, delicado, que mal abria dois olhos azuis, lânguidos e atônitos. Parei por um instante surpreso, olhando para ele. Imaginei que devia se tratar do irmão de Papiano. Corri para a varanda.

— Apresento-lhe meu cunhado, senhor Meis — falou Adriana —, Terenzio Papiano, que acaba de chegar de Nápoles.

— Muito prazer! Encantado! — exclamou ele, tirando o chapéu numa reverência e apertando calorosamente minha mão. — Sinto muito ter estado todo esse tempo fora de Roma, mas tenho certeza de que a minha cunhadinha tomou conta de tudo, não é verdade? Caso lhe faltar alguma coisa, basta dizer! Se necessitar, por exemplo, de uma escrivaninha maior... ou de qualquer outra coisa, fale sem cerimônia... Gostamos de servir os hóspedes que nos honram.

— Obrigado, obrigado — respondi. — Não sinto falta de nada, obrigado.

— É nosso dever! E conte sempre comigo em qualquer situação, no que eu puder ser útil... Adriana, minha filha, você estava dormindo, pode voltar para a cama se quiser...

— Não se preocupe — disse Adriana sorrindo tristemente —, agora já me levantei...

E foi até o parapeito para olhar o rio...

Senti que ela não queria me deixar sozinho com aquele sujeito. Temia o quê? Ficou por ali, alheia, enquanto o outro, ainda segurando o chapéu, falava-me de Nápoles, onde tivera de se demorar mais tempo que o previsto para copiar uma grande quantidade de documentos do arquivo privado da excelentíssima duquesa Dona Teresa Ravaschieri Fieschi: *Mamãe Duquesa,* como todos a chamavam, *Mamãe Caridade,* como ele gostava de chamá-la. Documentos de imenso valor que trariam novas luzes sobre o fim do reino das Duas Sicílias[55] e sobretudo sobre a figura de Gaetano Filangieri[56], príncipe de Satriano, que o marquês Giglio, dom Ignazio Giglio d'Auletta, de quem ele, Papiano, era secretário, queria esclarecer numa biografia detalhada e sincera. Sincera ao menos a medida que permitisse a dedicação e fidelidade do senhor

---

[55] Reino das Duas Sicílias: unificação do Reino da Sicília e do Reino de Nápoles que foi entregue aos Bourbons da Espanha em 1738. Em 1861, Garibaldi o incorporou ao novo Reino da Itália.

[56] Gaetano Filangieri (1762-1786): iluminista colaborador do rei de Nápoles.

marquês aos Bourbon.

Ele continuava falando. Certamente gostava da própria loquacidade, dava à sua voz uma entonação digna de ator amador, colocando aqui uma risadinha, ali um gesto expressivo. Deixou-me tonto como um cepo de bigorna. De vez em quando eu concordava com a cabeça e de vez em quando olhava para Adriana, que continuava olhando o rio.

— Ah! Infelizmente — disse Papiano concluindo em voz de barítono —, o marquês Giglio d'Auletta é Bourbon e clerical! E eu, eu que... (mesmo aqui em casa, devo dizer em voz baixa) eu que todas as manhãs antes de sair saúdo com a mão a estátua de Garibaldi no Gianicolo (já a viu? dá pra ver muito bem daqui), eu que gritaria a todo momento: "Viva o 20 de setembro!",[57] tenho de trabalhar como seu secretário! Digníssima pessoa, note bem! Mas bourbonista e clerical. Sim, senhor... Pão! Juro-lhe que não sei quantas vezes sinto vontade de cuspir nesse pão, o senhor me perdoe! Fica atravessado na minha garganta, sufoca-me... Mas o que posso fazer? O pão, o pão!

Deu de ombros duas vezes, ergueu os braços e bateu as mãos nos quadris.

— Vamos, vamos, Adrianuccia! — disse em seguida, indo em direção à moça e pegando-a de leve pela cintura com ambas as mãos. — Para a cama! É tarde. O cavalheiro deve estar com sono.

Em frente à porta do meu quarto, Adriana apertou-me a mão com força, como até o momento nunca fizera. Quando fiquei só, mantive por muito tempo o punho fechado para conservar o toque de sua mão. Passei a noite toda pensando, debatendo-me em contínua ansiedade. A cerimoniosa hipocrisia, o servilismo insinuante e loquaz, a antipatia daquele homem teriam certamente tornado intolerável minha permanência nessa casa que ele, não havia dúvida, queria tiranizar aproveitando-se da ingenuidade do sogro. Quem sabe a que expedientes recorreria! Já havia me dado uma amostra mudando de um instante para o outro assim que eu apareci. Mas por que razão via com tão maus olhos minha permanência na casa? Por que eu não era para ele um inquilino como outro qualquer? O que a Caporale lhe havia dito sobre mim? Podia estar com ciúmes dela de verdade? Ou teria ciúmes da outra? Aquele seu modo arrogante e desconfiado; o fato de ter mandado a Caporale embora para ficar sozinho com Adriana, com quem falara com tanta violência; ela não ter permitido que ele fechasse a porta; a inquietação que ela sentia toda vez que alguém se referia ao cunhado ausente; tudo, tudo reforçava em mim a

[57] 20 de setembro de 1870 – data em que as tropas do exército italiano tomaram Roma, colocando fim ao poder temporal do papado.

suspeita odiosa que ele tivesse intenções sobre ela.

Mas, por que me preocupava tanto? Não podia simplesmente ir embora daquela casa, se ele me aborrecia por tão pouco? O que me segurava? Nada. Porém, com terna satisfação eu me lembrava que ela havia me chamado da varanda, como se quisesse que eu a protegesse, e que depois apertara com força a minha mão.

Eu havia deixado as venezianas e os postigos abertos. A certa altura, a lua descendo no céu apareceu no vão da minha janela como se desejasse me espiar, surpreender-me ainda desperto na cama, para me dizer:

"Já entendi, meu caro, já entendi! Você ainda não? De verdade?"

XII
O olho e Papiano

— A tragédia de Orestes num teatrinho de marionetes! — anunciou-me o senhor Anselmo Paleari. — Marionetes automáticas, uma nova invenção. Hoje à noite, às oito e meia, na via dei Prefetti, número 54. Acho que vale a pena ir, senhor Meis.

— A tragédia de Orestes?

— Sim! *D'après Sophocle,*[58] diz o folheto. Deve ser *Electra.* Mas escute a ideia estranha que eu tive! Se no ponto culminante, justamente quando a marionete que representa Orestes está para vingar a morte do pai matando Egisto e a mãe, o céu de papel do teatrinho se rasgasse, o que aconteceria? Responda.

— Não sei — respondi encolhendo os ombros.

— Muito fácil, senhor Meis! Orestes ficaria terrivelmente desconcertado com aquele buraco no céu.

— E por quê?

— Vou lhe dizer. Orestes continuaria sentindo o impulso da vingança e desejaria segui-lo com febril paixão, mas naquele instante seus olhos olhariam para o rasgão, de onde todo tipo de más influências entraria na cena, e ele sentiria seus braços caírem. Isto é, Orestes se tornaria Hamlet. A diferença entre a tragédia antiga, senhor Meis, e a moderna, baseia-se nisso, acredite: um rasgão no céu de papel.

E lá se foi, arrastando os chinelos.

Dos cumes nublados de suas abstrações, o senhor Anselmo frequentemente deixava seus pensamentos caírem como avalanches. A razão, o nexo, a conveniência desses pensamentos permaneciam lá em cima, entre as nuvens, de modo que dificilmente quem o escutava conseguia compreender

[58] *Na ilusão de Sófocles*, em francês no original.

alguma coisa.

A imagem da marionete de Orestes desconcertada pelo buraco no céu ficou muito tempo em minha cabeça. "Felizes as marionetes", suspirei, "sobre cujas cabeças de madeira o falso céu se conserva sem buracos! Nenhuma perplexidade angustiosa, nem prudência, nem empecilho, nem sombra, nem piedade: nada! Podem atuar bravamente e vivenciar com gosto sua comédia, e amar, ter consideração e respeito por si mesmas sem nunca sofrer de vertigens ou tonturas, pois para seus tamanhos e atitudes aquele céu é um teto sob medida".

"O protótipo dessas marionetes, caro senhor Anselmo", continuei pensando, "o senhor tem em casa, é seu indigno genro Papiano. Ninguém mais do que ele está satisfeito com o céu de papelão muito baixo que tem sobre a cabeça, confortável e tranquila morada daquele Deus proverbial, de vestes amplas, pronto a fechar os olhos e levantar a mão em sinal de perdão; daquele Deus que repete sonolento a toda e qualquer súplica: — *Ajuda-te, que eu te ajudo.* E o seu Papiano ajuda-se de todas as maneiras. A vida para ele é quase um jogo de habilidades. E como gosta de se meter em intrigas: vivo, atrevido, falastrão!".

Papiano tinha cerca de quarenta anos, era alto e forte, um pouco careca, com um grande par de bigodes levemente grisalhos sob o nariz, um belo narigão de narinas vibrantes, olhos cinzentos, agudos e irrequietos como as mãos. Via tudo e tocava tudo. Enquanto falava comigo, por exemplo, não sei como notava que Adriana, atrás dele, limpava e colocava em ordem algum objeto no quarto. Então disparava:

— *Pardon!*

Corria até lá, tirava-lhe o objeto das mãos:

— Não, minha filha, olhe, é assim que se faz!

E limpava, arrumava e voltava para mim. Ou notava que o irmão, que sofria de convulsões epilépticas, começava a "se alterar" e corria para lhe dar tapinhas no rosto e piparotes no nariz:

— Scipione! Scipione!

Ou soprava-lhe no rosto até fazê-lo voltar a si.

Quem sabe o quanto eu me divertiria com isso se não estivesse preso ao meu maldito rabo de palha!

Com certeza ele soube desde os primeiros dias ou pelo menos pressentiu. Iniciou um cerco cheio de cerimônias que eram iscas para me fazer falar. Parecia que cada palavra, cada pergunta, por mais óbvia que fosse, escondia uma cilada. Não queria demonstrar desconfiança para não aumentar suas suspeitas, mas a irritação que me causava a sua atitude de serviçal opressor impedia-me de dissimulá-la bem.

Minha irritação originava-se também de outras duas causas interiores e secretas. Uma era que eu, sem ter feito nada de errado, sem ter feito mal a ninguém, devia tomar cuidado e olhar para todos os lados, receoso e desconfiado, como se tivesse perdido o direito de ser deixado em paz. A outra, eu não poderia confessar nem a mim mesmo e, exatamente por isso, irritava-me profundamente. De nada valia dizer:

"Estúpido! Vá embora, livre-se deste chato!"

Mas eu não ia embora, não podia mais ir embora.

A luta que eu travava comigo mesmo para não me conscientizar do que sentia por Adriana impedia-me de refletir sobre as consequências de minha anormalíssima condição de existência em relação a esse sentimento. Eu ficava ali, perplexo, inquieto na minha insatisfação, continuamente agitado, embora sorrisse exteriormente.

Ainda não era claro para mim aquilo que eu havia descoberto naquela noite, oculto atrás da veneziana. Parecia que a má impressão que Papiano tivera de mim pelas notícias da senhorita Caporale tivesse sido cancelada logo após a apresentação. Sem dúvida ele me atormentava, mas era como se não pudesse deixar de fazê-lo. Com certeza, não tinha o intuito secreto de me forçar a ir embora, muito pelo contrário! O que estaria maquinando? Após seu regresso, Adriana tornara-se triste e arredia como nos primeiros dias. A senhorita Silvia Caporale chamava Papiano de senhor, pelo menos na presença dos outros, mas o fanfarrão tratava-a por você abertamente, chegava até a lhe chamar *Rea Silvia*,[59] e eu não sabia como interpretar esses modos informais e brincalhões. É claro que aquela coitada não merecia muito respeito pela confusão que era a sua vida, mas não poderia ser tratada daquela forma por um homem com quem não tinha laços familiares nem afinidade.

Certa noite (a lua estava cheia e parecia dia), pude vê-la da minha janela. Ela estava sozinha e triste lá na varanda, onde agora nos reuníamos raramente e sem o prazer de antes, uma vez que Papiano também participava, e falava por todos. Impulsionado pela curiosidade, pensei surpreendê-la naquele momento de abandono.

---

[59] Trata-se da vestal Reia Silvia, filha do rei de Alba, que engravidou sem se casar e deu à luz dois gêmeos: Rômulo, o fundador de Roma, e Remo; por essa razão, foi sepultada viva. Mas *Rea*, em italiano, significa também ré, ou seja, a acusada de um crime.

Como sempre, encontrei o irmão de Papiano no corredor perto da porta do meu quarto, enrodilhado no baú na mesma posição em que o vira da primeira vez. Tinha decidido fixar residência ali ou estava me vigiando por ordem do irmão?

Na varanda, a senhorita Caporale chorava. No começo, não quis dizer nada, apenas reclamou de uma horrível dor de cabeça. Em seguida, como se tivesse tomado uma decisão repentina, voltou-se para me olhar no rosto, estendeu-me a mão e perguntou:

— O senhor é meu amigo?

— Se quiser me conceder essa honra... — respondi fazendo uma reverência.

— Obrigada. Não me faça cumprimentos, por caridade! Se o senhor soubesse como tenho necessidade de um amigo, de um verdadeiro amigo neste momento! O senhor deveria compreender, o senhor que é sozinho no mundo como eu... Mas o senhor é homem! Se soubesse... se soubesse...

Mordiscou o lencinho que segurava na mão para conter o choro. Não conseguindo, rasgou-o repetidas vezes com raiva.

— Mulher, feia e velha — exclamou —, três desgraças para as quais não têm remédio! Por que estou viva?

— Fique calma, vamos — roguei penalizado. Por que fala assim, senhorita?

Não consegui dizer outra coisa.

— Porque... — começou ela, mas parou repentinamente.

— Fale — estimulei. — Se precisa de um amigo...

Ela levou aos olhos o lencinho rasgado e...

— O que eu precisaria é morrer! — gemeu com uma amargura tão profunda e intensa que senti logo um nó de angústia na garganta.

Jamais esquecerei o doloroso retorcer daquela boca murcha e feia ao dizer essas palavras, nem o tremor do queixo onde se debatiam alguns pelinhos negros.

— Mas nem a morte quer saber de mim — prosseguiu. — Nada... Desculpe, senhor Meis. Que ajuda o senhor poderia me dar? Nenhuma. Quando muito, palavras... sim, um pouco de compaixão. Sou órfã e tenho de ficar aqui, tratada como... talvez o senhor já tenha percebido. E eles não têm esse direito, sabe? Porque não estão me dando nenhuma esmola...

Então a senhorita Caporale me falou das seis mil liras que Papiano havia lhe extorquido, às quais já me referi anteriormente.

Por mais que a dor daquela infeliz me interessasse, não era o que eu queria saber dela. Aproveitando-me (confesso) do desespero em que ela se encontrava, até quem sabe por ter bebido um copinho a mais, arrisquei perguntar:

— Mas, desculpe senhorita, por que deu aquele dinheiro a ele?

— Por quê? — e fechou os punhos. — Duas traições, uma mais desleal do que a outra! Dei-lhe o dinheiro para mostrar que eu compreendera muito bem o que ele queria de mim. Entendeu? Com a esposa ainda viva, esse sujeito...

— Compreendo.

— Imagine o senhor — prosseguiu excitada. — A pobre Rita...

— A esposa?

— Sim, Rita, a irmã de Adriana... Dois anos doente, entre a vida e a morte... Imagine se eu... Porém, aqui todos sabem como me portei; Adriana sabe e por isso me quer bem; ela sim, coitadinha. Mas, como eu fiquei agora? Olhe, por causa dele precisei me desfazer até do piano que era para mim... tudo, o senhor entende! Não apenas pela minha profissão: eu conversava com meu piano! Quando jovem, na Academia, eu compunha; compus até depois de formada, depois parei. Mas quando tinha o piano eu ainda compunha, só para mim, improvisando; desabafava... em certos momentos arrebatava-me até cair desmaiada no chão, acredite. Nem eu mesma sei o que me saía da alma, tornava-me uma coisa só com o instrumento e meus dedos não tocavam simplesmente um teclado: eu fazia chorar e gritar a minha alma. Só posso dizer uma coisa: certa noite (eu e mamãe morávamos numa sobreloja), juntou gente embaixo na rua para me ouvir tocar. Quando terminei, eles me aplaudiram demoradamente. Eu quase tive medo.

— Desculpe, senhorita — propus-lhe então para tentar consolá-la de algum modo. — Não poderia alugar um piano? Gostaria muito de ouvi-la tocar e se a senhorita...

— Não — cortou ela —, como o senhor quer que eu toque ainda? Tudo está acabado! Dedilho algumas cançonetas sem graça. Basta. Acabou...

— Mas o senhor Terenzio Papiano — aventurei-me novamente a perguntar — não lhe prometeu devolver o dinheiro?

— Ele? — fez a senhorita Caporale com um gesto de cólera. — Eu nunca lhe pedi! Sim, agora ele está prometendo a devolução se eu ajudar... Pois é! Quer que eu ajude, logo eu. Teve o descaramento de me fazer essa proposta na maior tranquilidade...

— Ajudá-lo? Em quê?

— Mais uma traição! Entende? Já vi que o senhor entendeu.

— Adri... a... a senhorita Adriana? — gaguejei.

— Justamente. Eu deveria convencê-la! Eu, entende?

— A casar com ele?

— Claro. Sabe por quê? Ele tem, ou deveria ter catorze ou quinze mil liras do dote daquela coitada, a irmã, e deveria devolver imediatamente ao senhor Anselmo, já que Rita morreu sem deixar filhos. Não sei que confusão ele aprontou. Pediu um ano de prazo para a devolução. Agora tem a esperança que... Silêncio... Aí vem Adriana!

Ensimesmada e mais arredia que de hábito, Adriana aproximou-se de nós, passou um braço pela cintura da senhorita Caporale e me cumprimentou com um leve aceno de cabeça. Após aquelas confidências, fui tomado de uma irritação violenta ao vê-la tão submissa e quase escrava da odiosa tirania daquele impostor. Pouco depois, porém, surgiu na varanda como uma sombra, o irmão de Papiano.

— Lá vem ele — a Caporale disse baixinho para Adriana.

Esta fechou os olhos, sorriu amargamente, balançou a cabeça e retirou-se dizendo:

— Desculpe, senhor Meis. Boa noite.

— O espião — sussurrou a senhorita Caporale piscando o olho.

— Mas do que a senhorita Adriana tem medo? — escapou-me, em minha raiva. — Não percebe que agindo assim dá ao outro um pretexto para tomar conta da situação e tornar-se um tirano ainda pior? Veja, senhorita, confesso que sinto uma grande inveja por todos os que têm gosto e interesse pela vida e que os admiro. Entre quem se resigna a fazer papel de escrava e quem assume, mesmo com prepotência, o de patrão, minha simpatia está com esse último.

A Caporale notou a animação com que eu falara e, provocando, falou:

— E por que, então, o senhor não experimenta ser o primeiro a se rebelar?

— Eu?

— O senhor, o senhor — confirmou, olhando-me nos olhos desafiadoramente.

— Mas o que eu tenho a ver com isso? — respondi. — O único modo de me rebelar seria indo embora.

— Pois bem — arrematou maliciosamente a senhorita Caporale —, talvez seja exatamente isso o que Adriana não quer.

— Que eu vá embora?

Ela fez rodar no ar o lencinho rasgado e em seguida o enrolou no dedo, suspirando:

— Quem sabe!

Encolhi de ombros.

— Vamos jantar! Vamos jantar! — exclamei e a deixei sozinha ali na varanda.

Para começar, naquela mesma noite, ao passar no corredor, parei diante do baú que Scipione Papiano voltara a se enrodilhar e:

— Desculpe — disse —, o senhor não teria outro lugar onde ficar sentado mais confortavelmente? Aqui o senhor me incomoda.

Ele me olhou tontamente, com olhos caídos, sem se mexer.

— Entendeu? — insisti, sacudindo-o por um braço.

Era como falar com as paredes! Então, no fundo do corredor abriu-se uma porta e apareceu Adriana.

— Por favor, senhorita — disse-lhe —, veja se consegue convencer este coitado a ir sentar-se em outro lugar.

— Ele é doente — procurou desculpá-lo Adriana.

— É claro que é doente! — reagi. — Não pode sentir-se bem aqui, falta-lhe ar... Além disso, sentado num baú... Quer que fale eu com o irmão?

— Não, não — apressou-se em responder. — Eu mesma falo, pode ficar tranquilo.

— Ele vai entender — acrescentei. — Ainda não sou rei para ter uma sentinela na porta.

A partir dessa noite, perdi o controle de mim mesmo. Comecei a forçar abertamente a timidez de Adriana, fechei os olhos e me abandonei ao meu sentimento, sem mais refletir.

Pobre querida mamãezinha! A princípio, parecia dividida entre o medo e a esperança. Percebendo que o despeito me incitava, não conseguia entregar-se a esta, mas por outro lado, eu sentia que a esperança, até o momento oculta e quase inconsciente, de não me perder lhe provocava medo. Por isso, alimentando essa esperança com meu novo comportamento decidido, eu fazia com que ela não se entregasse completamente ao medo.

Essa delicada incerteza, essa honesta reserva impediram que eu ficasse frente a frente comigo mesmo e fizeram com que eu me empenhasse cada vez mais no desafio, quase subentendido, com Papiano.

Eu esperava que ele me enfrentasse desde o primeiro dia, deixando de lado os costumeiros elogios e as habituais cerimônias. Isso não aconteceu.

Tirou o irmão do posto de guarda ali no baú como eu queria e chegou mesmo a brincar com o ar embaraçado e perdido de Adriana na minha presença.

— Não leve a mal, senhor Meis, essa minha cunhadinha é tímida como uma freira!

Essa compaixão inesperada, esse desembaraço deixaram-me apreensivo. Aonde ele queria chegar?

Certa noite, o vi retornar para casa na companhia de um sujeito que entrou batendo com força a bengala no chão como se, por estar calçando um par de sapatos de pano, batesse a bengala para ter certeza de que caminhava.

— Onde está esse meu caro parente? — começou a gritar, com forte sotaque turinês, sem tirar da cabeça o chapeuzinho de abas levantadas enfiado até os olhos arregalados embaçados pelo vinho nem da boca um cachimbinho que parecia estar cozinhando seu nariz que era mais vermelho que o da senhorita Caporale. — Onde está esse meu caro parente?

— Está aqui — disse Papiano indicando-me e em seguida dirigindo-se a mim: — Senhor Adriano, uma grata surpresa! O senhor Francesco Meis, de Turim, seu parente.

— Meu parente? — exclamei assustado.

O outro fechou os olhos, levantou uma das mãos como um urso levanta uma pata, e a manteve erguida por uns instantes esperando que eu a apertasse.

Deixei-o ficar naquela posição para observá-lo durante algum tempo, e então:

— Que farsa é esta? — perguntei.

— Não, desculpe, por quê? — fez Terenzio Papiano. — O senhor Francesco Meis assegurou-me que é mesmo seu...

— Primo — assentiu o sujeito sem abrir os olhos. — Todos os Meis são parentes.

— Mas eu não tenho o prazer de conhecê-lo! — protestei.

— Oh, mas essa é muito boa! — exclamou ele. — É exatamente por isso que vim vê-lo.

— Meis? De Turim? — perguntei fingindo vasculhar a memória. — Mas eu não sou de Turim!

— Como! Desculpe — reagiu Papiano. — O senhor não me disse que até os dez anos morou em Turim?

— Sim, claro! — prosseguiu o outro, aborrecido que se duvidasse de uma coisa mais do que certa para ele. — Primo! Primo! Este senhor aqui... Como é seu nome?

— Terenzio Papiano, para servi-lo.

— Terenziano contou-me que seu pai foi para a América: o que isso quer dizer? Quer dizer que você é filho do tio Antonio que foi para a América. E que somos primos.

— Mas se meu pai se chamava Paolo...

— Antonio!

— Paolo, Paolo, Paolo. Quer saber mais do que eu?

Encolheu os ombros e esticou a boca para cima:

— Achava que fosse Antonio — disse coçando o queixo coberto por uma barba de ao menos quatro dias, quase toda branca. — Não quero contradizê-lo. Talvez fosse Paolo. Não me recordo direito porque não o conheci.

Pobre homem! Sabia melhor do que eu como se chamava o tal tio que fora para a América, mesmo assim concordou porque desejava a todo custo ser meu parente. Disse que seu pai, que se chamava Francesco como ele e era irmão de Antonio... ou seja, de Paolo meu pai, deixara Turim quando ele ainda era um garotinho de sete anos e que — como funcionário público — vivera sempre distante da família, um pouco aqui um pouco ali. Portanto, conhecia pouco os parentes, tanto paternos quanto maternos, mas tinha certeza, certeza absoluta, de ser meu primo.

Mas e o avô, pelo menos tinha conhecido o avô? Perguntei. Oh, sim, conhecera-o, mas não se recordava exatamente se em Pavia ou Placência.

— Ah, sim? Conheceu-o realmente? E como era?

Era... Não se lembrava dele, francamente.

— Passaram-se trinta anos...

Não parecia estar de má-fé. Parecia mais um coitado que tivesse afogado a alma no vinho para não sentir muito o peso da monotonia e da miséria. Balançava a cabeça com os olhos fechados concordando com tudo o que eu dizia para me divertir às suas custas. Tenho certeza que se tivesse dito que havíamos crescido juntos e que muitas vezes eu lhe puxara os cabelos, ele teria concordado da mesma forma. Eu só não devia duvidar de uma coisa, isto é, que éramos primos, disso ele não abria mão. Estava definitivamente decidido e basta.

Em certo momento, porém, olhando para Papiano e o vendo radiante, perdi a vontade de brincar. Dispensei o pobre homem meio bêbado, dizendo: — *Meu caro parente!* —, e perguntei a Papiano fixando-o nos olhos para lhe fazer entender claramente que eu era um osso duro de roer:

— Conte-me agora onde foi arrumar esta figura.

— Queira desculpar-me, senhor Adriano — foi dizendo o safado, que não posso deixar de reconhecer, era talentoso. — Vejo que não fui muito feliz...

— Mas o senhor é sempre felicíssimo! — exclamei.

— Não, quero dizer, por não ter lhe agradado. Acredite que foi por acaso. Veja o senhor mesmo, fui obrigado a ir hoje de manhã à recebedoria de impostos a mando do marquês, meu patrão. Enquanto estava lá, ouvi chamarem alto: *"Senhor Meis! Senhor Meis!"*. Voltei-me imediatamente julgando que o senhor também estivesse lá por alguma tratativa e pensei que talvez precisasse de mim, sempre pronto para servi-lo. Que nada! Chamavam esta figura, como o senhor bem disse, e então... por curiosidade, aproximei-me e lhe perguntei se de fato se chamava Meis e de onde era, pois eu tinha a honra e o prazer de hospedar em casa um senhor Meis... Foi o que aconteceu! Ele me assegurou que o senhor devia ser seu parente e quis vir aqui conhecê-lo...

— Na recebedoria dos impostos? – perguntei.

— Sim senhor, ele é funcionário de lá: auxiliar de fiscal.

Devia acreditar nisso? Decidi investigar. E era verdade mesmo, mas também era verdade que Papiano, ressabiado, enquanto eu queria enfrentá-lo para combater suas tramoias secretas, fugia, fugia para remexer no meu passado e me atacar pelas costas. Como já o conhecia bem, infelizmente tinha motivos para temer que ele, com aquele faro de perdigueiro, não fosse de ficar muito tempo apenas cheirando o vento. Pobre de mim se ele conseguisse farejar a menor pista, com certeza ele a seguiria até o moinho da *Stìa*.

Pode-se imaginar o meu susto quando depois de poucos dias, enquanto me encontrava no quarto lendo, ouvi uma voz do outro mundo, ainda viva em minha memória, vindo do corredor:

— E até agradeço a Deus por tê-la tirado de cima de mim!

O Espanhol? O meu Espanhol barbudo e atarracado de Monte Carlo? Aquele que queria jogar comigo e com quem eu tinha me embriagado em Nice?... Por Deus! A pista! Papiano tinha descoberto a pista!

Ergui-me num pulo e, por causa da repentina angústia que me assaltou, precisei me apoiar na mesinha para não cair. Pasmo, meio aterrorizado, forcei o ouvido com a intenção de fugir tão logo aqueles dois — Papiano e o Espanhol (era ele, não havia dúvidas, eu tinha identificado a voz) — tivessem cruzado o corredor. Fugir? E se Papiano ao entrar tivesse perguntado à criada se eu estava em casa? O que pensaria da minha fuga? Além disso, e se ele já soubesse que eu não era Adriano Meis? Calma! O que poderia saber a meu respeito o Espanhol? Havia me visto em Monte Carlo. Eu lhe dissera que me chamava Mattia Pascal? Talvez! Não me lembrava...

Sem notar, acabei diante do espelho como se alguém me tivesse conduzido até lá pela mão. Olhei-me. Ah, aquele maldito olho! Talvez ele me reconhecesse através dele. Mas como, como Papiano havia chegado até lá, até a minha aventura em Monte Carlo? Era o que mais me espantava. O que fazer? Nada. Esperar ali, pois o que tinha de acontecer aconteceria.

Nada aconteceu. E apesar disso o medo não passou, nem na noite do mesmo dia quando Papiano, explicando o mistério insolúvel e terrível daquela visita, deu-me a prova de que ele não estava absolutamente na pista do meu passado e que apenas o acaso, do qual há tempo eu desfrutava os favores, fizera-se presente de novo, colocando à minha frente o tal Espanhol que talvez não se lembrasse nem um pouco de mim.

De acordo com as informações que Papiano me deu dele, eu, indo a Monte Carlo, não podia deixar de encontrá-lo, porque era um jogador profissional. Curioso era que eu o encontrasse em Roma, ou melhor, que vindo para Roma, eu fosse parar numa casa que ele frequentava. Certamente, se nada tivesse a temer, o episódio não teria me parecido tão estranho. Quantas vezes não nos acontece de nos depararmos por acaso com alguém que conhecemos de outro lugar? Além disso, ele tinha ou julgava ter bons motivos para vir a Roma e à casa de Papiano. O erro era meu, ou do acaso que me obrigara a tirar a barba e a trocar de nome.

Uns vinte anos antes, o marquês Giglio d'Auletta, a quem Papiano secretariava, casara-se com a única filha de dom Antonio Pantogada, adido da Embaixada da Espanha junto à Santa Sé. Pouco depois do casamento, Pantogada, flagrado uma noite pela polícia numa casa de jogos em companhia de gente da aristocracia romana, fora chamado de volta a Madri. Ali aprontou mais, e talvez coisa pior, sendo obrigado por esse motivo a abandonar a diplomacia. Desde então, o marquês d'Auletta não tivera mais sossego, forçado constantemente a enviar dinheiro para saldar as dívidas de jogo do genro incorrigível. A esposa de Pantogada morrera há quatro anos deixando uma jovenzinha de cerca de dezesseis anos que o marquês decidiu acolher, pois sabia muito bem em quais mãos ela ficaria. Pantogada não queria que a filha lhe escapasse, mas depois, impulsionado por uma inapelável necessidade de dinheiro, concordou. Agora ele ameaçava incansavelmente o sogro de lhe retomar a filha e, exatamente naquele dia, viera a Roma com esse objetivo: extorquir mais algum dinheiro do coitado do marquês, pois sabia perfeitamente que ele nunca abandonaria em suas mãos a querida neta Pepita.

Papiano usava palavras incendiárias para descrever aquela indigna extorsão de Pantogada. Sua cólera generosa era realmente sincera. Enquanto ele falava, eu não podia deixar de admirar a conduta privilegiada da sua consciência, que embora se indignasse tão verdadeiramente com a maldade dos outros, permitia-lhe fazer o mesmo, ou quase, na maior tranquilidade, em prejuízo do bom Paleari, seu sogro.

No entanto, o marquês Giglio queria dar um basta daquela vez. Por causa disso, Pantogada seria obrigado a permanecer em Roma durante muito tempo e sem dúvida acabaria vindo visitar novamente Terenzio Papiano, com quem se entendia às mil maravilhas. Assim, um encontro entre mim e aquele Espanhol talvez fosse inevitável um dia qualquer. O que fazer?

Voltei a me aconselhar com o espelho, já que não podia fazê-lo com os outros. Na superfície do espelho, a imagem do falecido Mattia Pascal, vindo à tona como do fundo do canal do moinho, com aquele olho que era o que havia sobrado dele, disse-me:

"Em que bela enrascada você se meteu, Adriano Meis! Você tem medo de Papiano, confesse! E quer pôr a culpa em cima de mim, sempre em cima de mim, só porque em Nice discuti com o Espanhol. Mas eu tinha motivo para isso, você sabe. Acha que será suficiente, por ora, apagar de seu rosto o último vestígio de mim? Pois bem, siga o conselho da senhorita Caporale e chame o Doutor Ambrosini para que coloque o seu olho no lugar. Depois... veremos!"

XIII
A lanterninha

Quarenta dias na escuridão.

Um sucesso, sim, um sucesso a operação. Talvez o olho tenha ficado um pouquinho maior que o outro. Paciência! E nesse meio tempo, quarenta dias de escuro no meu quarto.

Pude entender que o homem quando sofre, concebe uma ideia toda especial do bem e do mal, ou seja, do bem que os outros deveriam lhe fazer e que ele exige, como se do próprio sofrimento nascesse um direito à compensação, e do mal que ele pode fazer aos outros, como se o sofrimento o autorizasse a proceder assim. E se os outros não lhe fazem o bem quase por obrigação, ele os acusa, e de todo o mal que faz quase que por direito, facilmente se desculpa.

Depois de alguns dias naquele cego cativeiro, o desejo, a necessidade de ser confortado de alguma forma cresceu até o desespero. Eu sabia, claro, que me achava em casa alheia e que por isso devia até agradecer aos meus anfitriões pelos cuidados que gentilmente tinham comigo. Mas esses cuidados já não eram suficientes e até me irritavam, quase como um desaforo. Verdade! Porque eu imaginava de onde vinham. Através deles, Adriana demonstrava-me que estava com o pensamento quase todo o dia ali comigo, no meu quarto. Eu agradecia esse conforto! De que me valia, então, segui-la com o pensamento, aqui e ali pela casa, avidamente o dia todo? Apenas ela podia me confortar e tinha que fazê-lo. Ela, mais do que os outros, podia compreender como e quanto me pesava a monotonia, como me carcomia a vontade de vê-la ou de senti-la perto de mim.

À inquietação e ao tédio juntavam-se ainda a raiva que me havia provocado a notícia da súbita partida de Pantogada de Roma. Será que eu teria me escondido ali, durante quarenta dias na escuridão, se soubesse que ele iria embora tão cedo?

Para me consolar, o senhor Anselmo Paleari quis demonstrar, com uma longa argumentação, que a escuridão era imaginária.

— Imaginário? Isto? — gritei.

— Tenha paciência, vou explicar.

E desenvolveu (talvez até para preparar as experiências espíritas que seriam realizadas desta vez no meu quarto para me divertir), desenvolveu uma concepção filosófica muito particular, que talvez pudesse se chamar *lanterninhosofia.*

De vez em quando, o bom homem interrompia seu raciocínio para perguntar:

— Está dormindo, senhor Meis?

Eu ficava tentado a responder:

— Sim, obrigado, estou dormindo, senhor Anselmo.

Considerando que a intenção dele no fundo era boa, isto é, desejava me fazer companhia, eu respondia que estava, sim, me divertindo muito e lhe pedia que continuasse.

E o senhor Anselmo prosseguia, demonstrando que para nossa infelicidade nós não somos como a árvore que vive e não sente a si mesma, para quem a terra, o sol, o ar, a chuva, o vento não parecem ser algo diferente dela: algo amigável ou nocivo. Nós homens, ao contrário, temos o cruel privilégio de *nos sentirmos* viver, o que resulta numa grande ilusão: entendemos como uma realidade fora de nós esse nosso sentimento interior da vida, mutável e variável conforme os tempos, os acasos e o destino.

E esse sentimento da vida, para o senhor Anselmo, era como uma lanterninha que cada um de nós carrega acesa dentro de si; uma lanterninha que nos faz sentir perdidos na Terra e permite que vejamos o mal e o bem; uma lanterninha que projeta ao nosso redor um círculo mais ou menos amplo de luz, para além do qual existe uma sombra negra, uma sombra aterradora que não existiria se a lanterninha não estivesse brilhando em nós, mas que devemos infelizmente considerar verdadeira, já que a lanterninha está viva em nós. Ao ser apagada com um sopro, a noite perpétua nos acolherá após o dia nebuloso da nossa ilusão, ou será que ficaremos à mercê da Existência que terá apenas rompido as formas vãs da nossa razão?

— Está dormindo, senhor Meis?

— Continue, pode continuar, senhor Anselmo: não estou dormindo. Até parece que estou vendo esta sua lanterninha.

— Ah, muito bem... Mas já que o senhor está com o olho machucado, não entremos muito na filosofia, não é? Por divertimento, tentemos seguir os vaga-lumes perdidos que seriam as nossas lanterninhas na escuridão do destino humano. Eu diria que são, antes de mais nada, de muitas cores, o senhor não acha? Conforme a cor do vidro que nos fornece a ilusão, esta grande vendedora, grande vendedora de vidros coloridos. Parece-me porém, senhor Meis, que em certas épocas da história, como em certos momentos da vida de cada um, seria possível determinar o predomínio de uma dada cor, não é? Em cada idade, de fato, costuma-se estabelecer entre os homens um certo acordo de sentimentos que dá luz e cor àquelas grandes lanternas que são os termos abstratos: *Verdade, Virtude, Beleza, Honra* e tantos outros... O senhor não acha, por exemplo, que a grande lanterna da Virtude pagã era vermelha? E roxa, cor depressiva, a da Virtude cristã? A chama de uma ideia comum é alimentada pelo sentimento coletivo, mas se este sentimento se rompe, continua em pé a lanterna do termo abstrato, mas a chama da ideia em seu interior estala, vacila e agoniza como acontece em todos os períodos que chamamos de transição. Não são raras na história algumas violentas rajadas de vento que apagam repentinamente todas essas grandes lanternas. Que prazer! Na súbita escuridão deste momento é indescritível a confusão das várias lanterninhas: uma vai para cá, outra para lá, uma retorna, uma anda em círculos. Nenhuma delas encontra o caminho: chocam-se, juntam-se por um instante em grupos de dez, vinte, mas não conseguem entrar em acordo e voltam a se dispersar em grande algazarra, numa fúria angustiada, como formigas que não encontram mais a boca do formigueiro obstruída por divertimento por uma criança maldosa. Creio, senhor Meis, que estamos agora num desses momentos. Muita escuridão, muita balbúrdia! Todas as grandes lanternas apagadas. A quem devemos nos dirigir? Voltar talvez às lanterninhas sobreviventes, aquelas que os grandes mortos deixaram acesas sobre suas sepulturas? Lembro-me de uma bela poesia de Niccolò Tommaseo:

La piccola mia lampa
Non, come sol, risplende,
Né, come incendio, fuma;
Non stride e non consuma,
Ma con la cima tende
Al ciel che me la diè.

Starà su me, sepolto,
Viva; né pioggia o *vento,*
Né in lei le età potranno;

E quei che passeranno
Erranti, a lume spento,
Lo accenderan da me.[60]

Mas como, senhor Meis, se falta à nossa lâmpada o óleo sagrado que alimentava a do poeta? Muitos ainda vão às igrejas procurar o alimento necessário para suas lanterninhas. Em sua maioria, são pobres velhos, pobres mulheres, a quem a vida mentiu e que vão adiante, na escuridão da existência, com seu sentimento aceso como lanterninha votiva, que protegem com trêmulo cuidado do vento gelado dos últimos desenganos para que fique acesa pelo menos até lá, até o momento fatal para o qual se encaminham mantendo os olhos fixos na chama e pensando sem cessar: *"Deus está me vendo!"*, para não ouvir os clamores da vida ao seu redor que soam como blasfêmias. *"Deus está me vendo..."*, porque eles o veem, não apenas em si próprios, mas em tudo, até na sua miséria, nos seus sofrimentos, que ao final serão premiados. A tênue mas serena chama dessas lanterninhas certamente provoca uma dolorosa inveja em muitos de nós; para outros, ao contrário, por se julgarem armados, assim como Júpiter, com o raio domado pela ciência, carregando triunfantes no lugar das lanterninhas as lâmpadas elétricas, inspira desdenhosa compaixão. Mas pergunto agora, senhor Meis: e se toda essa escuridão, esse imenso mistério, sobre o qual em vão especularam os primeiros filósofos e que a ciência agora, mesmo renunciando a investigá-lo, não o elimina, se esse mistério não passasse no fundo de uma ilusão como outra qualquer, um engano da nossa mente, uma fantasia que não adquire cores? Se nós afinal nos convencêssemos que esse mistério todo não existe fora de nós, mas apenas em nós, tão somente graças ao famoso privilégio da ideia que temos da vida, ou seja, da lanterninha de que lhe falei até aqui? Afinal, se a morte que nos amedronta tanto não existisse e fosse apenas o sopro que apaga em nós a lanterninha e não a extinção da vida, ou seja, a maldita ideia que temos dela, dolorosa, amedrontadora, porque é limitada por esse círculo de sombra fictícia que está além do pequeno território desta pouca luz que nós, pobres vaga-lumes sem rumo, projetamos em

[60] *"Minha pequena lâmpada / Não resplandece como sol, / Nem solta fumaça como incêndio; / Não estride e não se consome, / Mas com seu cume tende / Para o céu que a deu a mim. / Estará sobre mim na sepultura, / Viva; e nem a chuva ou o vento, / Nem os anos terão nela intento, / E aqueles que passarem / Errantes, de lume extinto / O acenderão no meu."*
O poeta, linguista e ensaísta Niccolò Tommaseo nasceu em 1802, em Serbenico (Dalmácia), e morreu em 1874, em Florença. A poesia aqui transcrita é provavelmente de 1875.

torno a nós e no qual a nossa vida fica como que aprisionada, como excluída por algum tempo da vida universal, eterna, para a qual nos parece necessário retornar algum dia apesar de já estarmos e sempre ficarmos nela, isentos desse sentimento de exílio que nos tortura? O limite é ilusório e fruto de nosso pouco lume, da nossa individualidade: simplesmente não existe na realidade da natureza. Nós — talvez isso não lhe agrade —, nós sempre vivemos e sempre viveremos no universo. Mesmo agora, em nossa forma atual, tomamos parte de todas as manifestações do universo, mas não temos consciência disso, não o vemos porque, infelizmente, esta maldita lanterninha pretensiosa nos faz ver unicamente o pouco que sua luz alcança sem permitir que o vejamos como ele é realmente! Não senhor, ela o colore à sua maneira e nos faz ver certas coisas que devemos realmente lastimar, ora bolas, coisas que talvez em outra forma de existência nos fariam rir às gargalhadas. Gargalhadas, senhor Meis, por todas as inúteis e imbecis aflições que ela nos provocou, por todas as sombras, por todos os fantasmas esquisitos e ambiciosos que fez surgir à nossa frente e à nossa volta, pelo medo que nos fez passar!

Então por que o senhor Anselmo Paleari, mesmo falando mal, e com razão, da lanterninha que todos trazemos acesa dentro de nós, queria agora acender outra, de vidro vermelho, em meu quarto para as suas experiências espíritas? Uma só já não bastava?

Foi o que lhe perguntei.

— Para compensar! — respondeu. — Uma lanterninha contra a outra! Além do mais, ela se apaga em certo momento, sabe?

— E parece-lhe que seja esse o melhor meio de enxergar alguma coisa? — arrisquei-me a considerar.

— Perdão, mas a chamada luz — rebateu imediatamente o senhor Anselmo — pode servir para que possamos ver, de maneira ilusória, aqui na chamada vida; para nos fazer enxergar qualquer coisa para além dela, não serve de modo algum, creia-me, até atrapalha. Alguns cientistas de coração mesquinho e de mais mesquinho intelecto têm a pretensão estúpida de acreditar, para sua comodidade, que com essas experiências se esteja insultando a ciência ou a natureza. Não senhor! Nós queremos descobrir outras leis, outras forças, outra vida na natureza, sempre na natureza, ora bolas! superando a escassa experiência normal, queremos ultrapassar a pequeníssima compreensão que dela comumente nos dão os nossos sentidos limitados. Perdão, mas os cientistas não consideram essencial ambiente e condições adequadas para o bom êxito de suas experiências? Pode-se abrir mão da câmara escura na fotografia? E então? Ademais, há muitas formas de controle!

O senhor Anselmo, porém, como pude verificar poucas noites mais tarde, não usava nenhuma delas. Eram experiências em família! Ele poderia suspeitar que a senhorita Caporale e Papiano tinham prazer em enganá-lo? E por que o fariam? Ele estava mais do que convencido de que não precisava de modo algum dessas experiências para reforçar a sua fé. Como homem de bem que era, não chegava a supor que pudessem enganá-lo com outra finalidade. Quanto à aflitiva e fútil pequenez dos resultados, a teosofia encarregava-se de fornecer uma explicação muito plausível. Os seres superiores do *Plano Mental*, ou mais altos, não podiam descer para se comunicar conosco através de um médium. Era preciso contentar-se com as manifestações grosseiras de almas de mortos inferiores, do *Plano Astral*, ou seja, do mais próximo de nós, só isso.

E quem poderia dizer que não?[61]

Eu sabia que Adriana sempre se havia negado a presenciar essas experiências. A partir do momento em que eu estava trancado no quarto às escuras, ela só entrara muito raramente, e nunca sozinha, para perguntar como eu estava. Todas as vezes, a pergunta parecia ser feita e de fato era feita por pura convenção. Ela sabia, sabia muito bem como eu estava! Mas parecia até ouvir certo tom de ironia marota em sua voz, uma vez que ela desconhecia o motivo que me levara, de repente, a me submeter à operação e devia julgar que eu sofresse por vaidade, ou seja, para me fazer mais bonito ou menos feio, com o olho consertado, de acordo com o conselho da Caporale.

— Estou muito bem, senhorita! — respondia-lhe — Não vejo nada...

— Ah, mas verá, verá melhor depois — dizia então Papiano.

Valendo-me do escuro, eu erguia um punho como que para golpeá-lo no rosto. Não há dúvida que me dizia aquilo de propósito para que eu perdesse o pouco de paciência que ainda me restava. Não era possível que ele não percebesse o aborrecimento que me provocava e eu lhe demonstrava isso de todas as formas, bocejando, suspirando. Mesmo assim lá estava ele, continuava a entrar no meu quarto quase todas as noites (ah, ele sim) e ali ficava horas seguidas, falando sem parar. Naquela escuridão, sua voz quase me tirava a respiração, fazia-me revirar na cadeira como sobre um espinho, contrair as mãos. Em certos momentos, tinha vontade de esganá-lo. Ele adivinhava? Percebia? Era justamente nesses momentos que a sua voz ficava mais doce, quase carinhosa.

[61] "A fé", escrevia o Mestre Alberto Fiorentino, "é a substância das coisas que se espera, argumento e prova do que não se vê". (*Nota de dom Eligio Pellegrinotto).* (Nota do Autor, integrante do texto original.)

Sempre temos a necessidade de jogar a culpa dos nossos males e das nossas desgraças em alguém. Papiano, no fundo, fazia de tudo para que eu fosse embora daquela casa e por isso, se a voz da razão tivesse podido se manifestar naqueles dias, eu deveria lhe agradecer de todo coração. Mas, como eu podia escutar essa bendita voz da razão se ela me falava justamente através da boca dele, de Papiano, que para mim era culpado, evidentemente culpado, declaradamente culpado? Não queria certamente mandar-me embora para enganar Paleari e arruinar Adriana? Era só isso que eu podia tirar de todas as suas conversas. Seria possível que a voz da razão tivesse de escolher justamente a boca de Papiano para se fazer ouvir? Talvez fosse eu, que para arranjar uma desculpa, a colocasse na sua boca para que me parecesse injusta. Eu, que já me sentia preso nos laços da vida e delirava, não por causa da escuridão em si, nem pelas contrariedades que Papiano me causava com suas conversas.

Sobre o que falava? Sobre Pepita Pantogada, noite após noite.

Embora eu vivesse muito modestamente, enfiara na cabeça que eu era muito rico. E agora, para desviar o meu pensamento de Adriana, talvez alimentasse vagamente a ideia de fazer com que eu me apaixonasse pela neta do marquês Giglio d'Auletta e a descrevia como uma moça ajuizada e digna, plena de talento e vontade, de modos recatados, franca e vivaz, e além de tudo bonita: ah, muito bonita! morena, esbelta e formosa ao mesmo tempo, toda fogo, com um par de olhos fulminantes e uma boca de arrancar beijos. Sem citar o dote: — Enorme! — nada menos do que todos os bens do marquês d'Auletta. Sem dúvida, ele ficaria muito feliz em ver a filha casada, não apenas para se livrar de Pantogada que o importunava, mas também porque avô e neta não se entendiam muito bem: o marquês tinha personalidade fraca, vivia fechado em seu mundo morto e Pepita, ao contrário, era forte e cheia de vida.

Será que não compreendia que quanto mais elogiava essa Pepita, mais crescia minha antipatia por ela, antes mesmo de conhecê-la? Iria conhecê-la — dizia — dentro de alguns dias, porque ele a convenceria a participar das próximas sessões espíritas. Conheceria também o marquês Giglio d'Auletta, que estava ansioso em me conhecer por tudo que ele, Papiano, falara de mim. O marquês, no entanto, não saía mais de casa, sem contar que nunca participaria de uma sessão espírita por causa de suas ideias religiosas.

— Como assim? — perguntei. — Ele não participa, mas permite que a neta participe?

— Só porque sabe em que mãos a confia! — exclamou altivamente Papiano.

Não quis ouvir mais nada. Por que Adriana negava-se a assistir às experiências? Em razão de seus princípios religiosos. Mas, se a neta do marquês

Giglio participava daquelas sessões com o consentimento do avô clerical, por que Adriana também não poderia? Com base nesse argumento, tentei convencê-la no dia anterior à primeira sessão.

Ela fora ao meu quarto em companhia do pai. Este, depois de ouvir minha proposta, comentou:

— É sempre a mesma coisa, senhor Meis! — suspirou. — A religião, diante desse problema, levanta orelhas de asno e se espanta, tal qual a ciência. Muito embora já tenha explicado uma porção de vezes à minha filha que nossas experiências não são contrárias nem à religião nem à ciência. Aliás, para a religião, são até uma prova da verdade que ela defende.

— E se eu sentir medo? — objetou Adriana.

— De quê? — retrucou o pai. — Da experiência?

— Ou do escuro? — acrescentei. — Estamos todos aqui, senhorita! Quer ser a única a ficar de fora?

— Mas eu... — disse sem jeito, Adriana —, eu não acredito, é isso... não posso acreditar e... nem sei explicar...

Não conseguiu dizer mais nada. Pelo tom da voz, pelo constrangimento, compreendi que não era só a religião que proibia Adriana de assistir àquelas experiências. O medo que ela alegava como desculpa podia ter outros motivos que o senhor Anselmo nem imaginava. Talvez lhe doesse assistir ao lastimável espetáculo do pai sendo puerilmente ludibriado por Papiano e pela senhorita Caporale?

Não tive coragem para insistir.

Mas ela, como se tivesse lido em meu coração o desgosto que a recusa me causava, deixou escapar no escuro um: — *Mas enfim...* — que aproveitei sem perda de tempo.

— Ah, ótimo! Então podemos contar com a senhorita?

— Apenas amanhã à noite — concordou sorrindo.

No dia seguinte, no começo da noite, Papiano veio preparar o quarto. Trouxe uma mesinha retangular, de abeto, sem gavetas, sem pintura, ordinária; liberou um canto do quarto; pendurou um lençol num barbante; em seguida trouxe um violão, uma coleirinha de cachorro com muitos guizos e outros objetos. Esses preparativos foram feitos à luz da famosa lanterninha de vidro vermelho. Enquanto cuidava disso tudo, é claro, não parou de falar um só instante.

— O lençol serve de... sabe? serve... quero dizer... de... acumulador, digamos, dessa força misteriosa. O senhor o verá se mexer, senhor Meis, enfunar como uma vela, às vezes se iluminar com uma luz estranha, eu diria quase sideral. Sim senhor! Ainda não conseguimos fazer "materializações", mas luzes sim, o senhor as verá se a senhorita Silvia estiver com boa disposição esta noite. Ela se comunica com o espírito de um ex-companheiro da Academia, morto de tuberculose, valha-nos Deus, aos dezoito anos. Ele era de... não sei, Basileia parece, mas há tempos morava em Roma com a família. Um gênio musical, sabe? Arrebatado pela morte cruel antes que pudesse dar seus frutos. Ao menos é o que diz a senhorita Caporale. Antes mesmo de saber que possuía esta faculdade mediúnica, ela já se comunicava com o espírito de Max. Sim senhor, chamava-se assim, Max... espere um pouco, Max Oliz, se não me engano. Sim senhor! Possuída por esse espírito, às vezes improvisava ao piano até cair desfalecida. Uma noite, chegou mesmo a juntar gente na rua, que depois a aplaudiu...

— E a senhorita Caporale, então, quase teve medo — acrescentei calmamente.

— Ah, já sabe? — disse Papiano, calando.

— Ela já havia me contado. Quer dizer que aplaudiram a música de Max, tocada pelas mãos da senhorita Caporale?

— Sim! Sim! É uma lástima que não tenhamos um piano em casa. Temos que nos contentar com alguns acordes, alguns sons tirados do violão. Max fica bravo, sabe?, às vezes até quebra as cordas do violão... Mas o senhor ouvirá hoje à noite. Acho que já está tudo em ordem.

— Diga-me uma coisa, senhor Terenzio. Por curiosidade — perguntei antes que fosse embora —, o senhor acredita? Acredita mesmo?

— Bem — respondeu de pronto como se estivesse esperando a pergunta. — Para falar a verdade, não consigo ter certeza.

— Pudera!

— Ah, mas veja, não porque as experiências são feitas no escuro! Os fenômenos, as manifestações são reais, não há nada como negar. Não podemos desconfiar de nós mesmos...

— E por que não? Pelo contrário!

— Como? Não entendo!

— Enganamo-nos muito facilmente! Principalmente quando queremos acreditar numa coisa...

— A mim não, sabe? Não me agrada! — protestou Papiano. — Meu sogro, que é muito entrosado nesses estudos, acredita. Eu, entre outras coisas, não tenho o menor tempo para pensar nisso... mesmo que tivesse vontade. Tenho tanto o que fazer, tanto, com os malditos Bourbons do marquês que não me dão folga! Perco algumas noites aqui. No que me toca, acredito que nós, enquanto estamos vivos pela graça de Deus, nada poderemos saber da morte e, assim, não lhe parece inútil pensarmos nela? Devemos é dar um jeito de viver melhor, santo Deus! É isso o que penso, senhor Meis. Até a vista! Tenho de ir à via dei Pontefici pegar a senhorita Pantogada.

Voltou depois de meia hora, muito contrariado. Junto com a Pantogada e sua governanta viera certo pintor espanhol que ele me apresentou com os dentes cerrados, como um amigo da casa do marquês Giglio. Chamava-se Manuel Bernaldez e falava corretamente italiano. Não houve meio, porém, de fazê-lo pronunciar a letra *esse* do meu sobrenome: parecia que toda vez que o pronunciava tivesse medo de sair com a língua ferida.

— Adriano *Mei* — dizia, como se de um momento para outro tivéssemos nos tornado grandes amigos.

— Adriano *Tui*,[62] quase me dava vontade de responder.

Vieram as mulheres: Pepita, a governanta, a senhorita Caporale, Adriana.

— Você também? Que novidade é essa? — disse Papiano, deselegantemente.

Ele não contava com esse outro golpe. Da forma como recebeu Bernaldez, percebi que o marquês Giglio nada deveria saber a respeito de sua participação na sessão e que por detrás disso deveria haver algum namorico com Pepita.

Mas o grande Terenzio não abriu mão de seu plano. Distribuiu em volta da mesinha a corrente mediúnica, fez Adriana sentar-se a seu lado e a Pantogada perto de mim.

Eu não estava contente? Não. Pepita também não. Falando exatamente como o pai, ela logo se rebelou:

— *Muito obrigada, mas não pode ser assim! Desejo ficar entre o senhor Paleari e a minha governanta, caro senhor Terenzio!*[63]

A semiescuridão avermelhada apenas permitia vislumbrar seus traços, de modo que não pude constatar até que ponto correspondia à verdade o retrato que Papiano havia desenhado da senhorita Pantogada. Mas a silhueta, a voz e a repentina rebelião estavam perfeitamente de acordo com a ideia que eu formara dela pela descrição anterior.

É claro que recusando com tamanho desprezo o lugar que Papiano lhe havia destinado perto de mim, a senhorita Pantogada ofendia-me, mas eu não só não a levei a mal como também fiquei contente.

— Muito justo! — exclamou Papiano. — Então podemos fazer assim: ao lado do senhor Meis senta-se a senhora Cândida e a senhorita no lugar dela. Meu sogro fica onde está e nós três também onde já estamos. Está bem assim?

---

[62] Do latim, *mei* é genitivo de *meus*, meu; e *tui*, de *tuus*, teu.

[63] Pepita Pantogada fala um misto de espanhol e italiano de difícil tradução sem perda de sentido.

Ah, não! Nem assim estava bem. Nem para mim, nem para a senhorita Caporale, nem para Adriana e nem mesmo — como se viu pouco depois — para Pepita, que se achou muito melhor numa nova corrente escolhida pelo genial espírito de Max.

Vi ao meu lado um quase fantasma de mulher, com uma espécie de calombo na cabeça (era chapéu? era touca? era peruca? que diabo era?). Debaixo daquela coisa enorme surgiam de vez em quando alguns suspiros que terminavam num breve gemido. Ninguém tivera a ideia de me apresentar essa senhora Cândida, agora para formar a corrente devíamos dar-nos as mãos, e ela suspirava. Aquilo não estava correto. Meu Deus, que mão gelada!

Com a outra mão, eu segurava a mão esquerda da senhorita Caporale, sentada à cabeceira da mesinha, de costas para o lençol pendurado no canto; Papiano segurava sua mão direita; junto de Adriana, do outro lado, estava o pintor; o senhor Anselmo encontrava-se na outra cabeceira da mesinha, em frente à Caporale.

Papiano falou:

— É necessário, antes de mais nada, explicar ao senhor Meis e à senhorita Pantogada a linguagem... qual é mesmo o nome?

— Tiptológica — indicou o senhor Anselmo.

— Por favor, para mim também — pediu a senhora Cândida agitando-se na cadeira.

— Sem dúvida! Também à senhora Cândida, é claro!

— Bem — começou a explicar o senhor Anselmo —, duas pancadas querem dizer *sim...*

— *Pancadas*? — interrompeu Pepita. — *Que pancadas*?

— Pancadas — respondeu Papiano —, ou batidas que podem ser dadas na mesinha, nas cadeiras, em outro lugar, ou ainda sentidas através de toques.

— *Ah, isso não, não, não, não, não*! — disparou a moça, colocando-se de pé. — *Eu não gosto que me toquem. De quem*?

— Do espírito de Max, senhorita — explicou Papiano. — Eu lhe disse quando vínhamos para cá, não machucam, pode ficar tranquila.

— *Tiptológicas* — disse a senhora Cândida com ar complacente de mulher superior.

— Então — continuou o senhor Anselmo —, duas pancadas, *sim;* três pancadas, *não;* quatro, *escuro;* cinco, *falem;* seis, *luz.* Isso é suficiente. E agora meus senhores, vamos nos concentrar.

Fez-se silêncio. Concentramo-nos.

XIV
As façanhas de Max

Receio? Não. Nem sombra. Mas sentia uma forte curiosidade e também algum temor que Papiano fizesse uma péssima figura. Eu deveria sentir prazer, mas não. Quem não tem pena e até um gélido constrangimento assistindo a uma comédia mal-interpretada por atores inexperientes?

"Há duas possibilidades", eu pensava, "ou ele é muito habilidoso ou a teimosia de ter Adriana a seu lado não lhe permite ver direito onde se enfiou deixando Bernaldez e Pepita, eu e Adriana decepcionados e assim capazes de perceber a sua fraude, sem achar a menor graça ou ter qualquer compensação. Adriana é quem está em melhores condições de perceber tudo, mas ela já suspeita da fraude e está preparada. Já que não está ao meu lado, talvez esteja se perguntando nesse momento por que continua ali, assistindo uma farsa que ela acha sem graça, além de indigna e sacrílega. De sua parte, Bernaldez e Pepita também se fazem a mesma pergunta. Como é que Papiano não percebe, agora que viu dar errado o golpe de me colocar perto da Pantogada? Confia tanto assim na sua habilidade? Vamos ver no que vai dar".

Tomado por esses pensamentos, eu nem pensava na senhorita Caporale. Subitamente ela desatou a falar como uma sonâmbula.

— A corrente — disse —, a corrente precisa ser mudada...

— Max já está aí? — perguntou cuidadosamente o senhor Anselmo.

A resposta da Caporale demorou algum tempo.

— Sim — disse depois, quase suspirando. — Mas, somos muitos esta noite...

— É verdade, sim! — interrompeu Papiano. — Mas me parece que assim vai bem.

— Quieto! — advertiu Paleari. — Vamos ouvir o que Max diz.

— A corrente — retomou a Caporale — não me parece bem equilibrada. Aqui, deste lado (*e levantou minha mão),* há duas mulheres lado a lado. Seria melhor o senhor Anselmo trocar de lugar com a senhorita Pantogada.

— Imediatamente! — exclamou o senhor Anselmo, erguendo-se. — Pronto, senhorita, sente-se aqui!

E Pepita desta vez não se rebelou. Estava ao lado do pintor.

— Agora — acrescentou a Caporale —, a senhora Cândida...

Papiano a interrompeu.

— No lugar de Adriana, não é? Já tinha pensado nisso. Está certo!

Segurei bem forte a mão de Adriana, até machucá-la, assim que ela veio ocupar o lugar perto de mim. Ao mesmo tempo, a senhorita Caporale apertava minha outra mão como que para perguntar: *"Está contente, agora?" "Sim. Contentíssimo!"* respondi com outro aperto de mão que também significava: "Agora podem fazer, podem fazer o que quiserem!".

— Silêncio! — ordenou então o senhor Anselmo.

Mas quem havia falado? Quem? A mesinha? Quatro pancadas: — *Escuro!*

Juro que não as ouvi.

Foi quando, tão logo a lanterninha se apagou, aconteceu uma coisa que confundiu imediatamente todas as minhas suposições. A senhorita Caporale lançou um grito agudíssimo, fazendo com que todos pulassem nas cadeiras.

— Luz! Luz!

O que tinha acontecido?

Um soco! A senhorita Caporale recebera um soco na boca, um soco fortíssimo: suas gengivas sangravam.

Assustadas, Pepita e a senhora Cândida levantaram-se num salto. Papiano também se levantou para reacender a lanterninha. Rapidamente, Adriana retirou sua mão da minha. Bernaldez, com o rosto vermelho porque segurava um fósforo, sorria, entre surpreso e incrédulo, enquanto o senhor Anselmo muito contrariado repetia:

— Um soco? Como se explica?

Eu me perguntava o mesmo, constrangido. Um soco? Portanto aquela mudança de lugares não fora combinada antes entre os dois. Um soco? Portanto a senhorita Caporale tinha se rebelado contra Papiano. E agora?

Agora, afastando a cadeira e apertando um lenço sobre a boca, a Caporale protestava dizendo que não queria mais participar daquilo. E Pepita Pantogada gritava:

— *Obrigada, senhores! Obrigada! Aqui se dão tapas!*

— Não! Não! — exclamou Paleari. — Meus senhores, isso é um fato novo, muito estranho! É preciso pedir explicações.

— A Max? — perguntei.

— A Max, sem dúvida! Será que a senhorita, cara Silvia, não interpretou mal as sugestões dele quanto à disposição da corrente?

— É provável, é provável! — exclamou Bernaldez rindo.

— O senhor, senhor Meis, o que acha? — perguntou Paleari que não simpatizava muito com Bernaldez.

— Ah, sem dúvida é o que parece — disse eu.

Mas a Caporale negou incisivamente com a cabeça.

— E então? — retomou o senhor Anselmo. — Como se explica? Max violento! Desde quando? O que me diz, Terenzio?

Terenzio não dizia nada, protegido pela semiescuridão limitou-se a encolher os ombros.

— Vamos lá! — eu disse então à Caporale. — Vamos contentar o senhor Anselmo? Peçamos a Max uma explicação; se ele se mostrar novamente um espírito... pouco espirituoso, desistiremos. Está bem assim, senhor Papiano?

— Perfeito! — respondeu ele. — Perguntemos, perguntemos. Eu concordo.

— Mas eu não concordo! — rebateu a Caporale dirigindo-se a Papiano.

— Diz isso a mim? — interveio Papiano. — Se a senhora não quiser mais continuar...

— Sim, seria melhor — arriscou timidamente Adriana.

Mas imediatamente o senhor Anselmo gritou com ela.

— Você é uma medrosa! Isso é infantilidade, ora bolas! Desculpe, mas isso também vale para você, Silvia! A senhorita conhece muito bem o espírito que lhe é familiar, e sabe que esta foi a primeira vez que... Seria uma pena, francamente! Porque — por mais desagradável que tenha sido esse incidente — os fenômenos esta noite iriam se manifestar com grande energia.

— Energia demais! — exclamou Bernaldez rindo e provocando risadas nos outros.

— E eu — acrescentei — não iria querer receber nenhum soco neste olho...

— *Nem eu!* — disse Pepita.

— Todos sentados! — ordenou Papiano decididamente. — Seguiremos o conselho do senhor Meis. Vamos tentar pedir uma explicação. Se os fenômenos se revelarem novamente com muita violência, paramos. Todos sentados!

E soprou a lanterninha.

No escuro, procurei a mão de Adriana que estava fria e trêmula. Respeitando o seu temor, não a apertei imediatamente. Aos poucos, gradativamente aumentei a pressão para lhe transmitir calor e com o calor a confiança que tudo agora aconteceria tranquilamente. Não havia dúvida que Papiano, talvez arrependido da violência que o dominara, tinha mudado de opinião. De todo modo, teríamos um momento de trégua, depois quem sabe eu e Adriana, no escuro, seríamos o alvo de Max. "Muito bem", disse a mim mesmo, "se o jogo ficar muito pesado, tratarei de fazê-lo durar pouco. Não vou deixar que Adriana seja perturbada".

Nesse meio tempo, o senhor Anselmo tinha começado a conversar com Max, exatamente como se fala com alguém real ali presente.

— Você está aí?

Duas pancadas leves na mesinha. Estava!

— Como é, Max — perguntou Paleari, em tom de carinhosa censura —, que você, tão bom e gentil, tenha tratado tão mal a senhorita Silvia? Pode nos dizer?

Desta vez a mesinha primeiro mexeu-se um pouco e então três pancadas fortes e secas ressoaram no meio dela. Três pancadas: *não,* ele não queria falar.

— Não vamos insistir! — conformou-se o senhor Anselmo. — Talvez você ainda esteja um pouco zangado, hein, Max? Eu sei, conheço você... conheço você... Poderia ao menos nos dizer se a corrente nesta disposição é de seu agrado?

Mal Paleari havia terminado de fazer a pergunta, senti me baterem rapidamente, duas vezes, na testa, como com a ponta de um dedo.

— Sim! — exclamei logo reconhecendo o fenômeno; e apertei a mão de Adriana.

Confesso que esse "toque" inesperado causou-me, no momento, uma impressão esquisita. Tinha a certeza que se tivesse levantado minha mão a tempo, teria agarrado a mão de Papiano, mas... a suave leveza do toque e a precisão tinham sido, de qualquer modo, maravilhosas. Ademais, insisto, eu não esperava. Mas por que Papiano havia escolhido a mim para se desculpar? Com aquele sinal, ele queria me tranquilizar ou lançar um desafio, querendo dizer: *"Agora você vai ver se estou contente".*

— Muito bem, Max! — exclamou o senhor Anselmo.

E eu, comigo mesmo:

"(Muito bem, uma ova! Eu devia encher sua cara de tapas!)"

— Agora, se não for incômodo — continuou o dono da casa —, você não poderia nos fornecer um sinal de sua boa disposição para conosco?

Cinco pancadas na mesinha intimaram: *Falem!*

— O que significa? — indagou a senhora Cândida, com medo.

— Que é preciso falar — explicou Papiano calmamente.

E Pepita:

— Com quem?

— Oras com quem quiser, senhorita! Fale com o seu vizinho, por exemplo.

— Em voz alta?

— Sim — disse o senhor Anselmo. — Isto quer dizer, senhor Meis, que Max está nos preparando alguma bela manifestação. Talvez uma luz... quem sabe! Vamos falar, vamos falar...

Mas falar o quê? Eu já vinha falando há tempo com a mão de Adriana e não pensava, ai de mim, não pensava em mais nada! Mantinha com aquela mãozinha, que me escutava trêmula e abandonada, uma intensa conversação, insistente e carinhosa. Já havia conseguido que ela me permitisse entrelaçar seus dedos aos meus. Uma ardente embriaguez tomara conta de mim e eu sentia prazer no aflito esforço que ela fazia para reprimir seu arrebatamento, tentando se expressar com doce ternura, como exigia a candura daquela alma tímida e delicada.

Enquanto nossas mãos mantinham aquela cerrada conversa, comecei a sentir uma espécie de atrito na travessa entre os dois pés traseiros da minha cadeira e fiquei intrigado. Papiano não conseguiria chegar com o pé até lá e mesmo que pudesse, a travessa entre os pés dianteiros o impediria de fazê-lo. Será que ele tinha se levantado e vindo para atrás da minha cadeira? Nesse caso, a senhora Cândida, se não fosse boba, teria notado. Antes de contar aos outros o fenômeno, eu gostaria de encontrar alguma maneira de explicá-lo a mim mesmo, mas depois pensei que já tendo conseguido o que queria era melhor agora, quase que por obrigação, tomar parte na fraude sem outras histórias para não irritar ainda mais Papiano. E tratei de dizer o que sentia.

— Verdade? — exclamou Papiano de seu lugar, com um espanto que parecia sincero.

A senhorita Caporale não se espantou menos.

Senti meu cabelo arrepiar-se. Então o fenômeno era verdadeiro?

— Atrito? — perguntou ansiosamente o senhor Anselmo. — Como assim? Como assim?

— Sim! — confirmei meio irritado — E continua! Como se aqui atrás tivesse um cachorrinho... é isso!

Uma enorme gargalhada acolheu esta minha explicação.

— *Mas é Minerva! é Minerva!* — gritou Pepita Pantogada.

— Quem é Minerva? — perguntei envergonhado.

— *A minha cachorrinha!* — continuou ela, ainda rindo. — *A minha velha cadelinha, senhor, que se coça assim debaixo de todas as cadeiras! Com licença! Com licença!*

Bernaldez acendeu outro fósforo e Pepita levantou-se para ir buscar a cadelinha que se chamava *Minerva,* fazendo com que deitasse no seu colo.

— Agora entendo — disse contrariado o senhor Anselmo —, agora entendo a irritação de Max. Há pouca seriedade esta noite, é isso.

Para o senhor Anselmo talvez sim, mas — para dizer a verdade — nas noites seguintes não houve muito mais seriedade no que diz respeito ao espiritismo, bem entendido.

Quem conseguia prestar atenção às façanhas de Max no escuro? A mesinha rangia, mexia-se, falava com pancadas fortes ou leves; ouviam-se outras pancadas no encosto das nossas cadeiras e, aqui e ali, nos móveis do quarto, raspões, esfregões e outros barulhos; estranhas luzes fosforescentes como de fogos-fátuos iluminavam o ar por um instante, voavam, e até mesmo o lençol iluminava-se e inflava como vela; um porta-charutos deu várias voltas pelo quarto e chegou a girar ao redor da mesinha da nossa corrente; o violão, como que criando asas, voou de cima da cômoda e veio arranhar uns acordes por cima das nossas cabeças... Pareceu-me, no entanto, que Max manifestasse melhor suas eminentes virtudes musicais com os guizos da coleirinha de cachorro que em certo momento foi colocada no pescoço da senhorita Caporale, coisa que o senhor Anselmo considerou uma brincadeira carinhosa e espirituosa de Max, mas que a senhorita Caporale não gostou muito.

Claro que entrara em cena, protegido pela escuridão, Scipione, o irmão de Papiano, com especialíssimas instruções. Ele de fato era epiléptico, mas não tão idiota quanto o irmão Terenzio e ele mesmo pretendiam dar a entender. Graças ao longo hábito de ficar no escuro, ele devia ter olhos acostumados a enxergar na escuridão. Na verdade, eu não saberia dizer até que ponto ele atuava naquelas fraudes combinadas com o irmão e a Caporale. Para nós, isto é, para mim e Adriana, para Pepita e Bernaldez, ele podia fazer o que quisesse e tudo daria certo, não importando a maneira como o fizesse. Ali, ele só devia contentar o senhor Anselmo e a senhora Cândida, e pelo jeito saía-se muito bem. Se bem que, na verdade, nenhum dos dois era difícil de contentar. Ah, o senhor Anselmo regozijava-se de prazer. Em certos momentos, parecia uma criança no teatrinho de marionetes; ao ouvir algumas de suas exclamações infantis, eu sofria, não apenas pelo constrangimento de ver um homem que certamente não era tolo, comportar-se como tal até o limite do inverossímil, mas também porque Adriana fazia-me compreender que sentia remorsos em se divertir assim, às custas da seriedade do pai, aproveitando-se da sua ridícula inocência.

Isso era a única coisa que às vezes perturbava a nossa alegria. Entretanto, conhecendo Papiano, eu deveria suspeitar que se ele se conformava em me deixar ao lado de Adriana e, contrariando os meus receios não só não permitia que o espírito de Max nos perturbasse como até dava a impressão que nos ajudava, deveria estar fazendo de caso pensado. Mas, naqueles momentos, a alegria proporcionada pela tranquila liberdade no escuro era tanta, que a suspeita jamais me ocorreu.

— *Não!* — gritou a senhorita Pantogada a certa altura.

E imediatamente o senhor Anselmo disse:

— Fale, fale, senhorita! O que foi? O que sentiu?

Bernaldez também a estimulou, solícito; e então Pepita disse:

— *Aqui, deste lado, uma carícia...*

— Com a mão? — perguntou Paleari. — Delicada, não é? Fria, furtiva e delicada... Ah, Max quando quer sabe ser amável com as mulheres! Vejamos Max, você poderia repetir a carícia à senhorita?

— *Está aqui, está aqui!* — começou a gritar Pepita, rindo.

— O que quer dizer? — indagou o senhor Anselmo.

— *Está repetindo, repetindo... Acaricia-me.*

— E um beijo, Max? — propôs então Paleari.

— *Não!* — reclamou Pepita de novo.

Mas um grande beijo sonoro estalou em sua face.

Quase involuntariamente aproximei a mão de Adriana da minha boca; depois, não satisfeito, inclinei-me à procura da sua boca, e assim trocamos o primeiro beijo, um beijo longo e silencioso.

O que veio depois? Foi preciso algum tempo antes que eu, confuso e envergonhado, pudesse voltar a mim naquela desordem repentina. Haviam percebido nosso beijo? Estavam gritando. Um, dois fósforos foram acesos, em seguida a vela, a mesma que estava dentro da lanterninha de vidro vermelho. E todos ficaram de pé! Por quê? Por quê? Uma grande pancada, uma pancada enorme, que parecia ter sido desferida pelo punho de um gigante invisível, repercutiu na mesinha, assim, com a luz acesa. Ficamos todos brancos, e mais que todos Papiano e a senhorita Caporale.

— Scipione, Scipione! — chamou Terenzio.

O epiléptico caíra no chão com um estranho gemido.

— Todos sentados! — gritou o senhor Anselmo. — Ele também entrou em transe. Vejam, vejam como a mesinha se move, ergue-se, ergue-se... A levitação! Muito bem, Max! Viva!

E de fato a mesinha levantou-se mais de um palmo do chão sem que ninguém a tocasse e depois caiu de uma vez.

A Caporale, pálida, tremendo, aterrorizada, veio esconder o rosto no meu peito. A senhorita Pantogada e a governanta fugiram do quarto, enquanto Paleari gritava muito irritado:

— Não, fiquem, ora bolas! Não quebrem a corrente! Agora vem o melhor! Max! Max!

— Max coisa nenhuma! — exclamou Papiano, livrando-se por fim do terror que o mantinha paralisado e indo ter com o irmão para sacudi-lo e fazê-lo recobrar os sentidos.

A recordação do beijo foi por um instante sufocada pelo susto daquela revelação tão estranha e inexplicável que eu presenciara. Se, como dizia Paleari, a força misteriosa que se manifestara naquele momento, com a luz acesa e sob os meus olhos, provinha de um espírito invisível, esse espírito certamente não era o de Max: bastava olhar Papiano e a senhorita Caporale para se ficar convencido. O tal Max era invenção deles. Quem teria agido? Quem desfechara aquele soco enorme na mesinha?

Vieram à minha cabeça uma série de coisas lidas nos livros de Paleari e, com um calafrio, pensei no desconhecido que se afogara no canal do moinho da *Stìa,* de quem eu havia tirado o luto dos parentes e dos estranhos.

"E se fosse ele!", disse para mim mesmo. "E se tivesse vindo me procurar aqui para se vingar, revelando tudo...".

Paleari, que fora o único a não se espantar nem ter medo, não conseguia, no entanto, compreender como um fenômeno tão simples e banal como a levitação da mesinha nos tivesse impressionado tanto depois das poucas maravilhas que havíamos visto. Para ele, contava bem pouco que o fenômeno tivesse se manifestado com a luz acesa. O que ele não conseguia explicar era como Scipione encontrava-se ali, no meu quarto, quando ele julgava que estivesse na cama.

— Acho estranho — disse — porque geralmente o pobre não se preocupa com nada. Mas é claro que as nossas sessões misteriosas despertaram nele uma certa curiosidade: veio espiar, entrou às escondidas, e então... paft, foi surpreendido! Pois não se pode negar, senhor Meis, que os fenômenos extraordinários da mediunidade têm, em grande parte, origem na neurose epiléptica, cataléptica e histérica. Max retira de todos, inclusive de nós, uma boa dose da energia nervosa e a utiliza para a produção dos fenômenos. Está comprovado! O senhor também não sente como se lhe tivessem tirado algo?

— Para ser honesto, ainda não.

Até quase o alvorecer revirei-me na cama pensando naquele infeliz enterrado com o meu nome no cemitério de Miragno. Quem era? De onde vinha? Por que se suicidara? Talvez ele quisesse que se soubessem as causas do seu triste fim: poderia ser uma reparação, uma expiação... e eu me aproveitara dele! Confesso que mais de uma vez, no escuro, gelei de pavor. Aquele soco na mesinha, no meu quarto, não fora ouvido apenas por mim. Será que teria sido ele? Será que ele não estava ainda ali, no silêncio, presente e invisível, ao meu lado? Aguçava os ouvidos para tentar ouvir algum ruído no quarto. Finalmente adormeci e tive pesadelos terríveis.

No dia seguinte, abri as janelas para a luz.

XV
Eu e minha sombra

Já havia me acontecido várias vezes, acordando no coração da noite (e a noite, neste caso, não demonstra realmente ter coração), aconteceu-me de sentir no escuro, no silêncio, uma estranha sensação de espanto, um estranho embaraço ao lembrar de algo feito durante o dia, no claro, meio sem querer. Perguntei-me então se as cores, a visão das coisas em volta, os diversos ruídos da vida não ajudariam a determinar nossas ações. Sim, sem dúvida, e quem sabe quantas outras coisas! Nós não vivemos, como diz o senhor Anselmo, em constante relação com o universo? Vejam só quantas tolices esse maldito universo nos faz cometer, tolices que depois atribuímos à nossa pobre consciência influenciada por forças externas, ofuscada por uma luz que está fora dela. Por outro lado, quantas decisões tomadas, quantos planos arquitetados, quantos expedientes engendrados durante a noite não se revelam inúteis, desmoronam e viram fumaça à luz do dia? Como o dia é uma coisa e a noite é outra, talvez sejamos também uma coisa de dia e outra de noite: miseráveis, ai de nós, tanto de noite quanto de dia.

Só sei que, ao abrir as janelas do meu quarto após quarenta dias, não senti nenhuma alegria em rever a luz. A recordação do que eu havia feito naqueles dias no escuro a ofuscou terrivelmente. Todas as razões, desculpas e convicções que tinham tido seu peso e valor no escuro, perderam-nos por completo no momento em que escancarei as janelas, ou então adquiriram sentido oposto. E inutilmente meu pobre eu, que por tanto tempo tivera as janelas fechadas e fizera tudo para atenuar o tédio inquieto daquela prisão, agora – como cão espancado – estava ao lado do outro eu que tinha aberto as janelas e despertava à luz do dia, sombrio, severo, corajoso, e tentava, sem sucesso, afastá-lo dos pensamentos soturnos, procurando convencê-lo a gozar, diante do espelho, do bom êxito da operação, da barba que tornara a crescer e até da palidez que de certa forma enobrecia minhas feições.

"Idiota, o que você fez? O que você fez?"

O que eu havia feito? Nada, sejamos justos! Namorara. No escuro — era minha culpa? — não enxergara mais obstáculos e perdera a prudência que me havia imposto. Papiano queria me tirar Adriana; a senhorita Caporale a entregara para mim, a fizera sentar-se ao meu lado e ganhara com isso um soco na boca, coitada; eu sofria e, claro, por esse sofrimento julgava, como qualquer outro desgraçado (leia-se homem), ter direito a uma compensação; tendo-a ao lado, eu a pegara; lá se faziam experimentos com a morte e Adriana ao meu lado era a vida, a vida que aguarda um beijo para entregar-se à alegria; Manuel Bernaldez tinha beijado no escuro a sua Pepita, e aí eu também...

— Ah!

Joguei-me na poltrona cobrindo o rosto com as mãos. Sentia meus lábios tremerem ao lembrar daquele beijo. Adriana! Adriana! Quantas esperanças aquele beijo despertara em seu coração? Minha esposa, não é verdade? Abertas as janelas, festa para todos!

Fiquei ali na poltrona pensando durante não sei quanto tempo, ora com os olhos abertos, ora concentrado em mim mesmo, com raiva, tentando me proteger de uma intensa aflição interior. Finalmente eu consegui ver em toda a sua crueza a fraude da minha ilusão. O que era afinal aquilo que me parecera a maior das sortes, na embriaguez inicial da minha libertação?

Eu já descobrira que essa liberdade, que no início parecera ilimitada, dependia do meu pouco dinheiro. Depois percebi que ela também poderia se chamar mais propriamente solidão e tédio, condenando-me a um castigo terrível: a companhia de mim mesmo. Então me aproximei dos outros, mas o propósito de evitar a qualquer custo reatar laços partidos, mesmo que de modo tênue, de que havia servido? Os laços tinham se reatado sozinhos e a vida, por mais que eu relutasse, tinha me arrastado em sua corrente irresistível: a vida que já não era para mim. Ah, agora eu entendia de verdade, agora que não podia mais, com pretextos vãos, com fingimentos pueris, com desculpas piedosas e mesquinhas impedir-me de assumir meu sentimento por Adriana, aliviar o peso das minhas intenções, das minhas palavras, dos meus gestos. Sem nada dizer eu falava muito ao lhe apertar a mão, ao obrigá-la a enlaçar seus dedos nos meus e um beijo, um beijo por fim selara o nosso amor. Como responder com fatos à promessa? Eu podia fazer Adriana minha? Mas aquelas duas boas mulheres, Romilda e a viúva Pescatore, haviam me jogado no canal do moinho, lá em *Stìa,* não eram elas que tinham se jogado! E quem ficou livre foi ela, minha mulher, não eu, que me submeti ao papel de morto, iludindo-me em achar que poderia me tornar outro homem, viver outra vida. Outro homem, sim, mas com a condição de não fazer nada! E que tipo de homem? Um espectro de homem? E que vida? Enquanto me contentara em ficar trancado em mim mesmo e ver os outros viverem, sim, bem ou mal eu pudera ter a ilusão de estar vivendo outra vida, mas agora que me aproximara da vida até colher um beijo dos lábios amados eu era forçado a me retirar horrorizado, como se tivesse beijado Adriana com os lábios de um morto, de um morto que não podia ressuscitar para ela! Sim, eu poderia beijar lábios mercenários quantos quisesse, mas que sabor de vida poderiam ter esses lábios? Ah, se Adriana soubesse a minha estranha história... Ela? Não... não... nem pensar! Ela tão pura, tão tímida... Mas se o seu amor fosse mais forte que tudo, mais forte do que toda a convenção social... ah, pobre Adriana, como eu poderia aprisioná-la comigo no vazio do meu destino, torná-la companheira de um homem que não podia de maneira nenhuma aparecer e se mostrar vivo? O que fazer? O que fazer?

Duas batidas na porta me fizeram pular da poltrona. Era ela, Adriana.

Por mais esforço que fizesse para tentar deter a agitação dos meus sentimentos, não pude evitar que ela percebesse minha perturbação. Ela também estava perturbada, mas pelo pudor que não lhe permitia mostrar-se alegre como desejaria ao me ver finalmente curado, na luz e contente... Não? Por que não? Ela apenas ergueu os olhos, corou e me entregou um envelope.

— Isto é para o senhor...

— Uma carta?

— Não creio. Acho que é a conta do doutor Ambrosini. O mensageiro quer saber se tem resposta.

Sua voz tremia. Sorriu.

— Agora mesmo — respondi. Fui tomado por uma súbita ternura ao perceber que ela viera com a desculpa da conta para ouvir de mim uma palavra que confirmasse suas esperanças; dominou-me uma compaixão aflita, profunda, compaixão por ela e por mim, compaixão cruel, que me levava inapelavelmente a acariciá-la, acariciando nela a minha própria dor que somente nela podia achar conforto, embora ela fosse a sua causa. E mesmo sabendo que me comprometeria ainda mais, não pude resistir e lhe estendi minhas mãos. Ela, confiante, com o rosto em brasas, ergueu lentamente as suas e as colocou nas minhas. Atraí sua loura cabecinha ao meu peito e passei levemente as mãos em seus cabelos.

— Pobre Adriana!

— Por quê? — perguntou enquanto eu a acariciava. — Não estamos felizes?

— Sim...

— Então por que pobre?

Naquele instante tive um ímpeto de revolta, fui tentado a lhe contar tudo, a responder: "Por quê? Ouça: amo você, mas não posso, não devo amar! Mas se você quiser...". O que é isso? O que poderia querer a doce criatura? Pressionei forte sua cabecinha contra o peito e compreendi que eu seria muito mais cruel se da alegria suprema que ela, inocente, agora se sentia enlevada, a fizesse cair no abismo do desespero que existia em mim.

— Porque — disse, soltando-a —, porque sei de coisas que a senhorita certamente não ficaria contente...

Ela teve uma espécie de penosa confusão ao se sentir repentinamente afastada dos meus braços. Será que esperava que, após aqueles carinhos, eu a tratasse por você? Olhou-me e, notando a minha agitação, perguntou vacilante:

— Coisas... o que o senhor sabe... coisas suas ou daqui... da minha casa?

Respondi-lhe com o gesto: "Daqui, daqui" para não ceder à tentação que pouco a pouco me vencia de abrir-me com ela.

Antes o tivesse feito! Se lhe causasse logo aquela única e grande dor, poderia ter evitado outras e não me veria metido em novas e mais ásperas intrigas. Mas era muito recente a minha triste descoberta, ainda precisava aprofundá-la melhor, o amor e a compaixão tiravam-me a coragem de eliminar de uma só vez as esperanças dela e a minha própria vida, ou seja, a sombra de ilusão que ainda poderia ter enquanto me calasse. Além disso, eu sabia quão terrível seria a revelação que devia lhe fazer, isto é, que eu ainda era casado. Sim! Sim! Revelando que não era Adriano Meis, eu voltaria a ser Mattia Pascal, MORTO E AINDA CASADO! Como tais coisas podem ser ditas? Isso era o máximo da perseguição que uma mulher poderia fazer ao marido: ficar livre dele, reconhecendo-o morto no cadáver de um pobre afogado, e mesmo assim continuar pesando sobre seus ombros depois da morte... Claro que eu poderia me rebelar declarando-me vivo, então... Mas quem no meu lugar não teria se comportado como eu? Todos, todos naquelas circunstâncias teriam se considerado afortunados com a possibilidade de se livrar, de forma tão inesperada e impensável, da mulher, da sogra, das dívidas, de uma existência doentia e miserável como a minha. Eu poderia imaginar que nem morto me livraria da mulher? Ela sim, de mim, mas não eu dela? E que a vida que eu enxergara livre, livre, livre à minha frente, não fosse mais que uma ilusão, que não se transformaria em realidade, senão muito superficialmente, e mais escrava do que nunca, escrava dos fingimentos, das mentiras que com tanto desgosto tinha sido obrigado a usar, escrava do medo de ser descoberto mesmo sem ter cometido nenhum crime?

Adriana sabia que não tinha em casa nenhum motivo real para ser feliz, mas agora... Com os olhos e com um sorriso triste, perguntou se realmente podia representar um obstáculo para mim o que para ela era motivo de dor: "Não pode, não é mesmo?", pediam seu olhar e aquele sorriso triste.

— Ah, mas vamos pagar ao doutor Ambrosini! — exclamei fingindo me lembrar da conta e do mensageiro que estava à espera. Rasguei o envelope e rapidamente disse esforçando-me por assumir um tom de brincadeira: — Seiscentas liras! Veja só, senhorita Adriana: a Natureza faz um de seus costumeiros despropósitos, condenando-me por muitos anos a carregar um olho, vamos dizer, desobediente; suporto dores e prisão para corrigir o erro dela e agora ainda por cima sou obrigado a pagar. Parece justo?

Adriana sorriu penalizada.

— Provavelmente — disse —, o doutor Ambrosini não ficaria satisfeito se o senhor lhe dissesse para cobrar da Natureza. Creio que ele espera também que o senhor lhe agradeça, porque o olho...

— Acha que ficou bem?

Ela fez um esforço para me olhar e sussurrou, voltando a baixar os olhos:

— Sim... Parece outro...

— Eu ou o olho?

— O senhor.

— Talvez com esta barba comprida...

— Não... por quê? Fica-lhe bem...

Poderia ter arrancado aquele olho com um dedo! O que me importava tê-lo no lugar certo?

— É possível que ele estivesse mais contente antes — disse. — Agora me incomoda um pouco... Enfim, passará!

Fui até o armarinho embutido onde guardava o dinheiro. Adriana, então, fez menção de ir embora, mas eu, surpreso, a segurei. Como poderia prever o que viria a seguir? Em todas as minhas enrascadas, grandes ou pequenas, sempre fui auxiliado pela sorte, como se pode ver. E eis que ela, também dessa vez, veio me ajudar.

Ao tentar abrir o armarinho, percebi que a chave não girava na fechadura; forcei de leve e logo a porta cedeu: já estava aberta!

— Como! — exclamei. — Será possível que a deixei assim?

Ao notar a minha súbita perturbação, Adriana empalideceu. Olhei para ela e disse:

— Aqui... veja, senhorita, alguém tentou mexer aqui!

Dentro do armarinho havia uma grande desordem: minhas cédulas de dinheiro tinham sido tiradas da pasta de couro onde eu as guardava e estavam espalhadas na prateleira. Adriana escondeu o rosto com as mãos, horrorizada. Juntei febrilmente as cédulas e contei.

— Será possível? — exclamei depois de contar, passando as mãos trêmulas na testa gelada de suor.

Adriana esteve prestes a desmaiar, mas se apoiou numa mesinha ali próxima e perguntou numa voz que não parecia sua:

— Roubaram?

— Espere... espere... Será possível? — disse.

E recomecei a contar esfregando raivosamente os dedos sobre o papel como se com este gesto pudesse extrair daquelas cédulas as outras que faltavam.

— Quanto? — perguntou ela transtornada pelo horror, pelo asco, assim que terminei de contar.

— Doze... doze mil liras... — gaguejei. — Havia sessenta e cinco... agora têm cinquenta e três! Conte a senhorita mesmo...

Se eu não a amparasse a tempo, a pobre Adriana teria caído no chão como se tivesse levado uma pancada. Mas com um esforço enorme ela se recuperou e chorando convulsivamente procurou me evitar, dirigindo-se para a porta, enquanto eu tentava sentá-la na poltrona:

— Vou chamar papai! Vou chamar papai!

— Não! — gritei, segurando-a e obrigando-a a sentar. — Não fique tão agitada, por favor! Assim a senhorita piora a situação... Não quero! Não quero! O que ele tem a ver com isso? Por favor, fique calma! Deixe-me primeiro verificar porque... Sim, o armarinho estava aberto, mas eu não posso, não quero crer num furto tão grande... acalme-se, vamos!

Mais uma vez, num último escrúpulo, voltei a contar as notas. Mesmo sabendo com certeza que todo meu dinheiro estava guardado ali naquele armarinho, passei a revistar todo o quarto até nos lugares onde não era possível, de modo algum, que eu tivesse deixado tal soma, a não ser num ataque de insanidade. E, para justificar aquela procura que a cada momento me parecia mais vã e tola, esforçava-me por achar improvável a audácia do ladrão. Mas Adriana, quase delirando, com as mãos cobrindo o rosto e a voz interrompida por soluços, gemeu:

— É inútil, é inútil! Ladrão... ladrão, ladrão... Tudo maquinado, tudo...

Eu ouvi no escuro... Achei suspeito... Mas não quis acreditar que ele chegasse a esse ponto...

Papiano, sim: o ladrão só podia ser ele, através do irmão, durante as sessões espíritas...

— Mas por que — soluçou ela aflita —, por que o senhor guardava tanto dinheiro assim em casa?

Olhei para ela, desnorteado. O que responder? Podia dizer que era obrigado, na minha situação, guardar o dinheiro comigo? Podia dizer que estava impedido de investi-lo onde quer que fosse ou de confiá-lo a alguém? Que não poderia nem mesmo depositá-lo num banco porque se depois aparecesse alguma dificuldade para retirá-lo, não haveria modo de exercer tal direito?

E, para não parecer estúpido, fui implacável:

— Como eu poderia imaginar? — disse.

Adriana voltou a esconder o rosto nas mãos, gemendo transtornada:

— Meu Deus! Meu Deus! Meu Deus!

O medo que devia ter sentido o ladrão ao praticar o furto, invadiu-me só de pensar no que iria acontecer. Certamente, Papiano não podia imaginar que eu culpasse pelo furto o pintor espanhol ou o senhor Anselmo, a senhorita Caporale ou a criada da casa ou o espírito de Max. Devia saber que eu o culparia, ele e o irmão, e mesmo assim consumou o furto, quase me desafiando.

E eu? O que podia fazer? Denunciá-lo? Como? Nada, nada, nada, eu nada podia fazer! Mais uma vez, nada! Senti-me aterrado, aniquilado. Era a segunda descoberta naquele dia! Conhecia o ladrão e não podia denunciá-lo. Que direito tinha à proteção da lei? Eu estava fora de qualquer lei. Quem era eu? Ninguém! Eu não existia para a lei. Qualquer um podia me roubar e eu quieto!

Mas Papiano não podia saber isso tudo. E então?

— Como é que ele pôde fazer isso? — disse para mim mesmo. — Onde conseguiu tanta ousadia?

Adriana levantou a cabeça das mãos e me olhou surpresa, como dizendo: *"E você não sabe?"*.

— Ah, é! — fiz, compreendendo imediatamente.

— Mas o senhor o denunciará! — exclamou levantando-se. — Deixe-me, por favor, deixe-me chamar papai... Ele irá denunciá-lo imediatamente!

Contive-a novamente a tempo. Era só o que faltava agora: Adriana ainda por cima me obrigar a denunciar o furto! Não era suficiente que me houvessem roubado daquele jeito doze mil liras? Devia ainda temer que a denúncia fosse feita e pedir, implorar a Adriana que não falasse alto, que não contasse a ninguém, pelo amor de Deus? Qual nada! Adriana – compreendo perfeitamente agora – não podia absolutamente permitir que eu silenciasse e a obrigasse também ao silêncio; não podia em hipótese nenhuma aceitar aquilo que parecia generosidade minha por vários motivos: primeiro pelo seu amor, depois pela honra da sua casa e também por mim e pelo ódio que sentia pelo cunhado.

Mas naquela situação traumática, a sua justa revolta pareceu-me um pouco demasiada. Exasperado gritei:

— A senhorita vai ficar calada: é uma ordem! Não vai dizer nada a ninguém, compreende? Deseja um escândalo?

— Não, não! — apressou-se a protestar chorando, a pobre Adriana. — Quero libertar minha casa da infâmia desse homem!

— Mas ele vai negar! — argumentei. — E aí a senhorita, todos desta casa, frente ao juiz... Não entende?

— Sim, entendo muito bem! — respondeu Adriana, vibrando de indignação. — Pode negar, pode negar à vontade! Mas de nossa parte, temos muitas outras coisas, acredite, para revelar contra ele. O senhor pode denunciá-lo sem escrúpulos, não tema por nós... Creia que nos fará um bem, um grande bem! Vingará a minha pobre irmã... Compreenda, senhor Meis, que me ofenderia se não o fizesse. Eu quero, quero que o senhor o denuncie. Se o senhor não o fizer, eu mesma farei! Como quer que fiquemos, eu e meu pai, diante de uma vergonha dessas! Não, não, não! E tem mais...

Estreitei-a em meus braços. Vendo-a sofrer assim, aflita, desesperada, não pensei mais no dinheiro roubado e prometi que faria como ela desejava, desde que se acalmasse. Não, que vergonha? Não havia nenhuma vergonha para ela nem para seu papai. Eu sabia quem era o culpado do roubo. Papiano calculara que o meu amor por ela valesse pelo menos doze mil liras e eu deveria lhe demonstrar que não? Denunciá-lo? Estava muito bem, eu faria, não por mim, mas para livrar a sua casa daquele miserável; com uma condição: que ela antes de mais nada se acalmasse e não chorasse mais assim, vamos! vamos! E também me prometesse, por tudo o que lhe era sagrado no mundo, que não contaria a ninguém, ninguém mesmo, do furto antes que eu consultasse um advogado sobre todas as consequências que, sob aquela forte emoção, nenhum de nós dois podia prever.

— Promete? Por tudo o que lhe é mais sagrado?

Ela prometeu e com um olhar, entre lágrimas, fez-me entender o que lhe era mais sagrado.

Pobre Adriana!

Fiquei ali sozinho no meio do quarto, pasmo, vazio, aniquilado, como se o mundo todo tivesse se tornado inútil para mim. Quanto tempo passou antes que voltasse a mim? E como voltei? Bobo... Bobo!... Como um bobo fui olhar a porta do armarinho para ver se tinha algum sinal de arrombamento. Não, nenhum sinal, tinha sido aberto muito limpamente, com uma gazua, enquanto eu guardava com tanto cuidado a chave no bolso.

— *E o senhor não se sente* — perguntara Paleari ao final da última sessão —, *o senhor não se sente como se lhe tivessem tirado alguma coisa?*

Doze mil liras!

Outra vez a sensação da minha total impotência, da minha nulidade apossou-se de mim e me arrasou. Ser roubado e ser obrigado a ficar calado, até sentindo medo que o furto fosse descoberto, como se eu o tivesse praticado e não um ladrão, era coisa que eu jamais poderia imaginar.

Doze mil liras? É pouca coisa! Podem roubar-me tudo, até me tirar a roupa do corpo, e eu quieto! Que direito tenho de falar? A primeira pergunta que me fariam seria esta: "E o senhor quem é? De onde veio o dinheiro?". Mas se eu não fizer a denúncia... Vejamos... Se esta noite eu o agarro pelo pescoço e grito: "Devolva já o dinheiro que você tirou do armarinho, seu ladrão!". Ele reclama, nega, pode até dizer: "Sim, senhor, aqui está, peguei-o por engano..."? E aí? Mas pode ser que dê queixa por difamação! Quieto portanto, quieto! Eu não achava uma sorte terem me julgado morto? Pois bem, estou morto de verdade. Morto? Pior do que morto, me lembrou o senhor Anselmo: os mortos não devem mais morrer, mas eu sim. Eu ainda estou vivo para a morte e morto para a vida. De fato, que vida pode ser esta minha? O mesmo tédio, a solidão, a companhia de mim mesmo?

Ocultei o rosto nas mãos e me joguei na poltrona.

Ah, se pelo menos eu tivesse sido um sem-vergonha! Talvez tivesse podido me conformar em ficar assim, suspenso na incerteza do meu destino, abandonado ao acaso, exposto a um risco contínuo, sem sustentação, sem consistência. Mas eu? Eu, não. Então, o que fazer? Ir embora? Para onde? E Adriana? Mas o que eu podia fazer por ela? Nada... nada... Como ir embora assim sem nenhuma explicação depois de tudo o que havia acontecido? Ela encontraria a causa naquele furto e diria: "Por que ele quis salvar o culpado e punir a mim, que sou inocente?". Ah, não, não, pobre Adriana! Mas, por outro lado, já que não posso fazer nada, como fazer com que meu papel em relação a ela seja menos perverso? Eu estava obrigado a me mostrar irresponsável e cruel. A irresponsabilidade e a crueldade eram partes do meu próprio destino e era eu quem as sentia primeiro. Até mesmo Papiano, o ladrão, ao praticar o furto fora mais responsável e menos cruel do que eu gostaria de ser.

Ele queria Adriana para não devolver ao sogro o dote da primeira esposa. Eu quisera tirar-lhe Adriana? Então, eu que devolvesse o dote ao Paleari.

Para um ladrão, isso é muito coerente!

Ladrão? Nem ao menos ladrão, porque o furto, no fundo, teria sido mais aparente que real. De fato, conhecendo a honestidade de Adriana, ele não podia pensar que eu quisesse fazer dela minha amante; decerto queria fazê-la minha esposa; e assim, eu teria o meu dinheiro de volta na forma de dote de Adriana, e ainda por cima teria uma mulherzinha sensata e generosa. O que mais eu podia querer?

Oh, eu tinha a certeza de que se pudesse esperar e se Adriana conseguisse forças para guardar segredo, certamente obteríamos de Papiano a promessa de devolver, mesmo antes do ano de prazo, o dote da finada mulher.

É verdade que esse dinheiro não viria mais para as minhas mãos porque Adriana não podia ser minha, mas iria para as dela, se agora soubesse calar seguindo o meu conselho, e se eu pudesse ficar ali ainda por algum tempo. Muito hábil, eu deveria ser muito hábil e com isso Adriana quem sabe conseguiria a devolução do seu dote, senão mais.

Com esses pensamentos, ao menos por ela, tranquilizei-me um pouco. Ah, não por mim! Por mim ainda restava a crueza da fraude descoberta, da minha ilusão diante da qual o furto de doze mil liras era até um bem, se resultasse em benefício para Adriana.

Eu me vi excluído para sempre da vida sem possibilidade de retorno. Com esse luto no coração depois daquela experiência, eu partiria agora daquela casa que já me acostumara, na qual encontrara um pouco de paz, e quase fizera o meu abrigo. E voltaria para as ruas, sem objetivo, sem finalidade, no vazio. O medo de cair novamente nas armadilhas da vida me conservaria mais longe ainda dos homens, sozinho, sozinho, completamente sozinho, desconfiado, sombrio, e o suplício de Tântalo[64] seria renovado em mim.

Saí de casa como um louco. Depois de algum tempo, encontrei-me na via Flaminia, perto de Ponte Molle. O que fora fazer ali? Olhei em volta e

---

[64] Na mitologia grega, Tântalo foi um rei da Frígia ou da Lídia que roubou os manjares divinos e serviu aos deuses a carne do próprio filho Pélops num festim. Como castigo foi lançado ao Tártaro, onde, num vale abundante em vegetação e água, foi sentenciado a não poder saciar sua fome e sede, visto que, ao se aproximar da água esta escoava e ao se erguer para colher os frutos das árvores, os ramos se afastavam. A expressão "suplício de Tântalo" refere-se ao sofrimento daquele que deseja algo aparentemente próximo, porém inalcançável.

então os olhos fixaram-se na sombra do meu corpo. Fiquei durante algum tempo a contemplá-la. Finalmente, movi raivosamente um pé sobre ela. Mas não, eu não podia pisotear a minha sombra.

Quem de nós dois era mais sombra? Ela ou eu?

Duas sombras!

Bem ali no chão, quem quisesse podia passar por cima, esmigalhar minha cabeça, meu coração, e eu quieto, a sombra, quieta.

A sombra de um morto: esta era a minha vida...

Passou um carro e eu fiquei ali parado de propósito: primeiro o cavalo com as quatro patas, depois as rodas do carro.

"Isso mesmo! com força, no pescoço! Ah, você também, cachorrinho? Vamos lá, faça logo, sim: levante a patinha! levante a patinha!"

Estourei numa gargalhada cruel; o cachorrinho fugiu assustado; o cocheiro virou-se para me olhar. Então me mexi e a sombra veio comigo, na minha frente. Por divertimento apressei o passo para lançá-la debaixo de outros carros, debaixo dos pés dos passantes. Uma maldosa agitação tomara conta de mim quase me prendendo fisicamente. Por fim, não pude mais ver aquela sombra na minha frente, desejava arrancá-la dos meus pés. Virei-me e lá estava ela, atrás de mim.

"Se eu começar a correr," pensei, "ela me seguirá!".

Passei a mão na testa com força com medo de estar ficando louco, de transformar aquilo numa obsessão. Mas, era isso mesmo! O símbolo, o fantasma da minha vida era aquela sombra: eu era esse aí no chão, à mercê dos pés dos outros. Era o que restava de Mattia Pascal, falecido na *Stìa:* sua sombra pelas ruas de Roma.

A sombra tinha um coração, mas não podia amar; tinha dinheiro, mas qualquer um podia roubá-lo; tinha uma cabeça, apenas para pensar e compreender que era a cabeça de uma sombra e não a sombra de uma cabeça. Nada mais que isso!

Nesse momento, a senti como algo vivo e sofri por ela, como se o cavalo e as rodas do carro e os pés dos passantes a tivessem de fato despedaçado. Não quis mais deixá-la ali, exposta no chão. Passou um bonde, peguei-o.

Voltando para casa...

XVI
O retrato de Minerva

Antes que me abrissem a porta, adivinhei que algo sério devia ter acontecido em casa. Ouvia Papiano e Paleari gritarem. A senhorita Caporale, muito alterada, veio ao meu encontro:

— Então é verdade? Doze mil liras?

Recuei arquejante e sem rumo. Naquele momento, Scipione Papiano, o epiléptico, cruzou a saleta de entrada, descalço, segurando os sapatos na mão, muito branco, sem paletó, enquanto o irmão gritava lá dentro:

— Então denuncie! Denuncie!

Fui tomado imediatamente de violenta irritação contra Adriana, que apesar da proibição e da promessa, tinha falado.

— Quem foi que disse? — gritei à Caporale. — Não é verdade! Já encontrei o dinheiro.

A Caporale olhou para mim, surpresa:

— O dinheiro? Já o encontrou? Verdade? Deus seja louvado! — exclamou levantando os braços e correu, seguida por mim, para anunciar exultante na sala de jantar, onde Papiano e Paleari gritavam e Adriana chorava: — Encontrou! Encontrou! Aqui está o senhor Meis! Encontrou o dinheiro!

— Como?

— Encontrou?

— Será possível?

Todos os três ficaram espantados. Adriana e o pai, com as faces afogueadas, e Papiano, ao contrário, lívido e contrafeito.

Olhei-o por um instante. Eu devia estar mais pálido do que ele, e tremia inteiro. Ele baixou os olhos, parecendo aterrorizado, e deixou escapar das mãos o paletó do irmão. Fui até ele e bem de perto lhe estendi a mão.

— Peço mil desculpas ao senhor e a todos... Queiram me desculpar — disse.

— Não! — gritou Adriana indignada, mas logo cobriu a boca com o lenço.

Papiano olhou para ela e não ousou estender-me a mão. Então repeti:

— Desculpe... — estendi mais ainda a mão e senti que a dele tremia. Parecia a mão de um morto, seus olhos, sombrios e quase apagados, também pareciam os de um morto.

— Sinto muito realmente — acrescentei — pela confusão, pelo grave desgosto que causei sem querer...

— Mas não... isto é, sim... realmente — balbuciou Paleari —, sim, era uma coisa que... não podia ser, ora bolas! Estou muito contente, senhor Meis, estou mesmo muito contente que o senhor tenha encontrado esse dinheiro, porque...

Papiano respirou profundamente, passou as mãos na testa suada e na cabeça e, dando-nos as costas, olhou na direção da varanda.

— Fiz como aquele outro... — continuei, forçando-me a sorrir. — Procurava o burro e estava sentado nele. As doze mil liras estavam aqui na carteira comigo.

Nessa altura Adriana não suportou mais:

— Mas se o senhor — disse — verificou tudo na minha presença, até a carteira, o armarinho...

— Sim, senhorita — interrompi com fria e severa firmeza. — Mas verifiquei mal, é óbvio, já que as encontrei... Aliás, peço desculpas à senhorita especialmente, que por causa de minha precipitação teve de sofrer mais do que os outros. Mas espero que...

— Não! Não! Não! — gritou Adriana, caindo em choro e saindo precipitadamente da sala, seguida pela Caporale.

— Não entendo... — disse Paleari desorientado.

Papiano virou-se furioso:

— Mesmo assim vou-me embora hoje... Parece que agora já não há necessidade de... de...

Interrompeu-se como se tivesse perdido o fôlego. Dirigiu-se a mim, mas não teve a coragem de olhar-me no rosto:

— Eu... Eu não pude, acredite, nem dizer não... Quando eles me... acusaram... Fui procurar meu irmão que... na sua inconsciência... doente como é... irresponsável, isto é, creio... quem sabe! podia-se pensar que... Trouxe-o até aqui... Uma cena selvagem! Fui obrigado a despi-lo... revistá-lo... por toda parte... nas roupas, até nos sapatos... E ele... Oh!

Nesse momento, o choro veio-lhe à garganta, os olhos encheram-se de lágrimas e sufocado pela aflição, acrescentou:

— Então viram que... claro, se o senhor... Depois disto, vou-me embora!

— Não! De modo algum! — disse. — Por minha culpa? O senhor deve ficar aqui! Se alguém tem de ir embora, sou eu!

— Mas o que está dizendo, senhor Meis? — exclamou Paleari, desgostoso.

Mesmo Papiano, impedido pelo choro que não conseguia dominar, negou com a mão e disse:

— Eu precisava... Precisava mesmo ir embora. Aliás, tudo isto aconteceu porque eu... assim, inocentemente... disse que queria ir embora, por causa de meu irmão que não pode mais ficar em casa... O marquês deu-me – tenho-a aqui – uma carta para o diretor de uma casa de saúde em Nápoles, para onde devo ir também por causa de outros documentos que ele precisa... E então minha cunhada, que tem pelo senhor... merecidamente, muita... muita consideração... veio dizer que ninguém devia sair de casa... que todos tínhamos de ficar aqui... porque o senhor... não sei... descobrira... Disse para mim! o próprio cunhado!... disse justamente para mim... talvez porque eu, pobre mas honrado, ainda tenho dívidas aqui com meu sogro...

— Mas porque pensar nisso agora! —, interrompeu Paleari.

— Não! — reafirmou orgulhosamente Papiano. — Penso sim! penso muito, não tenha dúvida! E se vou embora... Pobre, pobre, pobre Scipione!

Não conseguindo mais se conter, caiu num choro convulsivo.

— Bem — disse Paleari, desconcertado e comovido — o que importa agora?

— Meu pobre irmão! — prosseguiu Papiano. Sua sinceridade parecia tão grande que eu quase me comovi profundamente.

Interpretei aquele arrependimento momentâneo como remorso com relação ao irmão, em quem ele jogaria a culpa do furto caso eu o tivesse denunciado e a quem, pouco antes, obrigara a sofrer a humilhação da revista.

Ninguém melhor do que ele sabia que eu não podia ter encontrado o dinheiro que ele me roubara. Minha inesperada declaração, que o salvara no exato momento em que se vendo perdido acusava o irmão ou pelo menos dava a entender — de acordo com planos preestabelecidos — que somente ele podia ser o autor do furto, o tinha deixado completamente arrasado. Agora chorava por uma necessidade irrefreável de desafogar a alma tão fortemente abatida, e também porque talvez sentisse que só podia ficar diante de mim assim, chorando. Com o pranto ele se humilhava perante mim, quase se ajoelhava a meus pés, mas com a condição de que eu mantivesse minha afirmação, ou seja, de que havia reencontrado o dinheiro, mas se eu me aproveitasse da humilhação e voltasse atrás, ele me atacaria furioso. Ele — subentendia-se — não sabia e não devia saber nada do furto e eu, com a minha afirmação, salvava apenas o seu irmão, que afinal das contas, se denunciado, talvez não viesse a sofrer nada, graças à sua enfermidade. De sua parte, ele dava a entender que se comprometia a devolver o dote ao Paleari.

Tudo isto era o que parecia significar seu choro. Atendendo aos meus apelos e aos do senhor Anselmo, ele finalmente se acalmou. Disse que retornaria de Nápoles assim que colocasse o irmão na casa de saúde, tivesse *recebido sua parte numa certa loja que recentemente abrira lá em sociedade com um amigo* e terminado as pesquisas dos documentos que o marquês havia pedido.

— A propósito — concluiu dirigindo-se a mim —, estava esquecendo! O senhor marquês disse que se for do seu agrado, hoje... junto com meu sogro e Adriana...

— Ah, sim, muito bem! — exclamou o senhor Anselmo, sem deixar que ele terminasse. — Vamos todos... Ótimo! Acho que agora temos um motivo para ficar alegres, ora bolas! O que acha, senhor Adriano?

— Por mim... — fiz eu, abrindo os braços.

— Então, por volta das quatro... Está bem? — sugeriu Papiano, enxugando definitivamente os olhos.

Fui para o meu quarto. Meu pensamento dirigiu-se imediatamente para Adriana que saíra chorando após o meu desmentido. E se agora ela viesse me pedir uma explicação? Claro que ela também não acreditava que eu tivesse de fato reencontrado o dinheiro. O que ela devia estar pensando? Que eu, ao negar o furto daquele modo, queria castigá-la por ter quebrado o juramento. Mas por quê? Evidentemente porque eu ficara sabendo pelo advogado a quem dissera que recorreria para pedir conselho antes de denunciar o furto que ela e todos daquela casa também seriam responsabilizados. Mas ela não havia dito que enfrentaria o escândalo de bom grado? Sim, mas eu — era claro — eu não quisera: preferira renunciar às doze mil liras... Sendo assim, ela devia considerar aquilo generosidade de minha parte, sacrifício por amor a ela? Aí estava mais uma mentira a que me forçava a minha condição: mentira revoltante, que me engrandecia com uma requintada, delicadíssima prova de amor, atribuindo-me uma generosidade muito maior do que ela jamais pediu ou desejou.

Mas não! Não! Não! Que fantasias eram essas? Eu deveria chegar a conclusões bem diferentes seguindo a lógica daquela mentira necessária e inevitável. Que generosidade! que sacrifício! que prova de amor! Eu podia continuar enganando por mais tempo a pobre menina? Eu devia sufocar, sufocar a minha paixão e não dirigir nem mais um olhar, nem mais uma palavra de amor a Adriana. E aí? Como ela conseguiria juntar a minha aparente generosidade com a reserva que a partir de agora eu me imporia diante dela? Eu era obrigado a me aproveitar do furto que ela revelara contra a minha vontade, e eu desmentira para romper minhas relações com ela. Mas que lógica era essa? Das duas, uma: se eu fora vítima do furto, por que razão não denunciava o ladrão, sabendo quem era, e ainda por cima retirava-lhe o meu amor, como se ela também fosse culpada? Se eu havia de fato reencontrado o dinheiro, por que não continuava a amá-la?

Fui sufocado pela náusea, pela raiva, pelo ódio por mim mesmo. Se ao menos eu tivesse podido lhe dizer que não era generosidade, que eu não podia de jeito nenhum denunciar o furto... Mas aí eu deveria dar-lhe uma explicação... O meu dinheiro seria roubado? Era algo que ela poderia supor... Ou devia dizer que eu era um homem perseguido, um fugitivo que precisava viver na sombra e não podia ligar o seu destino ao de nenhuma mulher? Mais mentiras à pobre menina... Mas, por outro lado, eu podia contar a verdade que agora parecia inverossímil para mim mesmo, uma fábula absurda, um sonho insensato? Para não mentir mais uma vez devia confessar que mentira sempre? Era aonde eu chegaria revelando a minha situação. E com que proveito? Não seria nem desculpa para mim, nem solução para ela.

Todavia, indignado, desesperado como estava naquele momento, talvez tivesse confessado tudo a Adriana, se ela em vez de mandar a Caporale tivesse vindo pessoalmente ao meu quarto para explicar por que faltara ao juramento.

Eu já conhecia a razão, o próprio Papiano me contara. A Caporale acrescentou que Adriana estava inconsolável.

— E por quê? — indaguei, com indiferença forçada.

— Porque não acredita — respondeu — que o senhor tenha achado o dinheiro de verdade.

Foi quando me surgiu a ideia (que aliás estava de acordo com as condições da minha alma, com a náusea que sentia de mim mesmo), a ideia de fazer com que Adriana perdesse toda e qualquer consideração por mim, que deixasse de me amar, mostrando-me falso, duro, volúvel, interesseiro... Assim eu me castigaria do mal que lhe causara. No momento eu lhe causaria um novo mal que seria para o seu próprio bem, para curá-la.

— Não acredita? Como não? — disse à Caporale, com um sorriso maldoso. — Doze mil liras, senhorita... por acaso são areia? Ela acha que eu estaria tão tranquilo caso tivessem sido realmente roubadas?

— Mas Adriana me disse... — tentou intervir.

— Bobagens! Bobagens! — cortei. — É verdade, veja... suspeitei durante um instante... mas também disse à senhorita Adriana que não achava possível o furto... E de fato! Aliás, que motivo eu teria para dizer que achei o dinheiro, se não o tivesse realmente achado?

A senhorita Caporale encolheu os ombros.

— Pode ser que Adriana pense que o senhor pode ter algum motivo para...

— Não! Não! — apressei-me em interrompê-la. — Repito senhorita, são doze mil liras. Fossem trinta, quarenta liras, vá lá... Não tenho ideias tão generosas, acredite... Que diabos! Só mesmo sendo um herói...

Quando a senhorita Caporale saiu para contar a Adriana o que eu havia dito, torci as mãos e as mordi. Deveria mesmo comportar-me assim? Aproveitar-me do furto como se com o dinheiro roubado quisesse pagá-la, compensá-la pelas esperanças frustradas? Ah, como era vil esta minha atitude! Decerto ela gritaria de raiva e me desprezaria... sem entender que a sua dor era também a minha. Era como devia ser! Ela deveria me odiar, desprezar-me, como eu me odiava e desprezava. Para aumentar ainda mais seu ódio contra mim, para fazer crescer o seu desprezo, a partir de agora eu me mostraria muito atencioso com Papiano, com o seu inimigo, como que para compensá-lo, aos olhos dela, da suspeita que lançara contra ele. Sim, sim, confundiria também o meu ladrão, sim, até todos acreditarem que eu estava louco... E mais, ainda mais: não estávamos para ir à casa do marquês Giglio? Muito bem, começaria naquele mesmo dia a flertar com a senhorita Pantogada...

— Adriana, assim você me desprezará ainda mais! — gemi, jogando-me na cama. — O que mais posso fazer por você?

Pouco depois das quatro, o senhor Anselmo veio bater à porta do meu quarto.

— Já vou — disse vestindo o sobretudo. — Estou pronto.

— O senhor vai assim? — perguntou Paleari, olhando-me surpreso.

— Por quê?

Percebi então que tinha ainda na cabeça o boné que costumava usar dentro de casa. Enfiei-o no bolso e tirei o chapéu do cabide enquanto o senhor Anselmo ria, ria, como se ele...

— Aonde vai, senhor Anselmo?

— Veja só como eu ia saindo! — respondeu rindo e apontando para os chinelos nos pés. — Vá indo, vá indo, Adriana está esperando...

— Ela também vai? — perguntei.

— Não queria — disse Paleari, dirigindo-se para o seu quarto. — Mas a convenci. Vá, ela está na sala de jantar, já pronta...

A senhora Caporale me recebeu com um duro olhar de reprovação! Ela, que tanto sofrera por amor e tantas vezes fora consolada pela suave menina até então desconhecedora desses males, queria agora, agradecida e dedicada, consolá-la também, já que Adriana sofria e estava ferida. Ela se revoltava contra mim porque lhe parecia injusto que eu fizesse sofrer uma criatura tão boa e tão bela. Ela sim, não era bela nem boa, e se os homens eram maldosos com ela, podiam ter ao menos uma sombra de desculpa. Mas por que fazer Adriana sofrer tanto?

Foi o que me disseram seus olhos convidando-me a olhar aquela que eu fazia sofrer.

Como estava pálida! Ainda se percebia o pranto em seus olhos. Quanto lhe custara, naquela aflição, ter de se vestir para sair comigo...

Apesar do estado de espírito com que me dirigi a essa visita, a figura e a casa do marquês Giglio d'Auletta despertaram em mim certa curiosidade.

Eu sabia que ele vivia em Roma porque agora não havia outra saída para a restauração do reino das Duas Sicílias senão a luta pela vitória do poder temporal do Papa: devolvida Roma ao pontífice, a unidade da Itália desmancharia e então... quem sabe! O marquês não queria arriscar profecias. No momento, seu papel estava bem definido: lutar sem quartel, no campo clerical. E sua casa era frequentada pelos mais intransigentes prelados da Cúria, pelos paladinos mais ardorosos do partido negro.[65]

Nesse dia, porém, não encontramos ninguém no amplo salão esplendidamente decorado. Ou melhor, no meio do salão havia um cavalete apoiando uma tela semiacabada que pretendia ser o retrato de Minerva, a cadelinha preta de Pepita, deitada numa poltrona toda branca, a cabeça apoiada nas duas patinhas da frente.

— Obra do pintor Bernaldez — anunciou gravemente Papiano, como se estivesse fazendo uma apresentação que nos obrigava a uma profunda reverência.

Entraram inicialmente Pepita Pantogada e a governanta, senhora Cândida.

[65] O "partido negro" faz referência aos *guelfi neri* do século XIV, ou seja, à velha aristocracia fiel ao Estado Pontifício que lutava contra o poder imperial (*ghibelini*).

Já tinha visto as duas na semiescuridão do meu quarto, mas ali na sala iluminada a senhorita Pantogada pareceu-me outra. Não em tudo, é verdade, mas no nariz... Será que ela tinha esse nariz na minha casa? Eu a imaginara com um narizinho arrebitado, atrevido, agora o percebia aquilino e robusto. Mas era bonita mesmo assim: morena, olhos brilhantes, cabelo reluzente, muito preto e ondulado, lábios finos e rubros, bem demarcados, intensos. O vestido escuro, debruado de branco, caía perfeitamente no seu corpo esbelto e formoso. A suave beleza loura de Adriana empalidecia diante dela.

E finalmente pude entender o que a senhora Cândida trazia na cabeça! Uma magnífica peruca loura, cacheada, e sobre a peruca um grande lenço de seda azul-celeste, ou melhor, um xale amarrado artisticamente sob o queixo. A moldura era tão vívida quanto o esquálido rostinho magro e caído, pintado, maquiado, rebocado.

No entanto, Minerva, a velha cachorrinha, com seus latidos roucos forçados, não permitia a troca de cumprimentos. O pobre bichinho não latia para nós, mas para o cavalete e para a poltrona branca, que deviam ser instrumentos de tortura para ela. Era o protesto e o desabafo de uma alma desesperada. Se pudesse, gostaria de pôr para correr do salão aquela maldita engenhoca com três pernas compridas, mas já que ela ficava ali imóvel e ameaçadora, recuava latindo e depois avançava contra ela, mostrando os dentes, e tornava a recuar furiosa.

Pequena, atarracada, gorda, com quatro patinhas muito finas, Minerva era de fato desajeitada; os olhos já embaçados pela velhice e pelos grisalhos na cabeça; nas costas, perto da junção do rabo, era toda despelada de tanto se coçar furiosamente nas estantes, nas travessas das cadeiras, onde quer que o conseguisse. Isso eu já sabia.

De repente, Pepita agarrou-a pelo pescoço e a jogou nos braços da senhora Cândida, gritando:

— Quieta!

Entrou em passos rápidos dom Ignazio Giglio d'Auletta. Curvo, quase partido ao meio, correu para a sua poltrona perto da janela e — assim que sentou — colocou a bengala entre as pernas, respirou fundo e sorriu do seu cansaço mortal. O rosto fatigado, todo coberto de rugas verticais, barbeado, era de uma palidez cadavérica, contrastando com os olhos muito vivos, ardentes, quase juvenis. Caíam-lhe estranhamente nas faces e nas têmporas longas madeixas de cabelos que pareciam línguas de cinzas molhadas.

Recebeu-nos com muita cordialidade, falando num sotaque napolitano acentuado. Em seguida, pediu ao seu secretário que me mostrasse as inúmeras recordações espalhadas pelo salão que atestavam sua lealdade à dinastia dos Bourbons. Ao nos aproximarmos de um pequeno quadro coberto com um paninho verde, onde estava bordada a ouro esta legenda: *"Não escondo; protejo; levante-me e leia"*, ele pediu para Papiano tirar o quadro da parede e o levar até ele. Por baixo, protegida pelo vidro e emoldurada, havia uma carta de Pietro Ulloa[66] que em setembro de 1860, ou seja, nas últimas convulsões do reino, convidava o marquês Giglio d'Auletta para participar do Ministério que acabou não se constituindo; ao lado, estava a minuta da carta de aceite do marquês: uma carta veemente que acusava todos os que haviam se recusado a assumir a responsabilidade do poder, naquele momento de enorme perigo e de opressiva confusão, diante do inimigo, o aventureiro Garibaldi[67] já quase às portas de Nápoles.

Lendo em voz alta esse documento, o velho inflamou-se e se comoveu tanto que, embora eu não concordasse com o que lia, ainda assim despertou-me admiração. Ele também havia sido um herói. Tive outra prova quando ele próprio fez questão de narrar a história de certo lírio de madeira dourada que também estava ali no salão. Na manhã de 5 de setembro de 1860, o rei saía do Palácio Real de Nápoles numa pequena carruagem aberta acompanhado pela rainha e dois cavalheiros da corte. Chegando a carruagem à via di Chiaia, foi obrigada a parar por causa de um congestionamento de carroças e carros diante de uma farmácia que tinha os lírios de ouro na tabuleta. Uma escada, apoiada na tabuleta, impedia o trânsito. Alguns operários, em cima da escada, tiravam os lírios da tabuleta. O rei percebeu e apontou para a rainha aquele ato de covarde cautela do farmacêutico, o mesmo que em outros tempos havia solicitado a honra de colocar na fachada de sua loja aquele símbolo real. Naquele instante, ele, o marquês d'Auletta, passara por lá. Indignado, furioso, precipitara-se dentro da farmácia, agarrara o covarde pela gola do casaco, puxara-o para fora para mostrar o rei, depois cuspira na cara do farmacêutico e, brandindo um dos lírios retirados da tabuleta, começara a gritar no meio da multidão: "Viva o rei!".

O lírio de madeira ali no salão recordava-lhe agora aquela triste manhã de setembro e um dos últimos passeios do seu soberano pelas ruas de Nápoles. Ele se orgulhava daquele lírio quase tanto quanto da *chave de ouro* de cavalheiro da câmara ou da insígnia de cavaleiro de São Januário[68] e muitas

[66] Pietro Callà Ulloa (1802-1874): político fiel aos Bourbons, organizou um ministério de emergência na tentativa de conter as tropas de Garibaldi que estavam às portas de Nápoles.

[67] Giuseppe Garibaldi (1807-1882): líder da luta pela unificação da Itália, conquistou o Reino das Duas Sicílias e lutou contra o papado.

outras honrarias à mostra no salão, sob dois grandes retratos a óleo de Fernando e Francisco II.[69]

Pouco depois, para realizar meu malvado objetivo, deixei o marquês com Paleari e Papiano e me aproximei de Pepita.

Logo percebi que ela estava muito nervosa e impaciente. Antes de mais nada quis saber as horas.

— *Quatro e meia? Bem! Bem!*

Que fosse quatro e meia, certamente não lhe agradou. Concluí isso daquele *"Bem! Bem!"* dito por entre os dentes e do volúvel e quase agressivo discurso que iniciou pouco depois contra a Itália, especialmente contra Roma, tão cheia de si por causa do seu passado. Entre outras coisas, disse-me que eles também, lá na Espanha, tinham um Coliseu como o nosso, da mesma antiguidade, mas que não se importavam nem um pouco com isso.

— *Pedra morta!*

Para eles, valia infinitamente mais uma *plaza de toros.* Sim, e para ela em particular, mais do que todas as obras-primas da arte antiga, valia o retrato de Minerva do pintor Manuel Bernaldez que demorava a chegar. A impaciência de Pepita era fruto disso e atingira o máximo. Estremecia ao falar, de tempos em tempos tocava rapidamente o nariz, mordia os lábios, abria e fechava as mãos e os olhos dirigiam-se constantemente para o lado da porta.

Por fim, o criado anunciou Bernaldez que apareceu vermelho, suado, como se tivesse corrido. Pepita virou-lhe as costas imediatamente esforçando-se por adotar uma atitude fria e desdenhosa, mas, quando ele, após cumprimentar o marquês, aproximou-se de nós, ou melhor, dela, e falando na sua língua pediu desculpas pela demora, ela não conseguiu mais se conter e respondeu vertiginosamente:

— *Para começar, o senhor fale italiano porque estamos em Roma e estes cavalheiros não entendem o espanhol, e não me parece educado o senhor falar comigo em espanhol. Além disso, digo-lhe que não me importa nada o seu atraso e que o senhor podia poupar as desculpas.*

Constrangido, ele sorriu nervosamente e fez uma mesura; depois perguntou se podia retomar o retrato, já que ainda havia um pouco de luz.

— *Fique à vontade!* — respondeu ela, com o mesmo ar e tom. — *O senhor*

---

[68] São Januário é o patrono da cidade de Nápoles e do reino das Duas Sicílias. Era bispo e foi decapitado em 305.

[69] Trata-se dos dois últimos reis das Duas Sicílias; o primeiro viveu de 1810 a 1859, o outro, de 1836 a 1894.

pode pintar sem mim ou também apagar o que pintou, como achar melhor.

Manuel Bernaldez fez outra mesura e se dirigiu à senhora Cândida que estava segurando a cachorrinha no colo.

Recomeçou então o suplício de Minerva. Mas suplício bem mais cruel foi aplicado ao seu algoz: Pepita, para castigá-lo pela demora, começou a se exibir para mim com tamanho coquetismo, que mesmo para os meus planos me pareceu exagerada. Olhando disfarçadamente para Adriana, eu notava o quanto ela sofria. Desse modo, o suplício não era apenas para Bernaldez e para Minerva, era também para ela e para mim. Sentia o rosto em chamas, como se pouco a pouco me embriagasse pelo despeito que sabia estar provocando no pobre rapaz, o qual, no entanto, não me causava a menor pena. Pena mesmo eu sentia somente de Adriana e já que devia fazê-la sofrer, não me importava que ele sofresse a mesma dor. Aliás, quanto mais ele sofria dessa dor, menos me parecia que Adriana sofresse. Pouco a pouco, a violência que cada um de nós praticava contra si mesmo foi crescendo e atingiu tal ponto que era preciso explodir de alguma maneira.

Quem deu o pretexto foi Minerva. Nesse dia, não estando sujeita pelo olhar da sua jovem dona, sempre que o pintor tirava os olhos de cima dela para voltar para a tela, ela saía da pose de mansinho, colocava as patinhas e o focinho no vão entre as costas e o assento da poltrona como se quisesse se enfiar e esconder ali, mostrava ao pintor o traseiro inteiramente descoberto como um O e abanava o rabo erguido como se estivesse zombando. Várias vezes a senhora Cândida a havia recolocado no lugar. Enquanto esperava, Bernaldez bufava, captava uma ou outra palavra que eu dirigia a Pepita e a comentava resmungando com os seus botões. Mais de uma vez, ao notá-lo, estive a ponto de intimar: — Fale em voz alta! — Mas, no fim, ele não aguentou mais e gritou para Pepita:

— Por favor, faça pelo menos o bicho ficar quieto!

— *Bicho, bicho, bicho...* — saltou Pepita, agitando as mãos no ar, exaltadíssima. — *Pode ser bicho, mas isto não se diz.*

— Quem sabe o que ela compreende, coitadinha... — tentei como uma desculpa, dirigindo-me a Bernaldez.

Percebi, após dizê-la, que a frase podia ter um duplo sentido. Eu queria dizer: "Quem sabe o que ela imagina que estão lhe fazendo". Mas Bernaldez deu outra interpretação às minhas palavras e com extrema violência, fixando os olhos nos meus, rebateu:

— Aquilo que o senhor parece não entender!

Frente ao seu olhar firme e desafiante, no estado de excitação em que eu também me encontrava, não consegui deixar de responder:

— Mas eu entendo, meu senhor, que o senhor talvez seja um grande pintor...

— O que foi? — perguntou o marquês, notando a nossa atitude agressiva.

Bernaldez, perdendo totalmente o controle, levantou-se e veio se plantar na minha frente:

— Um grande pintor... Termine a frase!

— Um grande pintor, sim... mas pouco amável, assusta até as cachorrinhas — disse eu com resolução e desdém.

— Está bem — falou. — Veremos se assusto apenas as cachorrinhas!

E saiu.

De repente, Pepita prorrompeu num choro estranho, convulso, e caiu desfalecida nos braços da senhora Cândida e de Papiano.

Na confusão que se seguiu, enquanto eu e os outros olhávamos para a Pantogada deitada no sofá, senti agarrarem meu braço e me vi novamente frente a frente com Bernaldez que havia retornado. Mal tive o tempo de segurar-lhe a mão erguida contra mim e repeli-lo com força, mas ele se lançou mais uma vez na minha direção e roçou meu rosto com a mão. Furioso, parti para cima dele, mas Papiano e Paleari correram para me deter enquanto Bernaldez recuava gritando:

— Considere-se desafiado! Estou às suas ordens!... Aqui conhecem o meu endereço!

Tremendo, o marquês levantara-se parcialmente da poltrona e gritava contra o agressor. Eu me debatia entre Paleari e Papiano que me impediam de correr atrás dele. O marquês também tentou me acalmar dizendo que como cavalheiro eu devia mandar dois amigos para dar uma boa lição ao mal-educado que ousara desrespeitar sua casa.

Com o corpo inteiro tremendo, quase sem fôlego, logo após pedir desculpas pelo desagradável incidente, fui embora seguido por Paleari e Papiano. Adriana ficou com a desfalecida que fora levada para outro aposento.

Fui obrigado a pedir ao meu ladrão que servisse de testemunha, ele e Paleari. A quem mais eu poderia pedir?

— Eu? — exclamou, inocente e surpreso, o senhor Anselmo. — O quê! Não senhor! Está falando sério? — (e sorria). — Não entendo dessas coisas, senhor Meis... Vamos, vamos, são coisas da mocidade, besteiras, desculpe...

— O senhor fará isso por mim — gritei energicamente já que nesse momento não podia começar a discutir com ele. — O senhor irá com seu genro procurar aquele cavalheiro e...

— Não vou! O que o senhor está dizendo! — interrompeu. — Peça-me qualquer outra coisa e estarei às suas ordens, mas isso não, não é para mim, e depois como já disse, são coisas da mocidade! O senhor não deve dar importância... O que tem a ver?...

— Isso não, isso não! — interveio Papiano percebendo minha inquietação. — Tem muito a ver! O senhor Meis tem todo o direito de exigir uma satisfação. Eu diria até mesmo que é um dever, com certeza! Um dever...

— Então o senhor irá com um amigo seu — disse-lhe, não esperando que ele também recusasse.

Mas Papiano abriu os braços, muito aflito.

— Não imagina o quanto gostaria de poder fazê-lo!

— E por que não faz? — gritei bem alto no meio da rua.

— Calma, senhor Meis — implorou ele, humilde. — Veja bem... considere a minha infeliz condição de subalterno... de miserável secretário do marquês... um servo, um servo, um servo...

— E o que tem isso? O próprio marquês... não escutou ele dizer?

— Sim senhor! Mas e depois? Esse clerical... diante do partido... com o secretário metendo-se em questões cavalheirescas... Ah, meu Deus, o senhor não sabe que embrulhada! Sem contar aquela pequena namoradeira, não viu? está apaixonada como uma gata pelo pintor, aquele sem-vergonha... Amanhã eles fazem as pazes e eu, como fico? Pago o pato! Tenha paciência, senhor Meis, pense bem... É isso mesmo.

— Então, querem me abandonar numa emergência dessas? — cortei novamente, desesperado. — Não conheço ninguém aqui em Roma!

— ...Mas há uma solução! Uma solução! — apressou-se a me aconselhar Papiano. — E já explico... Tanto eu, quanto meu sogro, acredite, nos atrapalharíamos, não somos as pessoas indicadas... O senhor tem razão, vejo que está furioso: sangue não é água. Procure logo dois oficiais do exército real, eles não podem se negar a representar um cavalheiro como o senhor numa questão de honra. O senhor se apresenta, explica o seu caso... Não é a primeira vez que lhes acontece de prestar esse serviço a um forasteiro.

Tínhamos chegado ao portão de casa.

— Está bem! — disse a Papiano deixando-o ali com o sogro e seguindo sozinho, triste, sem direção.

Mais uma vez, assaltou-me a consciência esmagadora da minha total impotência. Podia bater-me em duelo na minha condição? Não queria ainda me convencer de que não podia fazer mais nada? Dois oficiais? Está bem. Mas antes eles iriam querer saber, com toda razão, quem eu era. Ah, eles até poderiam cuspir na minha cara, me esbofetear, me bater e eu deveria pedir que batessem forte, sim, o quanto quisessem, isso mesmo, mas sem gritar, sem fazer muito barulho... Dois oficiais! E se eu lhes contasse a minha verdadeira condição, pelo menos em parte, eles certamente não acreditariam e quem sabe o que poderiam suspeitar. Além disso, seria inútil para mim e para Adriana também. Mesmo que acreditassem, iriam me aconselhar, em primeiro lugar, a voltar a viver, pois um morto não está em devidas condições para cumprir o código cavalheiresco...

Sendo assim, eu devia me submeter à afronta, como já acontecera com o furto? Ofendido, quase esbofeteado, desafiado, devia partir como um covarde e desaparecer na escuridão do intolerável destino que me esperava, desprezível e odioso para mim mesmo?

Não, não! Como poderia continuar a viver? como suportar minha própria vida? Não, não, basta! basta! Parei. Vi tudo rodar à minha volta, senti faltarem as pernas ao surgir repentinamente um sentimento sombrio, que me provocou um frio na espinha.

"Mas ao menos antes, antes...", disse para mim mesmo, delirando, "ao menos antes, tentar... por que não? se fosse possível... Ao menos tentar. .. para não parecer tão covarde frente a mim mesmo... Se fosse possível... sentiria menos nojo de mim... De qualquer maneira, não tenho mais nada a perder... Por que não tentar?".

Estava a dois passos do Café Aragno. "Vá até lá, vá, corra o risco!" E na cega exaltação que me impulsionava, entrei.

Logo na primeira sala, estavam cinco ou seis oficiais de artilharia em torno de uma mesa, e como um deles me visse parar a seu lado, sombrio e hesitante, olhou para mim. Cumprimentei-o e disse com voz entrecortada pela aflição:

— Por favor... desculpe... Poderia falar com o senhor um momento?

Era um jovenzinho sem bigode, que devia ter saído nesse mesmo ano como primeiro-tenente da Academia Militar. Imediatamente ele se ergueu e se aproximou com muita cortesia.

— Pois não, fale cavalheiro...

— Bem, me apresento: Adriano Meis. Sou forasteiro e não conheço ninguém... Tive uma... uma discussão... Estou precisando de dois padrinhos... Não saberia a quem me dirigir... Se o senhor, com um de seus companheiros, pudesse...

Surpreso, perplexo, demorou-se um pouco me observando detalhadamente, em seguida, voltando-se para os companheiros, chamou:

— Grigliotti!

Tratava-se de um tenente mais velho, com um par de grandes bigodes pontudos, o monóculo encaixado à força num olho, o cabelo alisado e untado. Continuando a falar com os companheiros (pronunciava o *erre* à francesa), levantou-se e se aproximou de nós, fazendo um ligeiro e compassado cumprimento. Ao vê-lo levantar-se, estive a ponto de dizer ao tenentinho: "Esse não, por favor! Esse não!". Mas, como percebi depois, ninguém do grupo podia ser mais indicado do que ele. Sabia de cor e salteado todos os artigos do código cavalheiresco.

Seria demais relatar aqui nos mínimos detalhes tudo o que ele teve o prazer de me dizer sobre o meu caso e tudo o que queria que eu fizesse... eu devia telegrafar, não sei como, não sei a quem, explicar, determinar, ir falar com o coronel... *ça va sans dire...*[70] como ele mesmo havia feito, quando ainda não estava no exército e lhe acontecera, em Pavia, um caso semelhante ao meu... Porque, em matéria cavalheiresca... E tome artigos, casos anteriores, controvérsias e tribunais de honra e sei lá o que mais.

Começara a me sentir em brasas desde o momento em que o vira. Imaginem agora, ouvindo-o desembestar assim! A certa altura não resisti mais, o sangue subira-me à cabeça e o interrompi:

— Sim senhor! Entendi! Está tudo bem... O que o senhor diz é correto, mas como quer que telegrafe agora? Estou sozinho! Quero me bater em duelo, só isso! O quanto antes, amanhã mesmo, se possível... sem tantas histórias! Por que saber isso tudo? Procurei os senhores na esperança de que não fossem necessárias tantas formalidades, tantas ninharias, tantas tolices, o senhor me desculpe!

Após esse desabafo a conversa tornou-se quase uma discussão e terminou subitamente com uma explosão de gargalhadas de todos aqueles oficiais. Saí dali desconcertado, com o rosto ardendo como se me tivessem chicoteado. Segurei a cabeça com as mãos tentando segurar a razão que me fugia e, perseguido por aquelas gargalhadas, afastei-me correndo para me enfiar, me esconder em algum lugar... Onde? Em casa? A ideia causou-me horror. E andei, andei como um louco. Depois, pouco a pouco diminuí o passo e por fim, extenuado, parei como se não pudesse mais carregar minha alma, chicoteada pelo escárnio, trêmula e repleta de uma tétrica aflição. Fiquei paralisado por algum tempo, depois recomecei a andar sem pensar em mais nada, subitamente aliviado de todo o constrangimento, quase aturdido. Recomecei a vagar não sei por quanto tempo, parando num lugar e noutro para olhar as vitrines das

[70] *"É óbvio..."*. Em francês no original.

lojas que iam pouco a pouco fechando, e era como se fechassem para mim, para sempre; e as ruas lentamente se tornassem desertas para que eu ficasse sozinho, errante, por entre casas silenciosas, escuras, com todas as portas e janelas fechadas, fechadas para mim, para sempre: toda a vida fechava-se, extinguia-se, calava-se com a noite; e eu já a via longe, como se ela não tivesse mais nenhum sentido ou finalidade para mim. Ao final, sem perceber, meio conduzido pelo sombrio sentimento que invadira tudo e pouco a pouco tomara forma dentro de mim, acabei chegando à Ponte Margherita e me apoiei ao parapeito olhando o rio enegrecido pela noite com olhos arregalados.

— Ali?

Senti um calafrio de pavor que repentinamente fez emergir, num impulso raivoso, todas as minhas energias vitais armadas de um sentimento de ódio feroz contra aqueles que de longe me obrigavam a acabar lá no moinho da *Stìa*. Romilda e a mãe haviam-me colocado naquela constrição. Ah, eu nunca pensaria em inventar um suicídio para me livrar delas. E agora, após perambular durante dois anos como uma sombra, na ilusão de vida além da morte, via-me obrigado, forçado, arrastado pelos cabelos a executar sobre mim mesmo a condenação imposta por elas. Elas haviam realmente me matado! E as duas, somente as duas tinham se livrado de mim...

Fui sacudido por um tremor de rebelião. Não podia me vingar delas em vez de me matar? Quem eu estava para matar? Um morto... ninguém...

Parei, quase cego por uma estranha e inesperada luz. Vingança! Voltar para Miragno? Acabar com a mentira que me sufocava e já era insustentável? Voltar vivo para castigá-las, com meu verdadeiro nome, nas minhas verdadeiras condições, com minha verdadeira infelicidade? Mas e a atual infelicidade? Era possível ver-me livre dela como de um fardo desconfortável que se pode jogar fora? Não, não, não! Sentia que não podia fazê-lo. E delirava ali na ponte, incerto do meu destino.

Nesse meio tempo, eu apalpava no bolso do sobretudo, com dedos irrequietos, uma coisa que não conseguia saber o que era. Finalmente, num movimento de raiva, puxei-a para fora. Era o meu boné de viagem, o mesmo que ao sair de casa para ir visitar o marquês Giglio, colocara no bolso distraidamente. Estive para atirá-lo no rio, mas no mesmo instante surgiu-me uma ideia, uma reflexão feita durante a viagem de Alenga para Turim voltou clara à minha mente.

"Aqui neste parapeito..." — disse quase inconscientemente para mim mesmo — "o chapéu... a bengala... Sim! Como acontecera com Mattia Pascal lá no canal do moinho aconteceria aqui, agora, com Adriano Meis... Uma vez cada um! Volto a viver, vou me vingar!"

Um ímpeto de alegria, ou melhor, um impulso de insanidade tomou conta de mim, me aliviou. Sim, claro! Eu não devia me matar, estava morto, eu devia matar essa louca, absurda ficção que tinha me torturado, atormentado durante dois anos, esse tal de Adriano Meis, condenado a ser um covarde, um mentiroso, um miserável; eu devia matar esse Adriano Meis, que sendo um nome falso como era, deveria ter o cérebro de pano, o coração de papelão, as veias de borracha, onde no lugar de sangue deveria correr um pouco de tinta aguada: aí, sim! Vamos, jogue-se no rio, malvado e odioso fantoche! Afogado como Mattia Pascal! Uma vez cada um! Essa sombra de vida, uma espécie de mentira macabra acabaria dignamente assim, com uma mentira macabra! E tudo voltava ao lugar! Que outra satisfação eu poderia dar a Adriana pelo mal que lhe fizera? Eu devia ignorar a afronta daquele sem-vergonha? Ele havia me atacado à traição, o covarde! Ah, e eu estava certo de que não tinha medo dele. Quem recebera o insulto fora Adriano Meis e não eu. E agora Adriano Meis matava-se.

Não havia outra saída!

Um tremor tomou conta de mim como se eu tivesse de fato que matar alguém. O cérebro, porém, havia desanuviado repentinamente, o coração tornara-se mais leve e eu sentia uma espécie de alegre lucidez de espírito.

Olhei à minha volta. Suspeitei que do outro lado, no Lungotevere, pudesse haver alguém, algum guarda, que — vendo-me por tanto tempo na ponte — tivesse parado para me observar. Quis ter certeza e fui até lá, verifiquei primeiramente na Piazza della Libertà, depois pelo Lungotevere dei Mellini. Ninguém! Então retornei, mas antes de subir outra vez na ponte parei no meio das árvores, debaixo de um lampião; arranquei uma folha do bloco de notas e escrevi com o lápis: *Adriano Meis.* O que mais? Nada. O endereço e a data. Era o que bastava. Estava todo ali, Adriano Meis era aquele chapéu, aquela bengala. Deixaria o resto em casa, roupas, livros... O dinheiro, após o furto, carregava comigo.

Voltei para a ponte sorrateiramente, cabeça baixa. As pernas tremiam e o coração saltava no peito. Escolhi o lugar menos iluminado pelos lampiões e rapidamente tirei o chapéu, enfiei o bilhete dobrado na fita e coloquei-o no parapeito com a bengala ao lado; ajustei na cabeça o providencial boné de viagem que me salvara e saí dali procurando as sombras, como um ladrão, sem olhar para trás.

XVII
Reencarnação

Consegui chegar à estação a tempo de pegar o trem da meia-noite e dez para Pisa.

De posse da passagem, joguei-me num canto de um vagão de segunda classe e baixei a aba do boné até o nariz, mais para não ver do que para me esconder. Mas assim mesmo continuava a ver, em pensamento: tinha o pesadelo daquele chapéu e daquela bengala deixados no parapeito da ponte. Quem sabe alguém passando por lá nesse momento os percebesse... ou talvez algum guarda noturno já tivesse corrido à delegacia para dar queixa... E eu ainda estava em Roma? O que estavam esperando? Não conseguia nem respirar direito...

Finalmente, o trem partiu. Por sorte eu ficara sozinho no compartimento. Levantei-me num salto, ergui os braços e soltei um longo suspiro de alívio, como se me tivessem tirado um grande peso do peito. Ah! Voltava a estar vivo, a ser eu, eu, Mattia Pascal. Poderia gritar bem alto para todos: "Eu, eu, Mattia Pascal! Sou eu! Não morri! Estou aqui!". E não precisar mais mentir, não precisar mais ter medo de ser descoberto! Ainda não: enquanto não chegasse a Miragno... Chegando lá, devia antes de mais nada identificar-me, fazer com que me reconhecessem como vivo, ligar-me novamente às minhas raízes sepultadas... Louco! Como pudera me iludir de que um tronco cortado de suas raízes pudesse viver? E apesar de tudo, recordava-me de outra viagem, a de Alenga para Turim: eu me considerara feliz então, do mesmo modo que agora. Louco! A libertação! eu dizia... Aquilo me parecera libertação! Sim, com a capa de chumbo da mentira em cima! Uma capa de chumbo sobre uma sombra... Agora, teria novamente a mulher sobre mim, é verdade, e a sogra... Mas também não as tivera sobre mim quando morto? Ao menos eu estava vivo e sem medo... Ah, veremos!

Voltando a pensar na questão, parecia-me inverossímil a rapidez com que, dois anos antes, me lançara à aventura, colocando-me fora de toda e qualquer lei. E tornava a me ver nos primeiros dias, feliz na inconsciência, ou melhor, na loucura, em Turim e depois com o passar do tempo em outras localidades, peregrinando, mudo, solitário, fechado em mim mesmo, tomado pelo sentimento do que então me parecia a felicidade; vejo-me na Alemanha, descendo o Reno num vapor: era um sonho? não, de fato estivera lá! ah, se tivesse conseguindo ficar sempre assim, viajar, estrangeiro da vida... Mas em Milão... o pobre cachorrinho que quisera comprar de um velho vendedor de fósforos... Já estava começando a perceber... E depois... ah, depois!

Voltei a Roma com o pensamento; entrei como uma sombra na casa que abandonara. Estavam todos dormindo? Adriana talvez não... ainda espera por mim, espera que eu volte para casa; disseram-lhe que eu fora em busca de dois padrinhos para me bater em duelo com Bernaldez; ainda não me ouviu voltar para casa e teme, chora...

Pressionei com força as mãos contra o rosto sentindo o coração apertado de aflição.

— Mas se eu não podia estar vivo para você, Adriana — gemi —, é melhor que agora você pense que estou morto! mortos os lábios que colheram um beijo na sua boca, pobre Adriana... Esqueça! Esqueça!

O que teria acontecido naquela casa, quando na manhã seguinte alguém da polícia fora dar a notícia? Após o susto inicial, que motivo teriam dado ao meu suicídio? Ao duelo iminente? Que nada! Teria sido no mínimo muito estranho que um homem que jamais demonstrara ser covarde se matasse por medo de um duelo... Então por quê? Por que não conseguia encontrar padrinhos? Explicação fútil! Ou talvez... quem sabe! era possível que houvesse algum mistério por baixo daquela vida esquisita...

Sem dúvida é o que pensariam! Eu me suicidava assim, sem nenhuma razão aparente, sem nunca ter dado nenhum indício. Sim, alguma esquisitice, e até mais do que uma, eu havia cometido nos últimos dias: a confusão do furto, antes suspeitado e em seguida subitamente desmentido... talvez aquele dinheiro não fosse meu? Talvez eu devesse devolvê-lo a alguém? eu havia me apropriado indevidamente de uma parte dele e tentara fazer com que me acreditassem vítima de um furto, depois me arrependera e me matara? Quem sabe! Certamente eu fora um homem misteriosíssimo: não tinha um amigo, nunca recebia uma carta de lugar nenhum...

Melhor seria se tivesse escrito algo no bilhete além do nome, a data e o endereço: um motivo qualquer para o suicídio. Mas naquele momento... Além do mais, que motivo?

"Quem sabe que alvoroço", pensei inquieto, "farão os jornais a respeito desse misterioso Adriano Meis... Decerto aparecerá o meu famoso primo, o tal Francesco Meis, de Turim, auxiliar de fiscal, para dar informações à polícia. Com base nessas informações farão perguntas e quem sabe o que descobrirão. Sim, mas e o dinheiro? A herança? Adriana o viu, viu todas aquelas cédulas... E Papiano também! Assaltará o pequeno armarinho! E o encontrará vazio... Onde está o dinheiro? No fundo do rio? Que desperdício, que desperdício! Que raiva por não ter roubado tudo a tempo! A polícia apreenderá minhas roupas, meus livros... Irão para quem? Ah! pelo menos uma recordação para a pobre Adriana! Com que olhos ela agora olhará o meu quarto deserto?".

Desse modo, indagações, hipóteses, e emoções tumultuavam meus pensamentos enquanto o trem estrondeava na noite. Não me deixavam em paz.

Achei prudente parar alguns dias em Pisa para não estabelecer uma relação entre o ressurgimento de Mattia Pascal em Miragno e o desaparecimento de Adriano Meis em Roma, o que poderia facilmente saltar aos olhos, principalmente se os jornais de Roma falassem muito nesse suicídio. Esperaria em Pisa os jornais de Roma, os da tarde e os da manhã; em seguida, se não tivessem feito muito estardalhaço, antes de ir a Miragno iria a Oneglia para ver meu irmão Roberto e ver que impressão despertaria nele a minha ressurreição. Mas tinha que evitar a qualquer preço a menor alusão à minha permanência em Roma, às aventuras, aos casos que me haviam acontecido. Sobre aqueles dois anos e alguns meses de ausência, daria notícias fantásticas de viagens longínquas... Ah! Agora, retornando à vida, eu até poderia me dar ao luxo de dizer mentiras, muitas, muitas, muitas, até maiores do que aquelas do *cavaliere* Tito Lenzi.

Restavam-me mais de cinquenta e duas mil liras. Sabendo que eu estava morto há dois anos, os credores certamente teriam se contentado com o sítio da *Stìa* e o moinho. Vendendo os dois, possivelmente tenham entrado em acordo e não me incomodariam mais. Se preciso, eu daria um jeito de não me deixar importunar. Convenhamos, com cinquenta e duas mil liras, eu poderia viver discretamente em Miragno, ainda que sem exageros.

Assim que desci do trem em Pisa fui comprar um chapéu, da mesma forma e tamanho dos que Mattia Pascal, no seu tempo, costumava usar; logo depois, mandei cortar os cabelos daquele imbecil do Adriano Meis.

— Curtos, bem curtinhos, sim? — disse ao barbeiro.

A barba já havia crescido um pouco e, então, com os cabelos curtos, comecei a reaver o meu aspecto anterior, muito melhorado, mais fino... Sim, mais delicado. O olho não estava mais torto, eh! não era mais o olho típico de Mattia Pascal.

Certo, alguma coisa de Adriano Meis havia ficado em meu rosto. Mas agora eu me parecia muito com Roberto, muito mais do que jamais poderia ter imaginado.

O problema foi quando — depois de me livrar daquele cabelão — coloquei o chapéu comprado pouco antes: enterrou-se até quase a nuca! Com o auxílio do barbeiro remediei a situação, colocando uma tira de papel dentro do forro.

Para não entrar num hotel de mãos abanando, comprei uma maleta: colocaria nela, por ora, a roupa que estava usando e o sobretudo. Seria necessário comprar tudo, pois não podia esperar que lá em Miragno, após tanto tempo, minha mulher ainda conservasse alguma roupa minha. Numa loja, comprei uma boa roupa feita e saí vestido com ela, com a maleta nova entrei no *Hôtel Nettuno.*

Já estivera em Pisa quando era Adriano Meis e me hospedara no *Albergo di Londra.* Já conhecera todas as atrações de arte da cidade, mas agora, cansado por causa das emoções violentas, sem comer nada desde a manhã do dia anterior, estava faminto e com sono. Comi alguma coisa e dormi até quase à noite.

Ao acordar, contudo, apossou-se de mim uma sombria e crescente inquietação. O que teria acontecido na casa dos Paleari nesse dia que passara quase desapercebido para mim, entre as ocupações iniciais e o sono de pedra em que caíra! Balbúrdia, espanto, mórbida curiosidade de estranhos, investigações apressadas, suspeitas, hipóteses sem sentido, insinuações, buscas sem resultados; minhas roupas e meus livros olhados com a consternação que provocam os objetos de alguém morto de maneira trágica.

E eu dormira! E agora era obrigado a esperar até a manhã do dia seguinte, numa impaciência insuportável, para saber alguma coisa pelos jornais de Roma.

Nesse meio tempo, não podendo ir logo para Miragno ou pelo menos Oneglia, deveria ficar numa situação estranha, numa espécie de parêntesis de dois, três dias, talvez até mais: de um lado, morto em Miragno como Mattia Pascal, de outro, morto em Roma como Adriano Meis.

Sem saber o que fazer, e tentando me distrair um pouco de tantas vicissitudes, levei esses dois mortos a passear por Pisa.

Oh, foi um passeio deveras agradável! Adriano Meis, que já conhecia a cidade, queria servir de guia e cicerone para Mattia Pascal. Mas este, oprimido por tudo aquilo que lhe assaltava a mente, esquivava-se bruscamente, agitava os braços como que para espantar aquela sombra odiosa, cabeluda, de roupa comprida, com chapéu de abas largas e óculos.

"Vá embora! Vá! Volte para o rio, afogado!"

Eu me lembrava também que Adriano Meis, passeando dois anos antes pelas ruas de Pisa, sentira-se importunado, incomodado pela sombra também odiosa de Mattia Pascal e com o mesmo gesto quisera livrar-se dela, jogando-a outra vez no canal do moinho de *Stìa*. O melhor era não dar bola a nenhum dos dois. Oh branco campanário, você pode pender para um lado; eu, entre esses dois, não posso ir nem para cá nem para lá.

Graças de Deus, consegui superar mais uma interminável noite de angústia e ter nas mãos os jornais de Roma.

Não posso dizer que me tranquilizei com a leitura: não podia. Minha consternação foi, porém, rapidamente aliviada ao ver que os jornais tinham dado à notícia de meu suicídio apenas as proporções dos habituais fatos de crônica policial. Todos diziam mais ou menos a mesma coisa: falavam do chapéu e da bengala encontrados na Ponte Margherita com o lacônico bilhetinho, que eu era de Turim, pessoa bastante singular e que se ignoravam as razões que tinham me levado àquele triste gesto. Um deles, entretanto, levantava a suposição de que havia um "motivo íntimo", fundamentando-se na "discussão com um jovem pintor espanhol, na casa de conhecidíssima personagem do mundo clerical".

Um outro dizia "provavelmente por dificuldades financeiras". Em resumo, notícias vagas e breves. Apenas um jornal da manhã, conhecido por noticiar difusamente os acontecimentos do dia, falava do "espanto e dor da família do *cavaliere* Anselmo Paleari, chefe de seção do Ministério da Instrução Pública, agora aposentado, em cuja casa morava Adriano Meis e era muito estimado por seu comportamento comedido e educado". — Obrigado! — Esse mesmo jornal, referindo-se ao incidente ocorrido com o pintor espanhol M. B., dava a entender que se deveria procurar o motivo do suicídio numa paixão secreta.

Ou seja, eu me matara por causa de Pepita Pantogada. Aliás, era melhor assim. O nome de Adriana não fora mencionado nem se fizera qualquer referência ao dinheiro. A polícia, portanto, investigaria sigilosamente. Mas que pistas poderia seguir?

Eu podia partir para Oneglia.

Encontrei Roberto em sua casa de campo, para a colheita. Pode-se entender o que senti ao rever a minha linda riviera, onde julgava que jamais voltaria. Mas essa alegria era perturbada pela impaciência de chegar, pela apreensão de ser reconhecido por algum estranho antes dos parentes e pela crescente emoção que me causava o pensamento do que eles sentiriam ao me rever vivo, de repente, diante deles. Minha visão se nublava ao pensar nisso, o céu e o mar escureciam, o sangue fervia em minhas veias, o coração pulava no peito. E eu tinha a impressão de que não chegaria nunca!

Quando finalmente o criado veio abrir-me o portão do simpático casarão que Roberto recebera como dote, ao percorrer a alameda da entrada pareceu-me que estivesse realmente retornando do outro mundo.

— Entre, por favor — disse o criado cedendo passagem na porta da casa. — A quem devo anunciar?

Minha voz sumiu na garganta. Disfarçando o esforço com um sorriso, gaguejei:

— Diga... Diga... Diga-lhe que... Sim, é... é... um amigo dele... um amigo íntimo que... que está chegando de longe... é isto...

O criado deve ter-me considerado gago. Colocou minha maleta junto ao cabideiro e me convidou para entrar na sala ao lado.

Naquela espera, eu tremia, ria, ofegava, olhava ao meu redor para a sala clara, bem arrumada, decorada com móveis novos de verniz verde. De repente, avistei na porta por onde eu entrara um lindo menino, de uns quatro anos, com um regadorzinho em uma das mãos e um ancinho na outra. Olhava-me surpreso.

Senti uma ternura imensa: devia ser meu sobrinho, o filho mais velho de Berto. Inclinei-me e fiz um gesto para que se aproximasse, mas ele se assustou e fugiu.

Nesse momento, escutei abrir-se a outra porta da sala. Ergui-me, os olhos enevoados pela emoção, uma espécie de riso convulsivo tomou conta de mim.

Roberto estava diante de mim. Perturbado, quase atordoado.

— Com quem... ? — disse.

— Berto! — gritei abrindo os braços. — Não me reconhece?

Ao ouvir a minha voz ficou branco de susto, passou rapidamente uma das mãos pela testa e pelos olhos, vacilou gaguejando:

— Como é... Como... Como é?...

Fui rápido em apoiá-lo, se bem que ele recuasse quase amedrontado.

— Sou eu! Mattia! Não tenha medo! Não morri... Está vendo? Toque-me! Sou eu, Roberto. Nunca estive mais vivo do que agora! Vamos, vamos...

— Mattia! Mattia! Mattia! — começou a dizer o pobre Berto ainda sem acreditar em seus próprios olhos. — Mas como é? Você? Ah, meu Deus... Como é? Meu irmão! Meu querido Mattia!

E me abraçou com força. Comecei a chorar como uma criança.

— Como pode ser? — recomeçou a perguntar Berto que também chorava. — Como pode ser? Como pode ser?

— Estou aqui... Você não vê? Voltei... não do outro mundo, não... estive sempre neste mundinho... Vamos... Vou lhe contar tudo...

Segurando-me com força pelos braços, o rosto sulcado de lágrimas, Roberto ainda olhava para mim, pasmo:

— Mas como... se lá... ?

— Não era eu... Vou contar. Confundiram-me com outro... Eu estava longe de Miragno e soube pelo jornal, provavelmente da mesma forma que você, do meu suicídio na *Stìa*.

— Então não era você? — exclamou Berto. — E como você fez?

— Fingi-me de morto. Não diga nada. Vou lhe contar. No momento não posso. O que posso dizer é que fiquei perambulando por aí, no começo julgando-me feliz, sabe? Mas depois... por causa de uma série de acontecimentos, entendi que tinha errado, que me fazer de morto não é uma boa profissão e aqui estou, vivo de novo.

— *Mattia,* eu sempre disse, *Mattia*... Maluco! Maluco! Maluco![71] — exclamou Berto. — Que alegria você me deu! Quem podia esperar? Mattia vivo... aqui! Ainda nem consigo acreditar! Deixe-me olhar para você... Parece outro!

— Viu que também arrumei o olho?

— Oh, é mesmo... por isso você parecia... não sei... eu olhava, olhava... Está ótimo! Vamos lá para dentro, vamos ter com minha mulher... Oh, espere... Você...

Parou subitamente e me olhou incomodado: — Você vai voltar para Miragno?

— Sem dúvida, hoje à noite.

— Então não sabe de nada?

Ocultou o rosto nas mãos e gemeu:

— Desgraçado! O que foi fazer... o que foi fazer? ... Não sabe que sua mulher...?

— Morreu? — exclamei, parando de repente.

— Não! Pior! Ela... Ela voltou a se casar!

Fiquei desnorteado:

— Voltou a se casar?

---

[71] Aqui há um jogo de palavras entre o nome da personagem "Mattia" e a palavra *matto*, que em italiano quer dizer louco, maluco.

— Sim, com Pomino! Recebi o convite. Acho que foi há mais de um ano.

— Pomino? Pomino, marido de... — balbuciei. Mas logo um riso amargo como bílis subiu-me à garganta e comecei a rir, a rir estrepitosamente.

Roberto olhava para mim espantado, temendo que talvez eu tivesse perdido a razão.

— Você ri?

— Sim! Sim! Sim! — gritei, sacudindo-o pelos braços. — Melhor assim. Isso para mim é o cúmulo da sorte!

— O que está dizendo? — interveio Roberto, quase com raiva. — Sorte? Mas se agora você for até lá...

— Claro que vou... imediatamente!

— Você não sabe que deverá voltar para ela?

— Eu? Como!

— Mas claro! — enfatizou Roberto, enquanto agora era eu que o olhava espantado. — O segundo casamento será anulado e você será obrigado a voltar para ela.

Fiquei transtornado.

— Como! Que lei é essa? — gritei. — Minha mulher volta a casar e eu... Mas como! Não diga isso! Não é possível!

— Pois estou dizendo que é isso mesmo! — reiterou Roberto. — Espere, meu cunhado está lá dentro. Ele poderá explicar melhor, é doutor em Direito. Venha..., ou melhor, não. Espere um pouco aqui, minha mulher está grávida, não gostaria que lhe fizesse mal um impacto tão forte, embora ela conheça pouco você... Vou avisá-la... Você espera aqui, certo?

E segurou minha mão até a porta, como se ainda temesse que — deixando-me por um momento — eu pudesse sumir novamente.

Quando me vi sozinho comecei a andar na saleta como um leão na jaula. "Casada outra vez! com Pomino! Sim, é claro... temos a mesma mulher. Ele já a havia amado antes. Ele não vai acreditar! E ela também não... imagine! Rica, mulher de Pomino... Enquanto ela se casava aqui, eu estava lá em Roma... E agora devo tomá-la de volta! Será possível?"

Pouco depois, Roberto veio chamar-me, exultante. Eu estava tão atordoado por essa notícia inesperada que não consegui corresponder à alegre acolhida de minha cunhada, de sua mãe e de seu irmão. Berto percebeu e perguntou logo ao cunhado sobre o que eu mais queria saber naquele momento.

— Mas que lei é essa? — reclamei novamente. — Desculpe, é uma lei turca!

O jovem advogado sorriu com ar de superioridade, arrumando os óculos em cima do nariz.

— É isso mesmo — respondeu. — Roberto está com a razão. Não me recordo precisamente o artigo, porém o caso é previsto no código: o segundo casamento torna-se nulo quando reaparece o primeiro cônjuge.

— E eu devo aceitar de volta — exclamei com raiva — uma mulher que durante um ano inteiro, com o conhecimento de todos, foi esposa de outro homem, o mesmo que...

— Desculpe, senhor Pascal, foi culpa sua! — interrompeu o advogadinho, sempre sorridente.

— Por minha culpa? Como? — redargui. — Primeiro de tudo, aquela boa mulher erra reconhecendo-me no cadáver de um infeliz que se afoga, depois se apressa em casar com outro e a culpa é minha? E ainda devo aceitá-la de volta?

— Claro — retomou ele —, a partir do momento em que o senhor, senhor Pascal, não quis corrigir a tempo, ou seja, no prazo que a lei determina para se contrair um segundo casamento, o erro da sua esposa, erro que até pode — não nego — ter sido de má-fé. O senhor aceitou o falso reconhecimento e fez uso dele... Veja bem: eu o cumprimento por isso, em minha opinião o senhor fez muito bem. Até me causa estranheza que o senhor agora volte a se envolver no emaranhado dessas nossas estúpidas leis sociais. Em seu lugar, eu não daria mais sinal de vida.

A tranquilidade e a presunção desse rapazinho recém-formado irritaram-me.

— É porque o senhor não sabe o que isso significa! — respondi-lhe, dando de ombros.

— Como? — retomou ele. — Pode haver sorte maior, felicidade maior do que essa?

— Sim, experimente! Experimente! — exclamei, voltando-me para Berto, para deixá-lo ali com a sua presunção.

Mas com ele também tive problemas.

— A propósito — perguntou meu irmão —, como você fez esse tempo todo para...

E esfregou o polegar no indicador, referindo-se a dinheiro.

— Como fiz? — respondi. — É uma longa história! Não estou em condições de contá-la agora. Dinheiro tive bastante, sabe? E ainda tenho. Não pense que volto para Miragno porque estou duro!

— Oh, você insiste em voltar? — continuou Berto —, mesmo depois dessas notícias?

— Claro que volto! — exclamei. — Você acha que depois de passar por tudo o que passei e sofri, ainda queira continuar morto? Não, meu caro, vou para lá, vou para lá, quero meus papéis em ordem, quero sentir-me vivo, e bem vivo, mesmo que seja obrigado a tomar de volta a mulher. Diga-me uma coisa: a mãe dela ainda está viva... a viúva Pescatore?

— Não sei — respondeu Berto. — Você entenderá que depois do segundo casamento... Mas acho que sim, que está viva...

— Sinto-me melhor! — exclamei. — Mas não importa! Eu me vingarei! Não sou mais como antes, sabe? Sinto apenas que isso será uma sorte para aquele idiota do Pomino!

Todos riram. O criado veio anunciar que o jantar estava servido. Tive de jantar com eles, mas a minha inquietude era tanta que nem percebi o que estava comendo; senti, porém, que tinha devorado tudo. A fera em mim se alimentara e restaurara as forças preparando-se para o ataque que se aproximava.

Berto propôs que ficasse em sua casa ao menos naquela noite. Na manhã seguinte iríamos juntos para Miragno. Desejava assistir a cena do meu inesperado retorno à vida, meu ataque como uma ave de rapina sobre o ninho de Pomino. Mas eu já não aguentava de impaciência e não aceitei: pedi que me deixasse ir sozinho, nessa mesma noite, sem maior demora.

Peguei o trem das oito. Em meia hora estaria em Miragno.

XVIII
O falecido Mattia Pascal

Entre a ansiedade e a raiva (não sabia qual das duas mais me agitava, mas talvez fossem uma coisa só: raiva ansiosa, ansiedade raivosa), não me preocupei mais se alguém me reconheceria antes de chegar ou recém-chegado a Miragno.

Como única precaução, enfiei-me num vagão de primeira classe. Era noite. No mais, a experiência com Berto tranquilizava-me: como estava radicada em todos a certeza da minha morte, já se passara dois anos, ninguém poderia mais imaginar que eu era Mattia Pascal.

Coloquei a cabeça para fora da janelinha esperando que a visão dos lugares conhecidos despertasse em mim alguma emoção menos violenta, mas serviu apenas para aumentar a ansiedade e a raiva. Sob o luar, avistei à distância a colina da *Stìa.*

— Assassinas! — disse entre os dentes. — Lá... Mas agora...

Atordoado pela inesperada notícia, quanta coisa eu havia esquecido de perguntar a Roberto! O sítio, o moinho, tinham sido realmente vendidos? ou ainda estavam, por comum acordo dos credores, sob uma administração provisória? E Malagna morrera? E tia Scolastica?

Não me parecia terem passado apenas dois anos e alguns meses. Parecia uma eternidade e que — assim como havia ocorrido comigo casos extraordinários — algo semelhante também deveria ter acontecido em Miragno. Mas talvez nada tivesse mudado por lá, exceto o casamento de Romilda com Pomino, o que seria normalíssimo, e que somente agora, com o meu reaparecimento, se tornaria extraordinário.

Aonde eu iria primeiro ao chegar a Miragno? Onde os pombinhos haviam feito seu ninho?

A casa em que eu, pobre coitado, havia morado era humilde demais para Pomino, rico e filho único. Além disso, Pomino, bom de coração, certamente não se sentiria à vontade ali, com a inevitável lembrança de mim. Talvez tivesse ido morar com o pai, no *Palácio*. Imaginem os ares de matrona que a viúva Pescatore exibia agora! e o pobre *cavaliere* Pomino, Gerolamo I, delicado, amável, pacato, nas garras daquela megera! Que cena! Decerto, nem o pai nem o filho tiveram a coragem de se livrar dela. E agora — ah, que raiva! — eu iria libertá-los...

Sim, eu deveria ir para a casa de Pomino, mesmo que não os encontrasse, descobriria onde desencavá-los.

Oh, minha adormecida cidadezinha, que confusão causaria amanhã a notícia da minha ressurreição!

Nessa noite havia luar, e por isso todos os lampiões estavam apagados como de hábito, as ruas estavam semidesertas, pois era hora do jantar.

Por causa da grande inquietação, eu quase perdera a sensibilidade das pernas: andava como se não tocasse o solo com os pés. Não saberia definir o estado de espírito em que me encontrava: posso apenas dizer que sentia uma enorme, uma homérica gargalhada que, em violenta tensão, agitava-me as entranhas sem poder explodir; caso explodisse, arrancaria do lugar, como dentes, as pedras do calçamento e estremeceria as casas.

Logo cheguei à casa dos Pomino, mas não encontrei a velha porteira em seu posto no corredor. Tremendo, fiquei esperando alguns minutos, num dos batentes do portão notei uma faixa de luto, desbotada e empoeirada, pregada ali, certamente há muitos meses. Quem tinha morrido? A viúva Pescatore? O *cavaliere* Pomino? Um dos dois, com toda a certeza. Talvez o *cavaliere*... Nesse caso, encontraria os meus dois pombinhos lá em cima, sem dúvida, instalados no *Palácio.* Não aguentei esperar mais tempo: subi correndo a escada. No segundo lance encontrei a porteira.

— O *cavaliere* Pomino?

Pela surpresa com que a velha tartaruga olhou para mim, compreendi que quem devia ter morrido era justamente o velho *cavaliere.*

— O filho! O filho! — acrescentei rapidamente, recomeçando a subir.

Não sei o que a velha resmungou pelas escadas. No começo do último lance tive de parar sem fôlego. Olhei a porta e pensei: "Quem sabe ainda estejam jantando, todos os três à mesa... mal desconfiam. Daqui a poucos segundos, tão logo eu bata à porta, a vida deles virará pelo avesso... Sim, o destino deles está aqui na minha mão".

Galguei os últimos degraus. Com o cordão da campainha na mão e o coração pulsando na garganta, colei o ouvido à porta. Nenhum ruído. E naquele silêncio, escutei o leve *tlin-tlin* da campainha, que eu havia puxado devagar.

Todo o meu sangue subiu à cabeça e os ouvidos começaram a zumbir como se o leve tilintar da campainha que desaparecera no ar estivesse repercutindo furiosamente dentro de mim, entontecendo-me.

Pouco depois, reconheci sobressaltado a voz da viúva Pescatore do lado de lá da porta.

— Quem é?

Não pude responder imediatamente. Apertei as mãos contra o peito, como para impedir meu coração de pular para fora. Depois, com voz cavernosa, quase soletrando, disse:

— Mattia Pascal.

— Quem?! — gritou a voz lá de dentro.

— Mattia Pascal — repeti, com voz ainda mais cavernosa.

Ouvi a velha megera fugir, decerto amedrontada, e comecei a imaginar o que estava acontecendo lá dentro. Agora viria um homem: Pomino, o corajoso.

Mas antes foi preciso que eu voltasse a tocar, bem devagar, como da primeira vez.

Quando Pomino escancarou a porta raivosamente e me avistou — altivo — peito aberto — diante dele —, recuou apavorado. Adiantei-me, gritando:

— Mattia Pascal! Vindo do outro mundo!

Com um grande baque, Pomino caiu sentado no chão, os braços jogados para trás, os olhos esbugalhados:

— Mattia! Você?!

A viúva Pescatore, que chegara correndo com o candeeiro na mão, lançou um grito agudíssimo de mulher em trabalho de parto. Fechei a porta com um pontapé e de um salto arranquei-lhe o candeeiro, que por pouco não caía ao chão.

— Quieta! — gritei-lhe no focinho. — Acham de verdade que sou um fantasma?

— Vivo?! — fez ela, transtornada, com as mãos nos cabelos.

— Vivo! Vivo! Vivo! — prossegui, com alegria selvagem. — Tomaram-me por morto, não é? Afogado!

— E de onde é que você apareceu? — perguntou aterrorizada.

— Do moinho, sua bruxa! — gritei. — Tome o candeeiro e olhe bem para mim! Sou eu? reconhece-me? ou ainda pareço o desgraçado que se afogou na *Stìa?*

— Não era você?

— Morra, sua bruxa! Eu estou aqui, vivo! Vamos, levante-se idiota! Onde está Romilda?

— Pelo amor de Deus... — choramingou Pomino, levantando-se depressa. — A menina... tenho medo... o leite...

Agarrei-o por um braço, agora confuso:

— Que menina?

— Minha... minha filha... — gaguejou Pomino.

— Ah, que crime! — gritou a viúva Pescatore.

Sob o choque dessa notícia, não consegui responder.

— Sua filha?... — murmurei. — Uma filha, ainda por cima? ... E esta agora...

— Mamãe, vá ver Romilda, por favor... — implorou Pomino.

Muito tarde. Romilda, com a roupa aberta, amamentando a filhinha, desarrumada como se ao ouvir os gritos tivesse se levantado da cama apressadamente, adiantou-se e me viu:

— Mattia! — e caiu nos braços de Pomino e da mãe que a levaram para dentro, deixando na confusão a criança nos meus braços.

Fiquei ali no escuro, na saleta, segurando a delicada menina que gemia com sua vozinha azeda de leite. Tristonho, decepcionado, ainda ouvia o grito da mulher que fora minha e que agora era mãe daquela criança que não era minha, que não era minha! ao passo que a minha, ela não amara! Por isso, eu agora, não, não devia ter pena desta criança e nem deles. Voltara a se casar? E eu, agora... Mas a criança continuava choramingando... o que fazer? Para acalmá-la, aconcheguei-a ao peito, comecei a bater bem devagar nas suas costas e a embalá-la andando de um lado para outro. O ódio começou a diminuir, o ímpeto cedeu. E a menina pouco a pouco ficou quieta.

Pomino, no escuro, chamou assustado:

— Mattia!... A menina!...

— Fique quieto! Está comigo — respondi.

— E o que vai fazer?

— Vou comê-la... O que vou fazer! Vocês a jogaram nos meus braços... Agora a deixem comigo! Acalmou-se. Onde está Romilda?

Pasmo e trêmulo, chegou perto de mim parecendo uma cadela que vê o filhote nas mãos do dono:

— Romilda? Por quê? — indagou Pomino.

— Porque quero lhe falar — respondi rispidamente.

— Desmaiou, sabe?

— Desmaiou? Vamos acordá-la.

Pomino pôs-se na minha frente como que para me impedir o caminho, mas suplicou:

— Pelo amor de Deus... ouça... tenho medo... mas como é que você... vivo!... Onde esteve?... Ah, meu Deus... Ouça... Você não poderia falar comigo?

— Não! — gritei. — É com ela que preciso falar. Você aqui não é mais nada.

— Como! Eu?

— Seu casamento vai ser anulado.

— Como?... O que foi que você disse? E a menina?

— A menina... a menina... — murmurei. — Sem-vergonhas! Em dois anos, marido e mulher, e uma criança! Quietinha, querida, quietinha! Vamos ver a mamãe... Leve-me até lá! Qual é o caminho?

Tão logo entrei no quarto com a menina nos braços, a viúva Pescatore fez menção de pular em cima de mim como uma hiena.

Empurrei-a furiosamente:

— Afaste-se! Aqui está seu genro: se quer gritar, grite com ele. Eu não a conheço!

Inclinei-me sobre Romilda que chorava desesperadamente e lhe entreguei a criança.

— Vamos, segure... Está chorando? Por quê? Por que estou vivo? Você me queria morto? Olhe para mim... vamos, olhe-me no rosto! Vivo ou morto?

Entre lágrimas, ela tentou erguer os olhos para mim e com a voz embargada pelos soluços balbuciou:

— Mas... como... você? O que... o que você fez?

— O que eu fiz? — ironizei. — É a mim que você pergunta? Você se casou de novo... com esse palerma aí! colocou no mundo essa menina, e tem coragem de me perguntar o que eu fiz?

— E agora? — gemeu Pomino, escondendo o rosto nas mãos.

— Mas você, você... onde esteve? Fingiu-se de morto e fugiu... — começou a gritar a Pescatore, avançando com os braços levantados.

Agarrei um deles, torci-o e bradei:

— Cale a boca, repito! Cale-se, senhora, porque se a escuto respirar, perco a compaixão por este imbecil do seu genro e por aquela criaturinha ali e faço cumprir a lei. A senhora sabe o que diz a lei? Diz que eu devo pegar Romilda de volta...

— Minha filha? Você? Você está louco! — investiu impassível.

Mas Pomino, ouvindo minha ameaça, imediatamente chegou perto dela para lhe suplicar que ficasse quieta, que se acalmasse, pelo amor de Deus.

A megera então me deixou e investiu contra ele: moleirão, idiota, sujeito inútil, que só sabia chorar e se desesperar como uma mulherzinha...

Quase chorei de tanto rir, até sentir dores na barriga.

— Parem com isso! — gritei assim que pude me segurar. — Eu a deixo para ele! e com todo o prazer! Acha que sou doido para querer voltar a ser seu genro? Ah, pobre Pomino! Meu pobre amigo, desculpe-me se o chamei de imbecil, ouviu? sua sogra também o chamou assim e posso jurar que, antes de tudo isso, Romilda, nossa mulher, também ... sim, ela mesma tinha me dito que você parecia um imbecil, estúpido, sem graça... e sei lá que mais. Não é, Romilda? diga a verdade... Vamos, vamos, pare de chorar, querida, arrume-se... veja, isso pode fazer mal à sua filhinha... Eu agora estou vivo, está vendo? e quero ficar alegre... *Alegre!* como dizia bêbado, um amigo meu... Alegria, Pomino! Você acha que eu deixaria uma criancinha sem mãe? Deus nos livre! Já tenho um filho sem pai... Percebe, Romilda? Estamos quites: eu tenho um filho, que é filho de Malagna, e você agora tem uma filha, que é filha de Pomino. Se Deus quiser, um dia casaremos um com o outro! Agora aquele filho não deve mais lhe causar ressentimentos... Vamos falar de coisas alegres... Conte-me como foi que você e sua mãe fizeram para me reconhecer no morto lá na *Stìa*...

— Eu também o reconheci! — exclamou Pomino, exasperado. — A cidade inteira! Não foram somente elas.

— Muito bem, muito bem! Então ele era assim tão parecido comigo?

— A mesma altura... a sua barba... vestido como você, de preto... sem contar que você estava desaparecido há muitos dias...

— Pois é, eu tinha fugido, ouviu? Como se não tivessem sido elas a me obrigar a fugir... Essa aí, essa aí... Mas eu estava voltando, sabe? Estava sim, cheio de dinheiro! Quando... sem mais nem menos, morto, afogado, podre... e ainda por cima reconhecido! Graças a Deus consegui me arranjar por dois anos, enquanto vocês aqui: noivado, casamento, lua de mel, festa, alegrias, a filha... quem morre jaz, não é? E quem vive fica em paz...[72]

— E agora? O que fazemos agora? — repetiu Pomino, gemendo preocupado. — É o que eu pergunto!

Romilda levantou-se para pôr a criança no berço.

— Vamos, vamos para lá — eu disse. — A menina dormiu. Discutiremos lá dentro.

---

[72] Provérbio italiano: "*Chi muore giace e chi vive si dà pace*".

Fomos para a sala de jantar, onde, na mesa posta, ainda estavam os restos do jantar. Muito trêmulo, transtornado, desfigurado em sua palidez cadavérica, batendo continuamente as pálpebras sobre os olhinhos embaçados, furados no meio por dois pontinhos pretos, agudos de aflição, Pomino passava a mão na testa e dizia, quase divagando:

— Vivo... Vivo... O que fazer? O que fazer?

— Não incomode! — gritei. — Logo veremos, já falei.

Após vestir um roupão, Romilda veio ao nosso encontro. Agora, no claro, fiquei contemplando-a admirado: voltara a ser bonita como antigamente e até estava mais bonita.

— Deixe-me vê-la... — disse. — Você me permite, Pomino? Não há nada de mal: também sou marido, até mais do que você. Vamos, Romilda, não se envergonhe! Veja, veja como o Mino se contorce. O que posso fazer se não morri de verdade?

— Assim não é possível! — ofegou Pomino, pálido.

— Ele está ficando preocupado! — fiz eu dando uma piscadela para Romilda. — Fique calmo, Mino... Já disse que a deixo para você e não vou voltar atrás. Só que, espere... com licença!

Aproximei-me de Romilda e dei-lhe um grande beijo no rosto.

— Mattia! — gritou Pomino, furioso.

Comecei a rir de novo.

— Está com ciúmes? Vamos, deixe disso! Tenho direito de prioridade. No mais, vamos Romilda, limpe o rosto... Escute, quando estava vindo para cá eu achava (me perdoe, Romilda), eu achava, meu caro Mino, que lhe faria um grande favor livrando-o dela, e confesso que essa ideia me afligia muito, porque desejava vingança. Ainda quero me vingar, não pense que não, ficando com Romilda, mas agora que vejo que você gosta dela e ela... sim, é como um sonho, parece a mesma de há muitos anos... Você se lembra, não é, Romilda?... Não chore! Por que voltou a chorar? Ah, os bons tempos... sim, não voltam mais!... Vamos, vocês agora têm uma filha e portanto não se fala mais nisso! Vou deixá-los em paz, que coisa!

— Mas o casamento será anulado? — gritou Pomino.

— E deixe que o anulem! — disse. — Será anulado *pro forma,* se tanto. Eu não reclamarei meus direitos e nem mesmo me farei reconhecer oficialmente vivo, a não ser que me obriguem. Basta que todos me vejam e saibam que estou de fato vivo, apenas para fugir desta morte que é a verdadeira morte, acreditem! Você mesmo viu: Romilda pôde se casar com você... o resto não me importa! Seu casamento foi público, todos sabem que ela, há um ano, é sua esposa e assim continuará sendo. Você acha que alguém ainda se preocupa com o valor legal do primeiro casamento? Águas passadas... Romilda *foi* minha mulher, de um ano para cá é *sua,* mãe de sua filha. Dentro de um mês ninguém falará mais no caso. Estou certo, dupla sogra?

Soturna, de cara fechada, a viúva Pescatore aprovou com a cabeça. Mas Pomino, em crescente ansiedade, perguntou:

— E você vai continuar aqui em Miragno?

— Sim, e algumas noites virei aqui para tomar uma xícara de café ou beber um copo de vinho à saúde de vocês.

— Isso não! — reagiu a viúva Pescatore levantando-se.

— Mas é brincadeira!... — interveio Romilda, com os olhos baixos.

E eu gargalhei de novo.

— Vê, Romilda? — disse. — Eles têm medo que retomemos nosso amor... Seria até interessante! Não, não, não vamos atormentar o Pomino... Se ele não quiser que eu venha aqui, começarei a passear na rua, debaixo da sua janela. Combinado? E farei muitas e lindas serenatas.

Pomino, pálido, tremendo, andava de um lado para outro da sala, resmungando:

— Não é possível... Não é possível...

Num certo momento, parou e disse:

— A verdade é que ela... com você aqui, vivo, não será mais minha esposa...

— Então faça de conta que eu morri! — respondi tranquilamente.

Recomeçou a andar de um lado para outro.

— Isso eu não posso fazer!

— Então não faça! Mas, vamos lá, você acredita mesmo — acrescentei — que vou atormentar você, se Romilda não quiser? Ela é que deve dizer... Vamos, Romilda, diga quem é mais bonito. Eu ou ele?

— Eu queria dizer diante da lei! diante da lei! — gritou ele, parando novamente.

Romilda olhava para ele, angustiada e paralisada.

— Nesse caso — observei —, mais do que qualquer um, desculpe, quem deveria se aborrecer era eu que verei a minha linda ex-cara-metade viver maritalmente com você.

— Mas ela também — reagiu Pomino —, não sendo mais minha mulher...

— Mas, veja — falei enfadado —, eu desejava vingança e não me vingo, deixo-lhe a mulher, deixo-o em paz e você ainda não está contente? Venha,

Romilda, levante-se! Vamos embora nós dois! Proponho uma linda viagem de núpcias... Vamos nos divertir! Deixe esse chato aí. Ele quer que eu vá me atirar de verdade no canal do moinho da *Stìa.*

— Não quero nada disso! — interrompeu Pomino no auge do desespero. — Pelo menos vá embora! Vá embora, já que você gosta de se fazer de morto! Vá de uma vez para longe, sem deixar que ninguém o veja. Porque eu aqui... com você... vivo...

Levantei. Bati com a mão nas suas costas para acalmá-lo e disse que antes já estivera em Oneglia, com meu irmão, e que por isso, todos por lá sabiam que eu estava vivo e no dia seguinte a notícia chegaria aqui a Miragno, inevitavelmente.

— Morto outra vez? Longe de Miragno? Você está brincando, meu caro! — exclamei. — Vá lá, cumpra o seu papel de marido em paz, sem se preocupar... Seja lá como for seu casamento está aí. Todos estarão de acordo, considerando que no meio disso tudo existe uma criança. Prometo e juro que nunca virei importunar você, nem para uma miserável xícara de café, nem para me deleitar com o doce e divertido espetáculo do seu amor, da sua harmonia conjugal, da felicidade que construíram sobre a minha morte... Ingratos! Aposto que nenhum de vocês, nem mesmo você, o amigo do peito, foi depositar sequer uma coroa, deixar florzinha no meu túmulo lá no cemitério... Diga, não é verdade? Responda!

— Você está com vontade de brincar... — disse Pomino, relaxando.

— Brincar? De jeito nenhum! Afinal, no meu túmulo está o cadáver de um homem e com isso não se brinca! Você esteve lá?

— Não... Não... não tive coragem... — murmurou Pomino.

— Mas teve a coragem de me pegar a mulher, não é, malandro?

— E você — disse ele de pronto — não a tinha tirado de mim antes, quando estava vivo?

— Eu? — exclamei. — Ora, vamos! Foi ela que não o quis! Você quer que eu repita que ela considerava você um imbecil? Diga você, Romilda, por favor: seu marido me acusa de traição... Ora, que tem a ver? ele é seu marido e não se fala mais nisso, mas eu não tenho culpa... Amanhã vou visitar aquele pobre morto, abandonado sem uma flor, sem uma lágrima... Diga, há pelo menos uma lápide no túmulo?

— Sim — apressou-se em responder Pomino. — Por conta da Prefeitura... Meu pobre pai...

— Leu meu necrológio, eu sei! Se aquele coitado pudesse ouvir... O que está escrito na lápide?

— Não sei... Foi Lodoletta quem ditou.

— Já posso imaginar! — suspirei. — Basta. Não vamos mais falar nisso. Conte-me, conte-me como foi que vocês se casaram assim tão depressa... Ah, como você chorou pouco por mim, minha viuvinha... Talvez nada, não é? Fale, será possível que eu não possa ouvir a sua voz? Olhe, já é noite alta... assim que o dia nascer eu irei embora e será como se nunca nos tivéssemos conhecido... Vamos aproveitar estas poucas horas. Vamos, diga lá...

Romilda encolheu os ombros, olhou para Pomino, sorriu nervosamente e com os olhos baixos, olhando as próprias mãos, disse:

— O que posso dizer? ... É claro que chorei...

— E você não merecia! — resmungou a Pescatore.

— Obrigado! Mas afinal, diga a verdade... chorou pouco, não é? — continuei. — Esses lindos olhos que se enganaram tão facilmente não tiveram que se consumir muito, com certeza.

— Ficamos numa situação péssima — disse Romilda desculpando-se. — E se não fosse por ele...

— Muito bem, Pomino! — exclamei. — Mas aquele canalha do Malagna, nada?

— Nada — respondeu dura e seca a Pescatore. — Quem fez tudo foi ele...

E apontou Pomino.

— Na verdade... Na verdade... — corrigiu este — foi o meu pobre pai... Você sabe que ele estava na Prefeitura? Bem, primeiro conseguiu uma pequena pensão, levando em conta a desgraça... e depois...

— Depois autorizou o casamento?

— E com muita satisfação! Quis que viéssemos todos morar aqui com ele... Infelizmente, há dois meses...

E começou a contar sobre a doença e a morte do pai; o carinho dele por Romilda e pela netinha; o pesar que a morte provocara na cidade. Eu pedi notícias da tia Scolastica, tão amiga do *cavaliere* Pomino. A viúva Pescatore, que ainda se lembrava da massa de pão que a terrível velha lhe espalhara no rosto, agitou-se na cadeira. Pomino respondeu que não a via há mais de dois anos, mas sabia que estava viva. Depois me perguntou o que eu fizera, onde estivera etc. Contei só o que podia contar, sem dizer nomes de lugares ou pessoas, para deixar claro que não tinha me divertido de jeito nenhum naqueles dois anos. E assim, conversando, esperamos o nascer do dia em que a minha ressurreição seria publicamente conhecida.

Estávamos cansados pela vigília e pelas fortes emoções experimentadas, e também com frio. Para aquecer-nos um pouco, Romilda decidiu passar um café. Ao me entregar a xícara, olhou para mim, com um leve sorriso nos lábios, triste, quase distante, e disse:

— O seu, como sempre, sem açúcar, não é?

O que será que ela leu nos meus olhos naquele momento? Baixou os dela imediatamente.

Na cálida luz do amanhecer, senti um inesperado nó oprimir minha garganta e olhei para Pomino com raiva. Mas o aroma do café inebriou-me e comecei a bebê-lo lentamente. Pedi licença a Pomino para deixar a maleta na sua casa até encontrar um lugar onde me alojar; mandaria então alguém retirá-la.

— Claro, sem dúvida! — respondeu atencioso. — Nem precisa se incomodar, eu próprio me encarregarei de mandar levá-la...

— Ah — disse —, em todo caso, está vazia, sabe?... Aliás, Romilda, você não teria ainda alguma coisa minha... ternos, roupa de baixo?

— Não, nada... — respondeu com pesar, abrindo as mãos. — Veja... depois da desgraça...

— Quem podia imaginar? — exclamou Pomino.

Mas eu quase podia jurar que ele, o avarento Pomino, trazia no pescoço um velho lenço de seda que me pertencera.

— Bom, chega. Adeus! Boa sorte! — disse, despedindo-me com os olhos fixos em Romilda que não quis me olhar. Mas sua mão tremeu ao retribuir a minha saudação. — Adeus! Adeus!

Chegando à rua fiquei mais uma vez perdido, até aqui, na minha cidade natal: sozinho, sem casa, sem objetivos.

"E agora?" — perguntei a mim mesmo. "Para onde devo ir?"

Comecei a andar olhando a gente que passava. Mas nada! Ninguém me reconhecia? Mas eu era o mesmo de antes; e todos, ao me ver, deveriam pelo menos pensar: "Olhe esse forasteiro, como se parece com o coitado do Mattia Pascal! Se tivesse o olho um pouco torto, poderia se dizer que é ele". Mas nada! Ninguém me reconhecia porque ninguém mais pensava em mim. Eu não despertava nem curiosidade, a menor surpresa... E eu que imaginara um rebuliço, uma confusão assim que aparecesse nas ruas! Naquela enorme decepção, senti um desânimo, um despeito, uma amargura que não conseguiria reproduzir; o despeito e o desânimo impediam-me de chamar a atenção daqueles que eu conhecia muito bem! Mas depois de dois anos... Ah, o que significa morrer! Ninguém, ninguém se recordava mais de mim como se eu nunca tivesse existido...

Por duas vezes percorri a cidade de uma ponta a outra sem que ninguém me parasse. No auge da irritação pensei em voltar para a casa de Pomino para lhe dizer que o nosso acordo não me interessava mais e que preferia vingar-me nele da ofensa que, a meu ver, a cidade toda me fazia ao não me reconhecer mais. Mas nem Romilda viria comigo, a não ser à força, nem eu, naquele momento, saberia aonde levá-la. Antes de qualquer coisa, devia procurar casa. Pensei em ir à Prefeitura, na seção do registro civil, para mandar tirar imediatamente o meu nome do registro dos mortos; no trajeto, porém, mudei de ideia e me limitei a vir para esta biblioteca de Santa Maria Liberal, onde encontrei, no meu lugar, o reverendo amigo dom Eligio Pellegrinotto, que no primeiro instante também não me reconheceu. Dom Eligio, para dizer a verdade, afirma que me reconheceu logo e apenas ficou esperando que eu dissesse o meu nome para se atirar de braços abertos ao meu pescoço, julgando impossível que fosse eu, não podendo ir abraçando alguém só porque lhe *parecia* Mattia Pascal. Quem sabe! Foi dele, portanto, a primeira acolhida, muito calorosa, diga-se de passagem; depois ele fez questão de levar-me à cidade em sua companhia para apagar do meu espírito a má impressão que o esquecimento dos meus conterrâneos havia me deixado.

Mas agora, por desaforo, não quero descrever o que se seguiu na farmácia de Brísigo, primeiro, e em seguida no *Caffè dell'Unione,* quando dom Eligio, ainda muito animado, me apresentou redivivo. A notícia espalhou-se como um raio e todos correram para me ver e me encher de perguntas. Queriam que eu dissesse quem era o homem que se afogara na *Stìa,* como se não tivessem sido eles a me reconhecerem nele: todos eles, um a um. Então era eu mesmo? de onde estava voltando? do outro mundo! o que tinha feito? o morto! Decidi não dar respostas e deixar todos perplexos, cheios de curiosidade durante vários e vários dias. Até meu amigo Lodoletta não teve melhor sorte ao vir "me entrevistar" para o *Foglietto.* Com a intenção de me comover e me induzir a falar trouxe-me um exemplar do seu jornal de dois anos antes, com o meu necrológio, foi em vão. Disse-lhe que o conhecia de cor, porque no inferno o *Foglietto* era muito lido.

— Ah, e tem mais! Obrigado, meu caro! Pela lápide também... Irei vê-la, sabe?

Recusou-se a escrever seu *artigo forte* do domingo seguinte, que trazia como título, em grandes letras: MATTIA PASCAL ESTÁ VIVO!

Um dos poucos que não apareceu, além dos meus credores, foi Batta Malagna, o qual entretanto — conforme me disseram —, dois anos antes, havia mostrado grande tristeza pelo meu bárbaro suicídio. Acredito. Tanta tristeza antes, sabendo que eu desaparecera para sempre, tanto mais agora, sabendo que retornara à vida. Eu entendo a razão num e no outro caso.

E Oliva? Certo domingo encontrei-a na rua, na saída da missa, levando pela mão o filhinho de cinco anos, saudável e bonito como ela: — o meu filho! Ela me olhou com olhos afetuosos e risonhos que me disseram, num instante, muitas coisas...

Chega. Agora vivo em paz, junto com minha velha tia Scolastica que me ofereceu abrigo na sua casa. Minha extravagante aventura ergueu, subitamente, sua estima por mim. Durmo na mesma cama em que faleceu minha pobre mãe e passo grande parte do dia aqui, na biblioteca, em companhia de dom Eligio que ainda está bem longe de arrumar e organizar esses livros poeirentos e antigos.

Levei quase seis meses escrevendo esta minha estranha história, ajudado por dom Eligio. De tudo que escrevi aqui ele guardará segredo, como se fosse segredo de confessionário.

Conversamos longamente a respeito de toda essa aventura e frequentemente lhe disse que não sabia que frutos poderia tirar disso tudo.

— Ao menos isto — ele argumentou —, que fora da lei e fora daquelas singularidades, alegres ou tristes, com as quais nós somos o que somos, meu caro senhor Pascal, não é possível viver.

Mas eu digo a ele que, absolutamente, não estou dentro da lei e tampouco retornei aos fatos singulares. Minha mulher é mulher de Pomino e eu não saberia, de verdade, dizer quem eu sou.

No cemitério de Miragno, na sepultura daquele pobre desconhecido que se afogou na *Stìa,* ainda se encontra a lápide ditada por Lodoletta:

VÍTIMA DE ACONTECIMENTOS ADVERSOS,
MATTIA PASCAL,
BIBLIOTECÁRIO,
CORAÇÃO GENEROSO, ALMA ABERTA
AQUI VOLUNTARIAMENTE
REPOUSA

A PIEDADE DOS CONCIDADÃOS
DEPOSITOU ESTA LÁPIDE

Como havia prometido, levei a coroa de flores e de vez em quando vou lá, ver-me morto e sepultado. Algum curioso me segue de longe, depois na volta, acerca-se de mim, sorri e — considerando minha condição atual — pergunta:

— O senhor, afinal de contas, pode-se saber quem é?

Encolho os ombros, entrecerro os olhos e respondo:

— Ora, meu amigo... Eu sou o falecido Mattia Pascal.

Apêndice

Em 1921, na terceira edição de *O falecido Mattia Pascal* (a primeira edição é de 1904), Pirandello inseriu como apêndice esta *Advertência sobre os escrúpulos da fantasia,* que já havia publicado com o título *Os escrúpulos da fantasia* na revista *Idea Nazionale,* no mesmo ano. É uma espécie de justificativa dos aspectos mais extravagantes e complexos deste romance. O grande debate causado, na Itália, sobre a verossimilhança talvez tenha influenciado Pirandello a inserir este apêndice como forma de reiterar aquilo que todos já sabiam, ou seja, que arte e vida são autônomas e incomparáveis.

Advertência
sobre os escrúpulos da fantasia

O senhor Alberto Heintz, de Buffalo, Estados Unidos, dividido entre o amor de sua mulher e o de uma senhorita de vinte anos, resolve convocar as duas para um encontro e juntos tomarem uma decisão.

As duas mulheres e o senhor Heintz apresentam-se pontualmente ao local combinado, discutem muito e afinal chegam a um acordo.

Os três decidem se matar.

A senhora Heintz retorna para casa, atira contra si com um revólver e morre. O senhor Heintz, então, e sua amada senhorita de vinte anos, visto que com a morte da senhora Heintz foi removido todo obstáculo à sua feliz união, reconhecem não haver mais razão para se matar, resolvem continuar a viver e se casar. Mas as autoridades judiciárias não pensam assim e mandam prendê-los.

Uma conclusão comum.

(Ver os jornais de Nova York de 25 de janeiro de 1921, edição matutina).

***

Vamos supor que um infeliz autor teatral tenha a péssima ideia de levar semelhante episódio ao palco.

Certamente sua fantasia se fará escrupulosa, antes de mais nada sanando com soluções heroicas o absurdo daquele suicídio da senhora Heintz para torná-lo de algum modo verossímil.

Também podemos ter a certeza que, em que pesem todas as soluções heroicas elaboradas pelo autor teatral, noventa e nove por cento dos críticos julgarão o suicídio absurdo e a peça inverossímil.

Porque a vida, por todos os seus descarados absurdos, grandes e pequenos, dos quais está tranquilamente repleta, tem o inestimável privilégio de poder prescindir daquela estúpida verossimilhança, à qual a arte se crê obrigada a obedecer.

Os absurdos da vida não precisam parecer verossímeis porque são verdadeiros. Ao contrário dos da arte que, para parecerem verdadeiros, precisam ser verossímeis. E sendo verossímeis, deixam de ser absurdos.

Um acontecimento da vida pode ser absurdo; uma obra de arte, se é obra de arte, não.

De onde se deduz que tachar uma obra de arte de absurda e inverossímil, em nome da vida, é idiotice.

Em nome da arte, sim; em nome da vida, não.

***

Existe na história natural um ramo que é estudado pela zoologia e que é povoado por todos os animais.

Entre os muitos animais que o povoam, encontra-se também o homem.

E o zoólogo, sim, pode falar do *homem* e dizer, por exemplo, que não é um quadrúpede, mas um bípede, e que não tem cauda como o macaco, o burro, o pavão.

Ao homem sobre o qual o zoólogo fala nunca pode acontecer a desgraça, digamos, de perder uma perna e mandar colocar outra de pau; de perder um olho e mandar que lhe ponham outro de vidro. O homem do zoólogo tem sempre duas pernas, nenhuma delas de pau; tem sempre dois olhos, nenhum deles de vidro.

E é impossível contradizer o zoólogo. Porque o zoólogo, se lhe apresentarmos alguém com uma perna de pau ou com um olho de vidro, responderá que não o conhece, porque aquele não é *o homem,* mas *um homem.*

É também verdade que todos nós, por nosso turno, podemos responder ao zoólogo que *o homem* que ele conhece não existe e que existem *os homens,* nenhum dos quais é idêntico ao outro e podem até, por uma desgraça, ter uma perna de pau ou um olho de vidro.

Nesse ponto, pergunta-se se querem ser considerados como zoólogos ou como críticos literários esses cavalheiros que, julgando um romance, um conto ou uma peça de teatro, condenam esta ou aquela personagem, esta ou aquela representação de fatos e sentimentos, não em nome da arte, como seria justo, mas em nome de uma *humanidade,* que eles parecem conhecer à perfeição como se ela realmente existisse em abstrato, ou seja, fora da infinita variedade de homens capazes de praticar todos os já mencionados absurdos, *que não necessitam parecer verossímeis porque são verdadeiros.*

***

Contudo, pela experiência que de minha parte pude fazer dessa crítica, o melhor de tudo é que, enquanto o zoólogo reconhece que o homem distingue-se dos outros animais pelo fato de raciocinar e os bichos não, os senhores críticos vêem justamente o raciocínio (isto é, aquilo que é mais próprio do homem), não como um excesso, mas antes uma deficiência de humanidade, em muitas das minhas nada alegres personagens. Porque para eles, ao que parece, a *humanidade* é alguma coisa que consiste mais no sentimento do que no raciocínio.

Porém, se quisermos falar tão abstratamente como fazem esses críticos, não seria verdade que o homem raciocina (ou não raciocina, o que dá no mesmo) mais apaixonadamente quando sofre, precisamente porque quer conhecer a raiz dos seus sofrimentos, qual sua causa, e se é justo que o fizessem sofrer, ao passo que, quando está feliz, considera apenas essa felicidade sem raciocinar, como se gozá-la fosse um direito seu?

Os animais devem sofrer sem raciocinar. Quem sofre e raciocina (precisamente porque sofre), para esses senhores críticos, não é *humano,* pois lhes parece que só um animal pode sofrer e que apenas sendo *animal* é que passa a ser *humano.*

Recentemente encontrei um crítico ao qual sou muito grato.

A propósito da minha *desumana,* e ao que parece, incurável "cerebralidade", e da paradoxal inverossimilhança de minhas histórias e de minhas personagens, ele perguntou a outros críticos onde tinham ido buscar o critério para julgar o mundo da minha arte.

"Talvez na chamada *vida normal?*", perguntou. "Mas não seria esta um sistema de relações que nós selecionamos no caos dos acontecimentos cotidianos e que arbitrariamente qualificamos de *normal?*" E concluiu que "não se pode julgar o mundo de um artista aplicando um critério de juízo tirado de outro lugar que não seja este mundo mesmo".[73]

Devo acrescentar, para dar crédito a esse crítico junto aos outros críticos, que apesar disso, ou até justamente por isso, ele também julga desfavoravelmente minha obra porque acha que eu não sei dar valor e sentido universalmente humano às minhas histórias e às minhas personagens, a ponto de deixar perplexos quem deve julgá-las, sem saber se eu tinha ou não a intenção de me limitar a reproduzir certos casos curiosos ou certas situações psicológicas muito particulares.

---

[73] O crítico citado é Adriano Tilgher, criador da expressão *pirandellismo* e da relação vida-forma na obra de Pirandello.

E se o valor e o sentido *universalmente humano* de algumas das minhas histórias e de certas personagens, na oposição, como ele diz, entre realidade e ilusão, entre identidade pessoal e sua imagem social, consistissem acima de tudo no sentido e valor que devem ser dados à primeira oposição que, por uma constante burla da vida, se mostra sempre inconsistente, ao passo que, *necessariamente* toda a realidade de hoje é destinada a se tornar ilusão amanhã, mas ilusão *necessária* se infelizmente fora dela não há outra realidade? E se consistissem justamente em que um homem ou uma mulher, colocados, por outros ou por si mesmos, numa situação difícil, socialmente anormal e completamente absurda, nela permanecem, suportando-a e representando-a diante dos demais, *enquanto não a percebem,* seja por cegueira ou incrível boa fé; porque, quando a percebem como se um espelho fosse posto diante dos seus olhos, não a suportam mais, sentem-lhe todo o horror e a destroem ou, se não podem destruí-la, sentem-se morrer? Se consistissem justamente em que uma situação socialmente anormal é aceita, ainda que a vejamos num espelho que nos coloca diante da nossa própria ilusão, e a representamos suportando todo o martírio, enquanto sua representação seja possível dentro da sufocante máscara que nós mesmos nos impusemos ou que tenha sido imposta por outros ou por uma terrível necessidade, ou seja, até que debaixo dessa máscara um sentimento nosso, demasiado vivo, não seja tão profundamente ferido, que a rebelião rebente e por fim a máscara seja rasgada e pisoteada?

"Então, subitamente", diz o crítico, "um jorro de humanidade envolve essas personagens, as marionetes tornam-se subitamente criaturas de carne e osso e dos seus lábios brotam palavras que incendeiam a alma e destroçam o coração".

Claro que sim! Descobriram seus rostos individuais desnudados daquela máscara que fazia delas marionetes de si mesmas ou nas mãos dos outros; que as fazia a princípio parecerem duras, lenhosas, angulosas, sem matizes e sem delicadeza, complicadas e desajustadas, como tudo o que é convencionado e construído por necessidade em uma situação anormal, inverossímil, paradoxal, de forma que elas no final não puderam mais suportar e a arrancaram.

O caos, se existe, é deliberado; o mecanismo, quando existe, é também deliberado. Não por mim, mas pela própria história, pelas próprias personagens, e logo se descobre que frequentemente é proposital e desvendado no próprio ato de construí-lo e estabelecê-lo. É a máscara para uma representação, o jogo dos papéis; aquilo que desejamos ou devemos ser; aquilo que parecemos ser aos outros; enquanto o que somos, até certo ponto, nem nós mesmos sabemos. É metáfora desajeitada e incerta de nós mesmos; a construção, frequentemente complexa, que fazemos de nós mesmos ou que os outros fazem de nós. Portanto, um mecanismo, sim, em que cada qual deliberadamente, repito, é a marionete de si mesmo, e, por fim, o chute que faz voar toda a barraca.

Creio que não me resta senão congratular-me com a minha fantasia se, mesmo com todos os seus escrúpulos, conseguiu mostrar como defeitos reais os que eram devidos a ela: defeitos dessa fictícia construção que as próprias personagens ergueram sobre si mesmas e sobre suas vidas, ou que outros ergueram para elas. Os defeitos, portanto, da *máscara,* até que não se descubra *nua.*

***

Mas consolação maior deu-me a vida, ou a crônica cotidiana, quase vinte anos depois da primeira publicação deste meu romance, *O falecido Mattia Pascal,* que volta hoje a ser reeditado.

Ele também, quando apareceu pela primeira vez, apesar do consenso quase unânime, foi tachado de inverossímil por alguns.

Pois bem, a vida quis me dar a prova da verdade deste romance em medida de fato extraordinária, até em certos pormenores característicos que eram produtos espontâneos de minha fantasia.

Eis o que se lia no *Corriere della Sera,* de 27 de março de 1920:

A HOMENAGEM DE UM VIVO
A SEU PRÓPRIO TÚMULO

Um curioso caso de bigamia, devido à morte declarada, mas não verdadeira, de um marido, foi revelado esses dias. Façamos rapidamente um resumo dos antecedentes. Em 26 de dezembro de 1916, na comarca de Calvairate, alguns camponeses pescaram nas águas do canal das "Cinco Eclusas" o cadáver de um homem que trajava camiseta e calça de cor marrom. A polícia foi avisada e deu-se início às investigações. Pouco depois, o cadáver foi identificado por uma tal Maria Tedeschi, uma mulher ainda bela, de uns quarenta anos, e uns tais Luigi Longoni e Luigi Majoli, como sendo do eletricista Ambrogio Casati di Luigi, nascido em 1869 e marido da Tedeschi. Na verdade, o afogado era muito parecido com o Casati.

Tal testemunho, pelo que se pôde verificar agora, teria sido um tanto interesseiro, especialmente para o Majoli e a Tedeschi. O verdadeiro Casati estava vivo! Mas se encontrava preso desde 21 de fevereiro do ano anterior por um delito contra a propriedade e estava havia muito tempo separado da mulher, embora não legalmente. Após sete meses de luto, a Tedeschi contraía novo casamento com Majoli, sem encontrar nenhum empecilho burocrático. Casati acabou de cumprir sua pena a 8 de março de 1917 e somente nestes dias veio a saber que estava... morto e que sua mulher tornara a se casar e desaparecera. Tomou conhecimento disso quando foi ao Registro Civil, na Praça Missori, para solicitar um documento. O funcionário, no guichê, deu-lhe uma resposta implacável:

— O senhor está morto. Seu domicílio legal é no Cemitério de Musocco, quadra comum 44, cova nº 550...

Foram inúteis todos os protestos do homem para que o declarassem vivo. Casati propõe-se agora fazer valer seu direito à... ressurreição e, tão logo o erro seja corrigido, no que diz respeito ao estado civil, a suposta viúva, novamente casada, terá anulado seu segundo matrimônio.

No entanto, o estranho acontecimento não afligiu nem um pouco Casati. Até se poderia dizer que o pôs de bom humor e, desejoso de novas emoções, quis fazer uma visitinha ao... próprio túmulo e como gesto de homenagem à sua memória, depositou no túmulo um cheiroso ramo de flores e acendeu uma vela votiva!

O pressuposto suicídio num canal; o cadáver retirado e reconhecido pela esposa e por quem mais tarde será o seu segundo marido; o retorno do falso morto e até a homenagem à própria sepultura! Todos os dados de fato, naturalmente sem tudo o mais que deveria dar ao fato valor e sentido *universalmente humano*.

Não posso supor que o senhor Ambrogio Casati, eletricista, tenha lido o meu romance e levado flores a seu túmulo por imitação ao falecido Mattia Pascal.

A vida, no entanto, com seu tranquilíssimo desapego por toda verossimilhança, pôde encontrar um padre e um prefeito que uniram em matrimônio o senhor Majoli e a senhora Tedeschi, sem se preocupar em conhecer os dados de fato, dos quais talvez fosse muito fácil ter notícia, ou seja, o marido, senhor Casati, estava na prisão e não debaixo da terra.

Sem dúvida, a fantasia teria escrúpulos em passar por cima deste dado de fato, e agora se rejubila, recordando a pecha de inverossimilhança que já lhe fora atribuída antes e em dar a conhecer de quais inverossimilhanças reais a vida é capaz, até nos romances onde sem querer ela é cópia da arte.

O FUGITIVO DA VIDA

Nascido em 1867, na Sicília, em uma casa de campo não muito longe da cidade de Agrigento, para onde a família havia se mudado fugindo de uma epidemia de cólera, Luigi Pirandello observa nas páginas de uma autobiografia deixada incompleta: "*O meu nascimento consta dos registros da pequena cidade situada sobre a colina (Agrigento). Entre tantos que morriam, um que nascia era quase uma compensação*".[74]

O caráter inteiramente casual de nascer e viver é característico de algumas de suas obras, nas quais desenvolve os temas da vida como jogo do acaso ou da multiplicidade do "eu" e, portanto, da negação da unidade da consciência do ser humano. Ainda na citada autobiografia, Pirandello nos conta: "*Eu [...] sou filho do Caos; e não alegoricamente, mas de fato, porque nasci em um local que se encontra próximo a um intrincado bosque denominado pelos habitantes de Girgenti (Agrigento) Cavusu, corruptela dialetal do antigo vocábulo grego Kaos*".[75]

O falecido Mattia Pascal, escrito em anos difíceis, reflete essa condição. Um alagamento das minas de enxofre do pai do autor, na Sicília, onde estavam investidos todos os bens familiares e o dote da esposa, Maria Antonietta Portulano – com quem havia se casado em janeiro de 1894 –, havia levado todos à ruína. Para fazer frente às dificuldades econômicas, Pirandello leciona literatura italiana no Istituto Superiore di Magistero e dá lições particulares de alemão, além de manter a atividade literária nas revistas *Il Marzocco* e *Ariel*, fundadas por ele. Essas dificuldades diminuirão somente após 1908, quando a tradução em várias línguas do *O falecido Mattia Pascal* e a publicação de

[74] PIRANDELLO, Luigi. *Saggi, poesie e scritti varii.* Milano: Mondatori, 1977.
[75] Ib.

seu ensaio *O humorismo,*[76] o levam a ser contratado pela prestigiada editora Treves.

Publicado primeiramente em capítulos na revista *La nuova antologia*, entre abril e junho de 1904, e a seguir em volume, *O falecido Mattia Pascal* é o terceiro romance de Pirandello e aquele que o tornou conhecido pelo público. É neste romance que o autor começa a esboçar os temas e os modelos narrativos que usaria daí em diante e apresenta, de um lado, as suas escolhas poéticas e de escrita, e de outro, a sua rejeição aos cânones narrativos vigentes. Suas obras anteriores, os romances *A excluída* e *Il turno,* além de algumas novelas, ainda eram fortemente influenciadas pela tradição do romance naturalista de Giovanni Verga, seu conterrâneo e autor consagrado. Pirandello ainda utiliza em seu romance os modelos existentes, mas ele o faz apenas para desmontá-los internamente e demonstrar sua impossibilidade naquele caótico início de século em que a condição humana estava em xeque.

O romance narra o percurso biográfico de Mattia Pascal, mas antes de iniciar a exposição ordenada dos fatos, Pirandello oferece ao leitor duas premissas – o que por si só já é incomum – que articulam e introduzem temas preponderantes na poética pirandelliana. Na primeira, há a explícita e imediata referência ao tema da identidade, chave do romance e, ao mesmo tempo, a representação da absoluta relatividade do conhecimento humano. Ao declarar sua única certeza: "Eu me chamo Mattia Pascal", o protagonista coloca-se diante da absoluta relatividade dos fatos, pois atender por um nome não significa conhecer a si mesmo.

A segunda premissa, de início, pretende mostrar como o protagonista foi levado a escrever sua experiência, mas deriva para uma introdução filosófica quando ele decide explicar a causa de seu costumeiro estribilho: "Maldito seja Copérnico". Para Mattia, desde que o sistema copernicano provou que a Terra é um "invisível piãozinho", a primazia que o homem pensava ter sobre os acontecimentos do mundo lhe foi retirada, causando não apenas uma sensação concreta de esvaziamento da realidade, mas também atribuindo uma valência cósmica à capacidade humana de dar objetividade à própria vida, já que os homens não eram mais o centro do universo. A segunda premissa termina com a constatação de que Mattia não é mais o centro da própria vida e, portanto, encontra-se em posição privilegiada para contar sua história, já que o acaso o colocou "fora da vida".

---

[76] PIRANDELLO, Luigi. *O Humorismo.* São Paulo: Editora Experimento, 1996.

Qual é, afinal, esta posição privilegiada que permite a Mattia Pascal contar a própria história sem fazer mais parte dela?

Sabe-se que quando alguém se dispõe a narrar a própria história é porque os fatos a serem narrados já aconteceram. O hiato temporal, entre o início dos acontecimentos e o início da narração, tende a diminuir à medida que a história se desenvolve e a personagem aproxima-se do momento em que se torna narrador da própria história. Entre o protagonista no momento em que começa a viver a experiência e o mesmo protagonista no ato de narrá-la, existe um substancial ganho de consciência porque, ao narrar uma história que lhe diz respeito, o narrador a supõe mais do que digna de interesse, pois ela lhe ensinou alguma coisa ou pelo menos o modificou.

Assim, na estrutura do romance, as duas premissas e os dois capítulos finais se correspondem, pois pressupõem o nível de consciência atingido após o término dos fatos a serem narrados, tanto que a primeira e a última fala do protagonista são a mesma: "Eu me chamo Mattia Pascal", ou seja, o ciclo se completou, o fugitivo da vida retornou ao ponto de partida onde encontrou finalmente descanso e sobriedade para narrar sua experiência.

O protagonista alterna-se durante as fases do romance enquanto o narrador permanece o mesmo, aquele que está presente no início e no final da experiência vivida. Ou seja, o verdadeiro protagonista dos dois primeiros e dos dois últimos capítulos é o "falecido" Mattia Pascal, enquanto nos capítulos de III a VI o protagonista é o jovem Mattia e, depois de um capítulo intermediário (cap. VII), quando ele decide mudar de vida considerando-se morto, passa a ser sua segunda encarnação, Adriano Meis (caps. VIII a XVI). Temos então três vidas diferentes, três biografias em uma mesma personagem que geram três histórias e três romances distintos, sendo que o primeiro contém os outros dois em sucessão.

O primeiro romance, a história do jovem Mattia, segue o modelo do romance idílico-familiar em que são exaltados os valores familiares, a vida do campo, a repressão do Eros e a honestidade que governavam um mundo interiorano no final do século XIX e já demonstrava estar em fase de dissolução.

O segundo, a história de Adriano Meis, é permeado pela vida na cidade, pela modernização que começara a ocorrer no início do século XX, com a rejeição ao positivismo, com o aparecimento de novas ciências que apontavam para uma dissolução ainda maior, mais profunda e objetiva, na medida em que conduziam a um anonimato relativo. Seria possível dizer que este segundo é um romance de formação (*bildusgsroman)* no modelo de *Os anos de aprendizagem de Wilhem Meister*, de Goethe, ou *A montanha mágica,* de Thomas Mann. Mas a formação tentada por Adriano Meis, cujo sobrenome liga-se diretamente ao do herói de Goethe, fracassa inapelavelmente e tende a demonstrar a impossibilidade de uma formação individual, tornando o protagonista um sobrevivente de si mesmo que acabou sendo educado para a não vida, e não para a vida. A impossibilidade de formação de Adriano Meis é também a impossibilidade de construção de uma narrativa nos modelos românticos no caótico século XX.

O terceiro romance, que contém os outros dois, é uma espécie de antirromance que se localiza num tempo indeterminado e circular, um eterno presente, uma suspensão de tempo em que o "falecido" Mattia Pascal renuncia a toda e qualquer possibilidade de vida e não se prende mais ao tempo linear e ao espaço social. Da biblioteca abandonada, entre livros não lidos, ele observa a vida que continua em seu fluxo contínuo sem se preocupar com os habitantes desse "grãozinho de areia ensandecido que gira e gira sem saber por quê".

A ideia de que a vida é fluxo contínuo e se cristaliza na "forma" que assumimos socialmente, ou que os outros nos impõem, é central na poética de Pirandello. Em seu já citado ensaio *O humorismo*, não por acaso dedicado "*À boa alma de Mattia Pascal, bibliotecário*", o autor siciliano afirma que "*pensamos, agimos e vivemos segundo esta interpretação fictícia e sem dúvida sincera de nós mesmos*" e que a realidade é caracterizada pela lei da pluralidade extremamente relativa, baseada na decadência, na divisão do eu e na não univocidade:

> *A vida é um fluxo contínuo que nós procuramos parar, fixar em formas estáveis e determinadas, dentro e fora de nós, porque nós já somos formas fixadas, formas que se movem em meio a outros imóveis e que, porém, podem seguir o fluxo da vida até que ele se enrijeça e à medida em que o movimento vai pouco a pouco diminuindo, não cesse. As formas nas quais procuramos parar e fixar em nós este fluxo contínuo são os conceitos, são os ideais com os quais gostaríamos de conservar-nos coerentes, todas as ficções que criamos, as condições, o estado no qual tendemos a estabelecer-nos. Mas, dentro de nós mesmos, nisto que nós chamamos alma, e que é a vida em nós, o fluxo continua, indistinto, sob as defesas e além dos limites que nos impomos, compondo-nos uma consciência, construindo-nos uma personalidade. Em certos momentos tempestuosos, sob as investidas do fluxo, todas aquelas nossas formas fictícias desmoronam miseravelmente; e também aquilo que não escorre sob os diques e além dos limites, mas que nos parece distinto e que nós canalizamos com cuidado em nossos afetos, nos deveres que nos impomos, nos hábitos que nos traçamos, em certos momentos de inundação devasta tudo.*

Desta maneira, Mattia Pascal é, simbolicamente, a representação do drama existencial de todo o homem que vai pela vida à procura de uma dimensão e de uma identidade pessoal que consista em algo de verdadeiro e tangível e não seja apenas "forma", mas substância. Contra sua vontade, ele descobre que as convenções sociais das quais quer se libertar são vinculantes e insubstituíveis, e por isso é completamente inútil que o homem tente se realizar plenamente, uma vez que jamais conseguirá fugir às normas e regras que, apesar de condicioná-lo fortemente, são indispensáveis à sua existência. A consequência imediata é a constatação de que o homem é solitário, pura "forma" que existe apenas em virtude de elementos e fatores completamente estranhos à sua realidade e está sempre envolvido na perene e inútil busca de si mesmo.

Cercado e oprimido por "formas" de vida insinceras e falsas, Mattia Pascal procura se libertar de todo e qualquer tipo de relacionamentos e convenções sociais, mas a sua vã tentativa resulta na consciência de que a fuga da "forma" é impossível e a procura da liberdade não é mais do que uma ilusão passageira. Não lhe resta mais nada além de voltar para seu mundo, aceitar as convenções sociais que tentara infringir, homenagear a si mesmo levando flores a seu próprio túmulo e relatar sua história que considera "deveras estranha e capaz de servir de ensinamento".

Francisco Degani

Biografia

28 de junho de 1867

Luigi Pirandello nasce em Girgenti (atual Agrigento), Sicília, filho de Stefano Pirandello, ex-garibaldino de ascendência lígure e proprietário de minas de enxofre, e Caterina Ricci-Gramitto.

1887-91

Após ter frequentado concomitantemente a Faculdade de Direito e de Letras, em Palermo, decide seguir o curso de Letras em Roma, para onde se transfere. Após uma discussão com um professor, é aconselhado a terminar o curso na Universidade de Bonn, onde se forma em Filologia com uma tese sobre o dialeto de Agrigento. Nesse período escreve e publica os livros de poesia *Mal giocondo* (1889), *Pasqua di Gea* (1891) e *Elegie Renane* (1895), este último inspirado nas *Elegias romanas* de Goethe.

1892-94

Voltando para Roma, conhece o escritor Luigi Capuana que o incentiva a escrever em prosa. A partir de 1892, escreve as primeiras novelas e, em 1893, o romance *A excluída,* publicado em 1901. Em 1894, casa-se com Maria Antonietta Portulano, com a qual terá 3 filhos (Stefano, Lietta e Fausto).

1895

Escreve o romance *Il turno*, publicado em 1902.

1897

Começa a lecionar Estilística na Facoltà di Magistero de Roma, cargo que ocupará por 25 anos.

1903

Após a ruína da família, com o alagamento da mina de enxofre na Sicília, vê-se obrigado a viver do salário de professor. Ao mesmo tempo, a esposa começa a apresentar sinais de distúrbio mental que se transformarão em uma grave forma de paranoia. Para fazer frente às necessidades financeiras, aumenta a produção de novelas que são publicadas em jornais e revistas e posteriormente recolhidas em volume. Ao primeiro volume, publicado em 1894, *Amori senza amore*, vão se juntar: *Beffe della morte e della vita* e *Quand'ero matto* (1902); *Bianche e nere* e *Erma bifronte* (1904); *La vita nuda* (1910), *Terzetti* (1904), *Le due maschere* (1914); *La trappola e Erba del nostro orto* (1915); *E domani, lunedì...* (1917); *Un cavallo nella luna* (1918); *Berecche e la guerra* e *Il carnevale dei morti* (1919).

1904

Publica em capítulos na revista *Nuova Antologia* e depois em volume, *O falecido Mattia Pascal.*

1908

Publica o ensaio *O humorismo*, síntese de sua poética, e uma coletânea de ensaios intitulada *Arte e ciência.* Esses ensaios são a causa de uma viva polêmica com o filósofo e crítico Benedetto Croce.

1909

A primeira parte do romance *Os velhos e os moços* é publicada na revista *Rassegna contemporanea.* Começa a publicar no jornal *Corriere della Sera*, essa colaboração durará por toda vida.

1910

Adapta para o teatro as novelas *Lumie di Sicília* e *La morsa,* iniciando a carreira de dramaturgo.

1911-15

Publica o romance *Suo marito* (1911), depois rebatizado *Giustino Roncella nato Boggiolò* por problemas com a censura; o livro de poesias *Fuori di Chiave* (1912); a segunda parte de *Os velhos e os moços* (1913) e o romance *Si gira...* (1915), depois intitulado *Cadernos de Serafino Gubbio operador.*

1915-18

Os anos da guerra são cheios de preocupações: o filho Stefano é feito prisioneiro na Alemanha, a mãe morre na Sicília e a doença da esposa se agrava. Afirma-se como dramaturgo com as peças em dialeto: *Pensaci, Giacomino!*, *Liolà*, *Il berretto a sonagli* e em italiano: *La giara, Cosi è (se vipare), Il piacere dell'onestà, Il giuoco delle parti, Ma non è una cosa seria, La patente.* Seus trabalhos para teatro serão reunidos e publicados sob o título *Maschere nude* (*Máscaras nuas*), entre 1918 e 1921.

1919

É obrigado a internar a esposa em uma casa de repouso.

1920-22

Alcança fama internacional como dramaturgo com a representação na Itália e no exterior de *Seis personagens à procura de autor*, *Henrique IV* e *Vestir os nus.* Começa a reunir suas novelas no projeto *Novelas para um ano,* em que pretende publicar 365 novelas divididas em 24 volumes, uma para cada dia do ano.

1924

Adere ao fascismo após o incidente conhecido como "delitto Matteotti", causando grande escândalo.

1925

Publica seu último romance, *Um, nenhum e cem mil,* no qual trabalhou por mais de 15 anos. Assume a direção artística do Teatro d'Arte de Roma e conhece a atriz Marta Abba que inspira muitos de seus trabalhos teatrais (*Diana e la tuda, L'amica delle mogli* e outros).

1929

Escreve a peça *Esta noite se representa de improviso*, que juntamente com *Seis personagens à procura de autor* e *Cada um a seu modo* (1924), formam a trilogia *Teatro no teatro*, em que o autor subverte e desvenda as técnicas teatrais, quebrando a assim chamada "quarta parede".

1930

Escreve a peça *Come tu mi vuoi*, que será filmada com Greta Garbo sob o título *As you desire me* (1932).

1934

Recebe o Prêmio Nobel de Literatura.

10 de dezembro de 1936

Morre de infecção pulmonar. Deixa incompleto o último trabalho para teatro, *Os gigantes da montanha,* e o projeto *Novelas para um ano.* Suas cinzas são depositadas em uma urna grega e levadas para a casa em que nasceu, em Agrigento.

Impressão e Acabamento

Prol
EDITORA GRÁFICA